De passie van Alice

ISBN 90 414 0045 1
© 1995 by Stephanie Grant
Voor de Nederlandse vertaling:
© 1996 by Uitgeverij Anthos, Amsterdam
Vertaling: May van Sligter
Omslagontwerp: Robert Nix
Omslagillustratie: Willi Kissmer, *Silk*
Foto auteur: © 1993 Janet Leon
De uitgever heeft getracht de rechthebbende van de omslagillustratie te achterhalen, maar is daarin niet geslaagd. De uitgever is bereid de rechten alsnog te regelen.

Verspreiding voor België:
Uitgeverij Westland nv, Sloten

Alle rechten voorbehouden
All rights reserved

Stephanie Grant

# De passie van Alice

*Vertaald door May van Sligter*

ANTHOS

*Voor mijn moeder,*
*Edna Katherine MacNeill Grant*
*en voor mijn zuster,*
*Jaime Marie Grant,*
*de twee vrouwen die me*
*de wereld geschonken hebben.*

Het leven is kort, maar verlangen, verlangen is lang.
JANE HIRSHFIELD, *Heat*

In iedere dikke vrouw zit er een die nog dikker is.
BARBARA GOLDBERG, *Superego Serenade*

# Proloog

We wachten tot ons iets invalt. We zitten in een kring op metalen klapstoelen of met gekruiste benen op schuimplastic matjes op de vloer te wachten op momenten van zelfinzicht en verheldering. Die komen regelmatig. Het heeft iets weg van de verlossing tijdens evangelisatiebijeenkomsten. Eerst heerst er een gespannen stilte; dan gaat er plotseling een geritsel, een geruis van akelige woorden als een windvlaag door het zaaltje, een aarzelende bekentenis. Wat weer anderen aansteekt.

We wachten op de ontdekking van wat er mis is met ons. Wat er gebeurd is. Wanneer en hoe de schade is aangericht. Wie daarvoor verantwoordelijk is, wie een eenvoudig gebrek of een niet-zo-eenvoudige overdaad aan iets in zelfhaat heeft doen omslaan. Gebrek en overdaad, dat zijn de kernbegrippen: wie had ooit gedacht dat matigheid zo belangrijk zou zijn? Genoeg maar niet te veel liefde. Genoeg maar niet te veel strengheid. Genoeg maar niet te veel deugdzaamheid.

De therapeuten zetten als het ware de toon voor de openbaringen. In individuele therapie vragen ze steeds: *En toen, en toen,* en: *Hoe voelde je je daardoor?* Maar in groepstherapie blijkt pas hoe geniaal ze zijn als ze ons met een enkel stiekem woord ongemerkt meerdere bekentenissen ontlokken. Schaamte. Schuld. Verantwoordelijkheid. Vader. Broer. Moeder. Het komt erop neer dat iedereen iemand anders de schuld geeft. Iedereen doet alsof het niet door haarzelf komt dat ze hier is.

Ik heb geprobeerd de hulpverleners mijn opvatting uit te leggen, maar ze willen niet luisteren. Ze denken dat wij geen vrije wil hebben. Geen keuzes kunnen maken. Ze delen alles in keurige vierkante hokjes in en hebben mij in het hokje gestopt waarop staat dat jezelf uithongeren betekent dat je jezelf haat.

Ze hadden er niet verder naast kunnen zitten.

Mijn anorexia is een vorm van zelfkennis. De mensen denken dat als je anorexia hebt, je van jezelf denkt dat je dik bent en jezelf uithongert om onzichtbaar vet weg te werken. Maar de mensen zijn bang voor de waarheid: zo zien wij onszelf het liefst, tot op het bot, de essentie. Hierop is mijn favoriete (hoewel misschien wat ongelukkige) beeldspraak op het gebied van koken van toepassing: niet verdunnen, maar *klaren*, verhelderen. Ik weet precies hoe ik eruit zie, ik heb geen vertekend zelfbeeld. Elke centimeter huid, elk spiertje, elk bot ken ik. Ik zie waar en hoe ze met elkaar verbonden zijn. Ik kan de namen van alle pezen en gewrichten opnoemen. Ik betast het kraakbeen. Als ik eet, volg ik het voedsel terwijl het verteert, zie het brok wortel- of rijsttaart steeds kleiner worden, tot het uiteindelijk verdwenen is.

Dat is wat ons onderscheidt – van de rest van de wereld en van de andere vrouwen hier. Vrouwen met anorexia maken verschil tussen verlangen naar en behoefte hebben aan. Tussen willen en moeten. Weten hoe je in elkaar zit lijkt me vandaag de dag een hele spirituele prestatie. Waarom zou je dat opgeven? Waarom zou je genoegen nemen met minder? Waarom zou je je aanpassen?

Hier in Zeezicht hebben ze een bekrompen christelijke opvatting van spirituele zaken. Mijn anorexia is religieus in de Oosterse zin: jezelf volledig en waarachtig kennen staat gelijk aan God kennen. In het begin van het christendom hebben zich katholieken afgesplitst die kennis boven het geloof stelden. Zij noemden zichzelf gnostici. Het waren voorstanders van individuele interpretaties van het verhaal van Christus; ze geloofden in de Verrijzenis als metafoor.

In Zeezicht hebben de hulpverleners een nogal letterlijke opvatting van de Verrijzenis. Eigenlijk vatten ze alles letterlijk op en dat maakt dat ze erg weinig gevoel voor humor bezitten. Ze hebben hun fantasieën ingeruild voor het geloof dat ze ons kunnen laten herrijzen, weer tot ons oude zelf kunnen brengen, zoals we ervóór waren. Dat wordt Herstel genoemd.

Maar ik houd me aan het gnostische beginsel dat mijn eigen ervaringen, mijn eigen inzichten, even belangrijk zijn als het geloof van de orthodoxen, die gewoon het geluk hebben aan de macht te zijn. En net als de gnostici vóór mij, blijf ik geloven in mijn eigen vermogen tot goddelijkheid.

DEEL I

I

DE WC-DEUR WAS op slot en ik vroeg Zuster hem open te doen toen mijn gesprek met dokter Paul was afgelopen. Ze gaf me mijn reistas aan en haalde een sleutelbos uit de diepe voorzak van haar verpleegstersuniform, waar hij gaten in het polyester had gemaakt. Ze reed me de drempel over en zette de stoel stil. Met haar brede witte rug hield ze de deur op een kier. Ik aarzelde. Ik had gehoopt dat ze me naar het gehandicaptenhokje zou rijden, het vierde in de rij na drie smalle hokjes. Dat was groot en ruim als een huis, met een openstaande deur zonder haakje. Zelfs vanwaar we waren blijven staan, kon ik de dikke chromen stangen binnen zien.

'We hebben niet de hele dag de tijd,' zei Zuster.

Ik zette de stoffen tas op de vloer (Syd had een paar gewone kleren ingepakt, niet alleen nachthemden) en duwde de deken van mijn schoot. Ik maakte mijn voeten los. Het ziekenhuishemd kwam niet eens tot mijn knieën. Ik keek achterom. Zuster stond bij de deur naar buiten te staren en keek expres niet naar mijn blote dijen en de huissokken – half sok, half pantoffel – die waren afgezakt. Ik trok ze omhoog en werkte mezelf op uit de stoel. De witte-tegelkou drong door de wol naar binnen.

Onder het lopen pakte ik de wasbakken tegenover de hokjes beet en mijn vingertoppen gleden over het kille porselein, terwijl mijn grijze ogen het beeld in de spiegels volgden. De verpleegsters van de verpleegafdeling hadden gezegd dat mijn ogen het mooist aan me waren; ik had altijd gedacht dat dat mijn haar was, dat pikzwart en golvend is, zelfs in de slechtste tijden. Het gehandicaptentoilet aan het einde van de rij had zijn eigen bijpassende lage wasbak, met een schuine spiegel waarin mijn enkels en kuiten waren te zien. Ik kon me niet herinneren wanneer ik me voor het laatst geschoren had.

'Ik wed dat de dikkerds daar ingaan,' zei ik terwijl ik naar het wel erg ruime hokje wees. Zuster trommelde met haar vingers op de zware houten deur.

Ik ging op mijn handen op de bril in het derde hokje zitten, te zwak om erboven te blijven hangen, en deed mijn best te plassen zonder spatten, in een strakke, rechte straal. Zuster deed alsof ze niets hoorde.

'Wat een griezel is die dokter Paul,' zei ik toen ik had doorgetrokken.

Zuster haalde haar schouders op. 'Niet erger dan de meesten.'

Toen ik weer in de rolstoel ging zitten, schraapte de metalen voetsteun een stuk vel van mijn kuit. Ik boog me voorover en wreef over de pijnlijke plek: morgen zou ik een enorme blauwe plek hebben. 'Hij heeft van die mollige handjes,' zei ik.

Zuster stopte de deken om mijn benen en gaf me de tas weer aan. Ze had lange vingers met grote rode knokkels. Zij was mijn lievelingszuster op de verpleegafdeling geweest, totaal niet opdringerig en heel eerlijk. Tijdens de drie weken dat ik er was geweest, had ze nooit gelogen over wat pijn ging doen of wie de baas was. Ik noemde haar Zuster omdat ze de incarnatie van haar werk leek. Toen het moment kwam om naar de afdeling psychiatrie te gaan, vroeg ik of zij me erheen mocht rijden.

Zuster reed de stoel behendig het toilet uit en de gang door naar de lift. Ik zag de deur van de spreekkamer van dokter Paul waar ik was onderzocht. OPNAME stond er in grote blokletters; DOKTER P. SAMPSON. Syd was nog steeds binnen voor de laatste – ik wist niet welke – instructies als moeder-van-de-patiënte.

Hij had tijdens het onderzoek niet veel tegen me gezegd. Syd zat in de wachtkamer terwijl hij met zijn cupidohandjes in de spreekkamer mijn lichaam betastte om hart, longen en bloeddruk te controleren. Hij klopte op mijn borst en rug alsof hij in een oud huis op zoek was naar verborgen balken.

'Alles zit waar het hoort te zitten,' zei hij met opgetrokken wenkbrauwen.

Ik kon er niet om lachen.

Naderhand moest ik in de wachtkamer op de weegschaal gaan staan waar Syd bij was. Het was zo'n ouderwetse doktersweegschaal in de vorm van een reusachtige letter T, met een metalen arm om je lengte te meten en een verhoging van dik metaal om op te staan. Ik hield mijn ziekenhuishemd dicht op mijn rug en klom erop. Mijn tenen kromden zich in de huissokken.

De eerste verrassing was dat ik een centimeter was gekrompen: één meter negenenzeventig. Ik was de enige die het opviel. Dokter Paul rommelde met de gewichten, begon met het blok van vijfenveertig pond, maar legde het toen terug om kleinere stukken te pakken. 'Tweeënveertig komma acht,' zei hij zonder de naald tot stilstand te laten komen.

Syd keek of ze water zag branden. 'Hoe bedoelt u, dokter Sampson?'

Zijn wenkbrauwen gingen weer omhoog. Op dat moment zei hij dat we hem Paul moesten noemen, tegen ons allebei, natuurlijk, maar het was eigenlijk voor Syd bedoeld. Hij ging naar zijn brede eikehouten bureau, trok een limoengroene map uit een veelkleurige stapel en keek haar glimlachend aan.

'Toen Alice werd opgenomen woog ze eenenveertig komma acht, ze raakte één komma zes kwijt tijdens het begintrauma en na een week intraveneuze voeding en nog eens een week vloeibaar voedsel weegt ze, hoeveel zei ik ook weer?' Hij keek eerst mij aan en toen Syd. 'Tweeënveertig komma acht. Kilo, mevrouw Forrester.'

Het was voor het eerst dat ik hoorde dat het zo weinig was geweest.

Syd boog zich voorover op haar stoel. Haar ogen klommen omhoog over mijn enkels, knieën, dijbenen met hun crêpepapieren huid en het witte ziekenhuishemd. Ze hielden stil bij mijn broodmagere gezicht en haar pupillen vernauwden zich. Het was voor het eerst in drie jaar dat het tot haar doordrong hoe ik eruit zag. Wat ik woog. Niet dat ze niet had geweten dat ik aan anorexia leed: ze had het alleen niet gezien.

Dokter Paul kwam achter zijn bureau vandaan. Met zijn mollige hand gaf hij een klopje op haar slanke hand. 'Het is soms het moeilijkst voor de familie,' zei hij.

Toen de bel van de lift klonk en de deuren opengingen, trok Zuster me opzij om de rolstoelers eruit te laten, waarna ze me achteruit de beige doos inreed – tot dusver de enige muren in het ziekenhuis die niet spierwit waren. Voordat de liftdeuren dichtgingen, zag ik Syd en dokter Paul zijn spreekkamer uitkomen. Hij was bijna een kop kleiner dan zij en had pieken lang haar rond zijn oren, een glimmend kaal schedeldak, en behalve een professionele een schuldbewuste uitdrukking op zijn gezicht, alsof híj iets had om zich rot over te voelen. Syd zag er knap en bijdehand uit in haar streepjesjasje en lange broek. Als je haar niet goed kende, zou je niet zeggen dat ze net verpletterend nieuws had gehoord; maar aan de andere kant kon je nooit veel uit mijn moeders uiterlijk opmaken. In het laatste splintertje licht voordat de deuren zich sloten, zag ik nog net dat dokter Paul met zijn roze hand haar elleboog vastpakte.

2

HET WAS EEN geluk dat de juridische firma van mijn vader de afgelopen vijf jaar de fiscale problemen van Zeezicht had behandeld. Maar het was een nog groter geluk dat het werk door een van mijn vaders collega's en niet mijn vader zelf was gedaan, waardoor niemand op de administratie mijn naam herkende toen ik opgenomen werd. Het betekende dat wij het voordeel hadden, mijn familie en ik, dat we hun achtergrond kenden zonder dat zij iets van ons wisten.

Pa vertelde dat de drie identieke bakstenen gebouwen van Zeezicht – het ziekenhuis, het onderzoekscentrum en de psychiatrische afdeling – in 1957 waren gebouwd, twaalf jaar na de oorlog. Psychiatrie beleefde toen een onverwachte heropleving; Betty Friedans huisvrouwen en opstandige oorlogsveteranen begonnen in groten getale om hulp te vragen. Het Zeezichtcomplex was een experiment: doordat de drie gebouwen zo dicht bij elkaar stonden, konden onderzoekers regelmatig hun patiënten bezoeken om de verbanden tussen geestelijke en lichamelijke ziekten te bestuderen. Maar eind jaren zestig werd duidelijk dat het experiment mislukt was. De onderzoekers waren niet tevreden over de patiënten, of er waren er niet genoeg met dezelfde ziekte voor een goed onderzoek; en de patiënten begonnen een hekel te krijgen aan de onderzoekers, die voortdurend wilden dat ze vragenlijsten invulden.

Pa vertelde me dat allemaal op de dag dat werd besloten dat ik naar psychiatrie zou worden overgeplaatst. Ik werd niet gedwongen opgenomen, maar de dokters maakten duidelijk dat dit wel zou gebeuren als ik niet vrijwillig ging. Pa had het Zeezichtdossier van zijn werk meegenomen naar mijn kamer op de hartafdeling en las me eruit voor. Mijn vader en ik waren dol op veel informatie; dat gaf ons een goed gevoel. Syd en hij en ik deden alsof we de beslissing zelf hadden genomen. Voor zover ik me kon herinneren, was het de eerste keer sinds de scheiding dat ze geen ruzie maakten.

In 1973 werd de psychiatrische afdeling van Zeezicht een afkickcentrum voor alcohol- en drugsverslaafden, en werden niet-verslaafde gekken ingeruild voor winstgevender verslaafden. Het onderzoekscentrum ging zich bezighouden met de ontwikkeling van betere afkickmiddelen, terwijl de verpleegafdeling zo'n beetje hetzelfde bleef en zich bezighield met de gezondheidszorg van de middenklasse van Marshfield. De afdeling eetstoornissen kwam er pas in 1980. Het was het enige behandelcentrum in zijn soort aan de kust ten zuiden van Boston, bijna halverwege de stad zelf en Cape Cod. Toen ik er in 1984 kwam, gingen de zaken uitstekend.

De in drieën gevouwen folder van Zeezicht had een turkoois zeepaardje op de voorkant en binnenin twee foto's van stranden in de buurt. Maar de zee was nergens te zien, niet vanuit een van de drie gebouwen. In de folder stond dat de psychiatrische afdeling van Zeezicht 'smaakvol' was ingericht en 'uitstekende' faciliteiten had – in 1957 misschien. Niet dat alles nu totaal versleten was, maar functionaliteit was duidelijk belangrijker geworden dan vorm, waardoor dure stukken zoals bedden in het groot waren ingekocht.

Ik had geluk gehad, zei iedereen na mijn hartaanval, wat altijd wordt gezegd als er iets afschuwelijks, iets rampzaligs is gebeurd. Ik had geluk gehad dat ze me naar Zeezicht hadden gebracht in plaats van naar het Goddard of Carney Ziekenhuis, die allebei dichter bij het South Shore Plaza in Braintree lagen waar ik was ingestort. Syd en ik hadden die maandag de uitverkoop op President's Day afgelopen, en toen de verplegers van de ambulance Syd de keus gaven, koos ze voor het Goddard omdat mijn broer en ik daar geboren waren. Op dat moment bofte ik dus geweldig, volgens mijn vrienden in de familie: die dag was er een ongeluk gebeurd, een groot ongeluk met een stuk of twaalf auto's op Route 24, een paar minuten van het Goddard vandaan. Wij hoorden het pas toen we halverwege waren, toen de stem van de omroepster hoog en opgewonden over de radio klonk. Dat weet ik nog omdat ik me probeerde te concentreren op andere geluiden dan het gehuil van Syd. De eerste hulp van het Goddard zat vol: ze konden ons niet meer opnemen. Het zou te lang duren om naar het Carney te gaan en zo kwamen we terecht in Zeezicht, een minuut of tien in oostelijke richting op Route 123. De cardiologen van de verpleegafdeling bleken – omdat psychiatrie zo dichtbij was – ervaring te hebben met slanke jonge meiden met een ingeklapt hart.

# 3

WE MOCHTEN ZELF naar de kantine lopen, via de trap in het midden van de verdieping vlak naast de kamer voor de verpleging. Op mijn eerste hele dag ging Janine, mijn kamergenote, met me mee. Hij was groot, als een kantine van een school of bedrijf, en had een linoleumvloer en platte vierkanten met tl-licht aan het plafond. Maar in plaats van de standaard formica tafels en klapstoelen, stonden er echte meubels.

Bij een groot serveerloket konden we uit drie soorten ontbijt kiezen. Het deed me denken aan de middelbare school: dames in roze jasschorten en met haarnetjes op schoven achter het open loket dienbladen onze richting uit. We liepen achter elkaar aan terwijl we gepocheerde eieren op geroosterd tarwebrood, havermout met kaneelappel, of cornflakes met banaan pakten. Janine vertelde dat we met de lunch en het avondeten speciale dienbladen met onze naam erop kregen, maar dat ze ons voor het ontbijt probeerden te dwingen verantwoordelijkheid te nemen voor wat we aten door ons zelf de keus te laten. Ik vroeg een nieuwe kom cornflakes, een waar nog geen melk in zat. Een kantinedame ging naar achteren en kwam terug met een droge kom en een klein glaasje melk.

'Alsjeblieft, schat,' zei ze.

'Is het magere?'

Glimlachend sloeg ze haar armen over elkaar. 'We hebben hier niets anders, schatje, alleen magere.'

Janine zwaaide naar me vanaf een tafeltje. 'Ik heb een stoel voor je vastgehouden.' Ze wees naar een zware, rode stoel met armleuningen en kussens. 'Neem jij die maar.' Ze had haar mond al vol havermout.

Ik zette mijn blad op tafel en moest allebei mijn handen gebruiken om de stoel naar voren te trekken. Er waren er geen twee gelijk; het leek net of ze uit de verschillende kamers van een huis kwamen: keuken, woonkamer, hobbykamer. Janine zat op een esdoornhouten kapiteinsstoel.

'De stoelen met armleuningen zijn het eerst weg,' zei ze.

Ik begreep dat ik dankbaar moest zijn. Dit was waarschijnlijk de manier waarop Janine vriendinnen kreeg: door zich verdienstelijk te maken. Het was waar dat ze opdracht had mij in de gaten te houden, maar ik kon wel zien dat ze er lol in had. Ik keek eens om me heen. Een stuk of tien misvormde meiden baanden zich een weg naar de huiselijke keukentafeltjes. Ik hoopte dat er niemand bij ons kwam zitten. Het gekwek van mijn kamergenote was wel voldoende.

Ik zat de cornflakes over de bodem van mijn kom heen en weer te schuiven terwijl Janine vertelde wat ze allemaal had geleerd in de vijf weken dat ze in Zeezicht was; als alles goed ging zou ze binnen tien dagen weg mogen. Ze zei dat het helemaal niet erg was om bang te zijn. 'Iedereen is bang in het begin,' zei ze.

'Ik ben niet bang,' zei ik. 'Niet zoals de anderen in elk geval.' In de eerste vierentwintig uur had ik niet een keer gehuild omdat ik geen medelijden met mezelf had. Of met de anderen. We hadden er tenslotte zelf voor gekozen. 'Ik ben alleen bang om dik te worden,' zei ik.

Janine keek naar haar havermout, haar zelfingenomen glimlach van chaperonne verdwenen.

Haar kleren zaten krap. Ze was waarschijnlijk zwaarder geworden sinds ze hier was.

Ik vroeg me af wie er op het idee was gekomen ons allemaal bij elkaar te zetten. De dikken bij de dunnen. Het eerste wat we die ochtend hadden gedaan was gezamenlijk mediteren. Daar zaten we dan: allemaal meiden die vroeger in de schoolpauze waren gepest. We lagen op matjes in een rechthoekig zaaltje aan het einde van de gang. Mary Beth, de bewegingstherapeute, liet ons een paar basisoefeningen van yoga doen. We moesten met ons gezicht naar het oosten de Begroeting van de Zon uitvoeren. Al moesten we de zon er zelf bij denken: de ramen gingen schuil achter muisgrijze gordijnen. Aan mijn linkerkant en twee matjes achter me zat het dikste meisje dat ik ooit had gezien te hijgen en te puffen. Ik wilde haar nog eens goed bekijken, maar kon mijn nek moeilijk uitsteken; oost was oost en de reuzin zat west. Toch bleef ik me afvragen: Wat hadden we elkaar te bieden behalve wreedheid?

Het enige interessante stukje nieuws dat Janine verstrekte was dat de douches en toiletten op slot waren.

'Waarom de douches?'

Ze glimlachte weer. Janine zag er optimistisch uit: een strak zittende paardestaart, hoge jukbeenderen en dure make-up. Ze zwaaide nog net niet met een majorettestokje. 'Door het water kun je niets horen,' zei ze.

'Staat er daarom een verpleegster op wacht?'

'Ja.'

Ik zag voor me hoe Janine, naakt en met paardestaart, gehurkt boven de afvoer zat. 'Dus jij hebt...'

'Bulimia en anorexia,' zei ze.

'Allebei?'

'Allebei.'

'Ik dacht dat dat niet samenging.'

'Het is nieuw, maar komt heel vaak voor,' zei ze. 'Wat heb jij, alleen anorexia?'

'Ja.'

'Dan ben je tegenwoordig een uitzondering. Er zijn er meer die alletwee hebben.'

'Maak het nou.' Ik had gedacht dat je te veel of helemaal niet at; ik had gedacht dat dat het grote verschil was.

'Ik heb van die new age-gezondheidsdiëten gedaan,' zei ze. 'Dat waren gewoon hongerdiëten in vermomming. Geen suiker, geen witbrood, geen melkprodukten, geen rood vlees, geen cafeïne. Absoluut geen gifstoffen.'

Ik wilde naar het overgeven vragen, maar Janine wachtte mijn vragen niet af.

'Ik at vreselijk gezond: groentesap en tarwekiemen, gestoomde groenten en bruine rijst. Zeewier. Af en toe scharrelkip. Je weet wel, die zonder hormonen. En sloten misosoep.'

Ik begreep dat iedereen maar wat graag zou willen vertellen wat ze met haar eten deed. Net zoals meisjes op de universiteit elkaar vertellen hoe ze masturberen. Ik voelde me bijna ouderwets toen ik zei dat ik gewoon calorieën telde. Niet dat ik nooit op Janines manier gegeten had; ik had ooit wel op àlle manieren gegeten. Maar na al die jaren was ik weer gewoon calorieën gaan tellen: 500 per dag om op gewicht te blijven, 400 om af te vallen. De beheersing vond ik prettig, het vermogen om precies te bepalen wat ik naar binnen kreeg. Geen verrassingen. Geen noodzaak voor laxeermiddelen. Ik wilde het simpel houden, wat best grappig was omdat dat een van de flauwe leuzen van Zeezicht was. Als ik controle had over wat er naar binnen ging, had ik ook controle over wat eruit kwam. Geen toestanden, geen troep.

Janine wees naar mijn kom met cornflakes. 'Dat hoef je hier niet te doen.'

'Wat niet?'

'Je eten verstoppen.'

De cornflakes lagen onder de melk.

'Je wordt niet gedwongen om te eten. Er wordt niet eens extra opgelet hoe we eten. Zie je die hulpverleenster...' – en ze wees naar een mollige vrouw in een bloemetjesjurk – 'dat is Gert. Zij heeft dienst.'

Met haar kin vooruit en haar handen op haar rug liep Gert de tafeltjes langs en maakte een praatje. Ze keek naar gezichten, niet naar borden.

'Ze ziet wel wat je eet, maar ze doen er een hele tijd niets aan. Ze denken dat je er na twee weken zelf wel achter komt.'

'En als dat niet gebeurt?'

Janine haalde haar schouders op en er verschenen hier en daar blosjes op haar wangen.

'Dus ze dwingen je niet om te eten?' vroeg ik.

'Niet echt.'

'Wat dan wel?'

Ze keek zoekend de zaal rond tot haar blik op iemand bleef rusten. 'Zie je dat jonge meisje aan het tafeltje vlakbij het serveerloket?'

Ik draaide me om. Daar zat een jong meisje op een keukenstoel. Haar voeten hingen vlak boven het zwart-witte linoleum; als ze haar tenen strekte, zou ze het kunnen aanraken. Zeker het jongere zusje van iemand, had ik gedacht.

'Amy is hier al drie maanden. Ze laten haar niet weggaan voordat ze wat is aangekomen.'
'Hoe oud is ze?'
'Dertien.'
'Maak het nou.'
'Het is toch echt zo.'
'Ze ziet eruit als tien, hooguit elf.'
'Ik weet het. Er wordt gezegd dat ze misschien nooit meer zal groeien.'
'Ze is zo mager als een lat.'
'Dat hoef je mij niet te vertellen.'

Er was iets met haar stem wat maakte dat ik me omdraaide. Janine was niet zo mager als een lat, maar had meer de vorm van een peer. Misschien was ze wel zo mager als een lat geweest toen ze werd opgenomen. Ze zei: 'Amy heeft zelfs een eigen kamer.'

'Een eigen kamer? Ik dacht dat je altijd met z'n tweeën sliep.'

Janine schudde van nee. 'Ze had in het begin wel een kamergenote, maar die hebben ze overgeplaatst.'

'Waarom?'

'Wie zal het zeggen.' Janine keek een andere kant op.

Ik vroeg me af of ze het kon zien – welke vorm mijn verlangen aannam. Ik vond het vreselijk als mensen wisten wat ik wilde. Onze kamer had de vorm van een torpedo en er was nauwelijks genoeg ruimte om tussen de twee bedden door te lopen. De avond tevoren had ik liggen luisteren hoe ze níet snurkte; steeds als het leek of ze het ging doen, als ze zwaar ging ademen, ging ze op haar andere zij liggen.

'Ze moet behoorlijk gek zijn, die Amy, als ze een eigen kamer gekregen heeft,' zei ik.

Janine keek me met een zucht aan. 'Ik geloof dat Amy gewoon niet beter wil worden.'

Ik knikte bedaard.

'En dat is het enige wat ze van ons vragen.' Haar stem klonk hoog van emotie. 'Dat we beter willen worden.'

'Klinkt redelijk,' zei ik en dacht aan een eigen kamer, droomde over wat ik zou vragen en hoe. Maar ik begreep toen al dat het niet iets was waar je om vróeg.

# 4

NA HET ONTBIJT was er een lezing over voeding en gezondheidszorg. Hoe verzin je het om mensen die hun vingers in hun keel steken – of eten tot ze onderuit gaan, of niet eten tot ze onderuit gaan – iets over voeding te leren. 'Vitaminen en het afweersysteem.' Alsof we alleen maar wat kennis nodig hadden.

Twee van de vrouwen waren zelf voedingsdeskundigen: Janine en de enige oudere vrouw. Ik zag ze ingewikkelde vragen bedenken over voedselcombinaties en aminozuren, en hun handen schoten omhoog als ze dachten weer een hele lastige te hebben bedacht. De oudere vrouw wist alles van laxeermiddelen en zetpillen. Zuiveren noemde ze dat. Ze was nog steeds opgeblazen en een beetje oranje van de laxeermiddelen, waarvan ze er twintig per dag had genomen. Ze heette Victoria maar werd koningin Victoria genoemd omdat ze zo oud was, minstens zestig. Ze had altijd foto's van haar kleinkinderen bij zich in een klein fotoalbum met de tekst *Mal oud omaatje met foto's in haar tas* erop. Het was van rood vinyl en had gouden letters en een knipsluiting.

Na de voedingsleer gingen we verder met creatieve therapie – zonder ergens anders heen te gaan. Een zoemtoon gaf het einde van de tijd aan, geen bel. Het was een neutraal geluid, zoiets als de piep van zo'n nieuw telefoonsysteem. Toen de zoemtoon klonk, gingen we de groepsruimte uit om buiten een paar minuten te wachten tot ze van instructrice gewisseld hadden en de meubels waren verplaatst. Er viel niets anders te doen dan de foto's van koningin Victoria te bekijken. Bijna alle kinderen hadden de leeftijd dat ze tanden misten.

Toen we weer binnen waren, liet de creatieve therapeute ons tweetallen volgens eetstoornis vormen. We vormden een rommelige rij: vreters bij vreters, hongeraars bij hongeraars, kotsers bij kotsers. Er bleef één meisje over: de dikke die ik tijdens de meditatie had horen hijgen en puffen. De creatieve therapeute – die Cass heette – bood aan haar partner te zijn. We kregen grote vellen grof papier, twee per stel. Cass zei dat we een levensgrote tekening van ons lichaam moesten maken. Die mocht verzonnen zijn of realistisch, wat we maar wilden. Het enige wat echt moest, was dat we hem levensgroot maakten. We zochten een plekje op de vloer met ruimte voor Cass om tussen ons door te lopen. We puilden uit tot op de gang. De helft ging op de vellen papier liggen, terwijl de andere helft de omtrek van de lichamen natrok. De hoeken van het papier krulden om bij onze voeten en hoofden tot we er onze schoenen op hadden gezet.

Ik had gehoopt dat Amy mijn partner zou zijn – ik wilde vragen wat ze had gedaan om een eenpersoonskamer te krijgen – maar ze was niet naar creatieve therapie gekomen. Cass zei dat Amy tijdens de drie maanden dat ze opgenomen was al twee lichaamstekeningen had gemaakt. Ik vroeg me af waar ze nu was. Cass stelde me voor aan een bleke vrouw met anorexia die Gwen heette.

'Van Guinevere?' vroeg ik.

Ze schudde van nee, maar zag er wel precies zo uit. Het type dat geen kraanwater dronk, zelfs niet gekookt voor thee. En dat badolieparels gebruikte als ze in bad ging. Van die dingen die ik mijn broertje Alex liet eten toen hij drie was. Syd had ze in houten schaaltjes op de rand van de badkuip staan, alsof het fruit was.

'Gwendolyn, dan?'

Ze knikte en haar lichtblonde haar begon los te raken uit haar vlecht. Ze kon zich maar moeizaam staande houden, alsof ze aan een draadje omhooggehouden werd.

Gwen kroop luidruchtig ademend op handen en voeten bij mijn hoofd over de vloer terwijl ze mijn omtrek natrok. Ik maakte een trekpop van mijn lichaam: handen naast elkaar boven mijn hoofd, benen gespreid, en sloot mijn ogen. Het papier voelde ruw aan tegen de rug van mijn handen. Mijn schouderbladen en stuitje prikten door het papier heen op het platte grijze tapijt eronder. Gwen was bij mijn voeten. Ze was geen pratertje. Ik deed één oog open. De lijn die ze trok was nauwelijks te zien, het papier registreerde maar net de druk van haar potlood. Ik volgde haar verrichtingen naar het andere scheenbeen, rond mijn knie. Ze zorgde ervoor me niet aan te raken, waarschijnlijk omdat ze het gevoel van vlees net zo walgelijk vond als ik. Misschien was dat wel de reden waarom we volgens eetstoornis bij elkaar waren gezet.

Ze eindigde bij mijn handen en deed lang over de vingers. Toen ze ging staan, mompelde ze iets.

'Wat zei je?' Ik kwam overeind om haar aan te kijken.

*Mooie polsen.* Ze sprak de woorden vrijwel geluidloos uit.

We staarden naar de tekening. Het leek net of mijn slanke polsen boven mijn hoofd aan elkaar gebonden waren.

'Aristocratisch,' zei ze zachtjes en maakte haar lippen vochtig met haar tong.

Ik was vrijwel zeker de dunste vrouw hier.

Het kostte me half zoveel tijd om Gwens omtrek te tekenen, deels omdat ik groter was en sneller om haar heen kon lopen, maar ook omdat ze haar handen naast haar zij hield en haar benen dicht tegen elkaar aan. De afstand die ik moest afleggen was kleiner.

Toen we klaar waren, stak Cass een toespraak af. Ze duwde haar lange, onverzorgde grijze haar achter haar oren, waardoor je zag dat ze hangborsten had. Ze droeg een schilderskiel in aardekleuren en espadrilles.

'Schatten van me, vandaag gaan jullie beginnen met het invullen van je lichaamstekening. Jullie mogen gebruiken wat je maar wilt, waterverf, pen en inkt, houtskool, collagetechniek, lovertjes, veren. Alles mag.' Cass liep naar de houten kasten tegen de muur en maakte ze open met een sleutel die ze aan een leren koordje om haar hals droeg. 'Bekijk eerst alle dozen maar eens goed, bestudeer al het materiaal. Vul nog niets in, denk er alleen over na.'

We zetten de dozen met kleverige spullen tussen onze omtrekken op de vloer. Gwen vertelde me wat ze had bedacht:

schoenen van lakleer. Ze zocht in de algemene doos naar glimmend materiaal dat ervoor door kon gaan. Iemand stelde isolatieband voor. Louise, de puffer, die kennelijk bevriend was met Gwen, kwam terug. Cass had haar omtrek in de gang nagetekend. Ik had nooit begrepen hoe dikke mensen aan hun vreemde lichaamsvormen komen; waarom het gewicht zich niet vanzelf gelijkmatig verdeelt, maar zich meestal in een of meer vervormde lichaamsdelen ophoopt. Louise was ruitvormig en had een grote ring van vet om haar heupen, terwijl de lagen vlees naar haar hoofd en voeten toe steeds minder werden. Ze kwam vlak voor me om naast Gwen te kunnen staan, en bewoog zich daarbij meer zijdelings dan recht vooruit. De groep liep op blote voeten in een kronkellijn tussen onze platte lichamen door.

Niet dat het me wat kon schelen dat Gwen en Louise vriendinnen waren. Ik was net zo min van plan goede maatjes met Gwen als met Louise te worden. In een zaal met honderd mensen waren zij wel de laatste twee die ik zou hebben uitgezocht. Waarom zou je doen alsof het niet zo was, alleen vanwege de omstandigheden? Wat me nog het meest verbaasde was dat Gwen zich niet aan Louise stoorde. Of ze was te bangig om tegen te sputteren.

Nadat we een half uur het materiaal hadden bestudeerd, liet Cass ons een kring vormen om over onze plannen te vertellen. Ze zei dat we op de matjes konden zitten die we tijdens de meditatie 's ochtends hadden gebruikt. Kennelijk zouden de meeste van onze activiteiten hier plaatsvinden, in de groepsruimte. Dat was een grote zaal waar klapstoelen en matjes en wat er verder nodig was in de houten kasten waren opgeborgen. De muur tegenover de kasten was een en al raam. Niet van die miezerige patrijspoortachtige raampjes zoals die in onze kamers, maar echte ramen die bij je knieën begonnen en tot aan het plafond kwamen. Er had een hele hoop licht op al onze activiteiten moeten vallen, maar dat was tot dusver niet gebeurd: de gordijnen waren steeds dicht gebleven. Ik vroeg de meditatiedame naar het waarom en ze zei voor de warmte en beslotenheid. Wat me idioot leek. Alsof er iemand naar binnen zou willen gluren. Waarschijnlijk waren ze eraan gewend onze omgeving te manipuleren en deden ze dat nu automatisch. Beheersing – zelfs een klein beetje – was prettig: ze vonden het leuk ons in het schemerduister te houden.

Cass trok voor onze bespreking de gordijnen open. 'Licht verandert alles,' zei ze. 'Niet alleen hoe we de dingen zien, maar ook hoe de dingen zíjn.'

Er stroomde waterig maartlicht naar binnen, dat in onze ogen prikte waardoor we ze dichtknepen of onze hand erboven hielden. We zagen bleek, alsof we aan tbc leden. Zelfs de allerdiksten.

# 5

HET KOSTTE ME minder dan vier dagen om de verschillende denkrichtingen op Zeezicht te ontdekken. Niet dat ze zo lastig te vinden waren: de hulpverleners deden weinig moeite hun filosofie te verbergen. De voornaamste richting was het twaalf-stappenplan, dat simpelweg beweerde dat je verslaafd kon zijn aan eten en aan wat je ermee kon doen. Omdat een roos nu eenmaal een roos is, was de behandeling hetzelfde als voor alcoholisten en drugsverslaafden, al vormde het feit dat je (helaas) nooit helemaal zonder het spul kon een lichte complicatie. We woonden minimaal één bijeenkomst per dag bij, naast schrijfworkshops van het twaalf-stappenplan. De befaamde stappen hingen op grote plakkaten aan de muren van alle behandelkamers. De vaakst herhaalde leuzen waren geborduurd, als merklappen, op de kleine plaquettes en kussens in onze slaapkamers. Toen ik aankwam, was het me al opgevallen dat iedereen zo raar praatte. Door de voortdurende herhaling van sommige leuzen leek het net de Jim Jones-sekte.

De tweede theorie had meer geleend van Freud dan van Bill W. en dokter Bob: daarbij waren eetstoornissen alleen maar een symptoom van een grotere psychologische stoornis. Genees het echte probleem en de obsessie met eten zou ook wel verdwijnen. Deze theorie stond niet zo lijnrecht tegenover het twaalf-stappenplan als je op het eerste gezicht zou denken. Gert, het twaalf-stappenhoofd, zei dat verslaving een lichamelijke, geestelijke en emotionele ziekte was, die op alle fronten tegelijkertijd moest worden aangepakt. Daardoor werd je ziel uitstorten niet alleen aangemoedigd, maar zelfs verplicht gesteld. Wat de verklaring was voor de eindeloze reeks individuele, groeps- en gezinssessies die we bijwoonden. Want daarover waren ze het allemaal eens: het zou een praatkuur zijn. Als laatste was er de feministische opvatting, die op Zeezicht hoogstens marginaal ingang vond. Dana, mijn psych van individuele therapie, was daar voorstandster van. De grondgedachte was dat toen vrouwen tijdens en na de vrouwenbeweging begin jaren zeventig meer ruimte in de openbare sfeer begonnen in te nemen – en met die ruimte werd de werkplek, de politiek en het avondnieuws bedoeld – ze steeds minder ruimte in de privé-sfeer mochten innemen. Met andere woorden, vrouwen moesten in huis, in de keuken en tussen de lakens lichamelijk kleiner zijn. Het was een keurig nette theorie: Twiggy was toen erg populair. De dikke meiden waren hier dol op want de behandeling bestond uit stoppen met dieet houden, stoppen met het veranderen van hoe je eruit zag. We waren allemaal zoals we hoorden te zijn en hadden gewoon verschillende maten, er bestond niet één enkele ideale maat. Maar de meesten van ons wilden er niet aan. Ik kon bijna zien hoe de gedachte zich bij iedereen vormde: Net iets voor feministen om lelijkheid goed te praten.

Niet dat ik mezelf niet feministisch vond. Dat vond ik wel. Maar net als de meeste vrouwen van mijn leeftijd kon ik er soms ook best buiten. Daarnaast was ik katholiek. Ik had me bekeerd toen ik nog een puber was, al was ik niet meer praktizerend toen ik naar Zeezicht ging. Wat inhield dat ik als feministe en als katholiek (ik ben het nooit meer helemaal kwijtgeraakt, praktizerend of niet) er twee tegengestelde opvattingen tegelijkertijd op na kon houden.

Het zal niemand verbazen dat onze dagen in Zeezicht een strakke structuur hadden. Na de lunch was de eetgroep, waar we – en zoiets verzin je niet – praatten over wat we net gegeten hadden. Als we allemaal onze dienbladen hadden ingeleverd, werden de tafeltjes in de kantine opzijgeschoven en zetten we onze stoelen in een kring. De kantinedames sloten het serveerloket door de afscheiding als een rolgordijn te laten zakken, en ruimden op zonder dat wij het zagen, al konden we ze horen in de verborgen keuken, nasale accenten van de zuidkust die boven het geruis van de professionele vaatwasser, het gerinkel van borden en bestek tegen glas en het geluid van de grote bezems uitkwamen. Het waren geruststellende geluiden. Het enige geruststellende tijdens de eetgroep.

We konden de soep voor de volgende dag ruiken terwijl we praatten over hoe het voelde om eten te proeven, door te slikken en te verteren. Groentesoep meestal. Zonder aardappels, maar met kool, uien, wortelen en selderij zo zacht dat je het gemakkelijk tegen de zijkant van de kom kon fijnprakken. En een snufje zwarte peper. Vandaag hadden we kippesoep gegeten en ik kon het kippevet nog op mijn lippen proeven. Ik veegde voortdurend mijn mond af met het servet dat ik had bewaard. Vooral de bulimia-patiënten hadden het erg zwaar tijdens dit uurtje. Zij konden het niet uitstaan dat er iets in hun lichaam zat. Het lichamelijke gevoel van voedsel in hun keel en slokdarm was een kwelling zonder de belofte van verlossing. Ze wezen waar het eten was blijven steken: net boven het borstbeen, bij het driehoekje waar de sleutelbeenderen samenkomen. Ze wreven hun vingers over het driehoekje, zoals je een kat over zijn keel wrijft om hem een pil te laten doorslikken. Ze konden niet stil blijven zitten.

Gert begon: 'Oké, wie wil eerst?'

'Het ging prima, hardstikke goed. Ik had honger en kreeg toen een vol gevoel. Alleen door het eten.'

'Goed hoor, Janine.'

Iedereen had een hekel aan haar, niet alleen ik. Het leek net of ze klassevertegenwoordigster wilde worden. Ze zei nooit iets verkeerd.

'Wie nog meer?' vroeg Gert.

Louise begon te huilen.

Gert liet haar een tijdje begaan. Ze vonden het heerlijk als je huilde. Toen vroeg ze: 'Kun je ons vertellen waarom je huilt? Waarom je verdrietig bent?'

Louise weigerde haar hoofd op te tillen. Haar slordige bruine haar hing voor haar ogen en bleef aan haar vochtige gezicht plakken. Ze had een lelijk dikke-mensenkapsel: recht afgeknipt maar schuin, zodat het achterin haar nek kort en bij haar gezicht lang was, waardoor de vetkwabben in haar nek goed uitkwamen. Het was bedoeld als omlijsting van haar vlekkerige gezicht, om het toch wat vorm te geven, maar dat was niet gelukt. Het gezicht van Louise was eindeloos, een gezicht binnen een gezicht binnen een gezicht.

'Ik weet hoe moeilijk het is om los te laten,' zei Gert.

Alle hulpverleensters hadden zelf ooit een eetstoornis gehad; anders dan therapeuten in de buitenwereld vertelden ze maar wat graag hun eigen verhaal, wat stimulerend hoorde te werken. En omdat ze hetzelfde hadden doorgemaakt als wij, werd gedacht dat ze zich beter konden inleven.

'Vooral vertrouwde dingen,' zei Gert. 'Ik weet nog goed dat toen ik stopte met drinken het net was of ik mijn beste vriendin verloor.' Iedereen wist dat Gert twee verslavingen had gehad – eten en alcohol – wat haar een zekere status gaf.

Plotseling begon Louise over haar ouders te praten. Mammie was een briljante astronome, pappie docent hogere wiskunde. Allebei gaven ze college aan de universiteit, maar mammie was beroemd. Louise jammerde over hoe ellendig het was de niet-begaafde dochter van een voormalig wonderkind te zijn die 'bijna geniaal' op de Mensa-test had gescoord. Ze maakte walgelijke snuifgeluiden tot Gwen haar een papieren zakdoekje gaf.

Gert was tevreden. Onlogische antwoorden werden gewaardeerd in Zeezicht, vooral als daarmee een persoonlijk trauma werd onthuld. Je vraagt een patiënte hoe ze het op de middelbare school heeft gehad; als ze dan zegt dat haar broer haar in de badkuip probeerde te verdrinken toen ze drie was, weet je dat het regelrecht uit het onderbewuste komt. Soms deden we voor de bijeenkomst een zogenaamde geleide fantasie om het onderbewuste te activeren. Dan was het onderbewuste óf een kamer aan het einde van een lange gang, óf een privé-grot die alleen jij kende.

Louises uitbarsting bleek het hoogtepunt van de eetgroep te zijn. De dwangmatige eters bleven het hele uur door mokken. Je kon zien dat ze vonden dat ze uitgehongerd werden. De bulimia-patiënten waren de enigen die iets zeiden, maar zij bleven naar de grond kijken. De anorexia-patiënten zeiden niets, vernederd omdat anderen ze hadden zien eten. Gwen keek niemand recht aan behalve Louise. Amy zat aan de zoom van haar ruiten rok te pulken. Ik zei niets en voelde me in verhouding niet zo ellendig. Ik at nog niet al mijn eten op. Als het even kon, gaf ik wat aan Louise.

Dat deden we snel en netjes. Eerst prakte ik het zachte voedsel: rijst, doperwten, bonen. De groenten waren altijd net iets te veel *al dente*. Het stuk kip (of de hamburger, of de vis) hakte ik in hapklare brokken. Eten ziet er kleiner uit als je het snijdt. De grote dingen bewaarde ik voor haar – aardappels, brood, toetje. Die liet ik tussen de elastieken band van mijn broek glijden en bewaarde ik in de pijp van mijn onderbroek.

De jonge verpleegster die met haar stoel de deur van het toilet openhield, zat meestal rotzooi te lezen: *De andere kant van de maan/heuvel/magie/middernacht*. We praatten over boeken als ik in de rij stond te wachten. Ze was van mijn leeftijd en las het liefst historische romans. De rij begon steeds langer te worden. Louise stond twee plaatsen achter mij.

In het hokje legde ik een bergje koolhydraten op de toiletpapierhouder en wachtte tot de verrassend kleine voeten van Louise onder de deur van mijn hokje te zien waren. Dan trok ik door en deed open. Louise keek me niet eens aan als ze langs me heen naar binnen holde.

De meeste mensen denken dat als je anorexia hebt, je alleen de pest hebt aan vet op je eigen lichaam. Dat zien de meeste mensen helemaal verkeerd.

# 6

OMDAT HET DIE zondag Palmzondag was vroeg ik of ik naar de mis mocht in de kapel op de verpleegafdeling. Mijn behandelteam was verrast over dat verzoek. Ze wisten niet dat ik het meende tot ik weigerde te ontbijten vanwege de communie. Dat veroorzaakte een hoop commotie. Ze vroegen de katholieke dokters en verpleegsters of het klopte van mijn vasten vóór de communie. Op de middelbare school, toen ik nog regelmatig naar de kerk ging, vastte ik vanaf de avond tevoren, ook al had het Tweede Vaticaanse Concilie in 1963 verklaard dat een uur vasten voldoende was. Maar welke maatstaven de dokters ook aanlegden, ik zat altijd goed: de mis begon om negen uur en het ontbijt was om acht uur. Ze vonden het goed dat ik op mijn kamer bleef – onder voorwaarde dat ik iets at zodra ik terugkwam – terwijl Janine en de anderen naar de kantine gingen. Ik liet de deur op een kier staan en ging op mijn bed zitten met mijn bijbel opengeslagen bij Het Boek der Psalmen. De andere meiden met anorexia waren woedend. Het geestigste vond ik dat ik nooit iets in Psalmen las, omdat het een veel te sentimenteel en overdreven hoofdstuk was; ik las meestal in het Nieuwe Testament en Psalmen stond in het Oude, na Kronieken en vóór Spreuken. Maar degenen die voorbijliepen wisten dat niet, dus konden ze ook het humoristische van de situatie niet inzien, die misschien subtiel was, maar toch. Louise probeerde Gwen het zicht te belemmeren toen ze langskwamen, maar ik kon Gwens witte hoofd heen en weer zien gaan.

Gert belde naar de verpleegafdeling om te zeggen dat ik eraan kwam. Om vijf voor negen werd ik door Zuster van de hartafdeling bij de ingang van de verpleegafdeling opgewacht, een elektrische schuifdeur van glas. Ik kon de houten ingang van de kapel zien vanwaar ik stond. Dat was het eerste wat je zag als je op de verpleegafdeling kwam, hij was recht tegenover de informatiebalie voor bezoekers en de cadeauwinkel, maar nog vóór de lange rij liften. Toen ik nog op de verpleegafdeling zat, was ik niet één keer naar de kapel geweest. Zuster droeg zoals altijd haar witte uniform.

'Ga je niet mee naar binnen?' vroeg ik.

Ze trok haar schouders nauwelijks zichtbaar op.

Ik droeg mijn favoriete kerkkleding: een marineblauwe wijde rok van linnen en bruine nylons met flatjes. (Zuster Geraldine, mijn catechisatielerares, was streng geweest wat haar voorkeur voor vleeskleurige kousen betrof.) De nylons lubberden rond mijn enkels – ik was te groot voor small, daar staken mijn tenen doorheen, maar medium lubberde om mijn enkels en knieën en dan moest ik de panty steeds optrekken. Het was een van de manieren waarop je de bekeerlingen kon onderscheiden van de geboren katholieken: wij doften ons nog op.

Het was licht binnenin de kleine kapel – het tegenovergestelde van wat ik verwachtte van een kerk. Bij de deur stonden groene en witte palmtakken in een mand, en ook een beetje te vroege lelies. Palmzondag was mijn persoonlijke favoriet: het was het begin van de Heilige Week, de zeven heiligste dagen van het kerkelijke jaar, inclusief wat de Passie van Christus werd genoemd. Niet dat ik me nog strikt aan de heilige feestdagen hield, maar de mis bijwonen vond ik nog steeds prettig, vooral de uitgebreidere, met wierook en extra veel gerinkel van belletjes. Omdat het Palmzondag was, zouden we bij het weggaan allemaal een palmtak krijgen.

Zuster bleef bij de laatste bank staan wachten tot ik een zitplaats gevonden had. Ik liep naar de tweede van de zes rijen banken, waar ik even knielde en toen ging zitten. Syd zou er helemaal niks aan hebben gevonden in deze kerk. Haar belangstelling was zuiver esthetisch: hoe zag een bruid eruit als ze naar het altaar liep? De afstand daarheen stelde niks voor: een stuk of zes passen en je stond al voor het nep-altaar, dat maar één podium had en geen microfoon.

We waren met ons vijven, Zuster niet meegeteld. Vier vrouwen en een man. We hadden allemaal een eigen bank. Ik wenste dat ik een dikkere rok had aangetrokken: de bank prikte door het linnen heen in de achterkant van mijn dijbenen, en ik moest mijn gewicht verplaatsen, eerst op de ene bil, toen op de andere en daarna gelijkelijk verdeeld over allebei. Ik kon de botten in mijn rug en benen voelen; mijn stuitbeen deed pijn. De banken waren van gelig eiken, keihard doordat ze zo weinig werden gebruikt. In het Kostbaar Bloed, de kerk waar ik was gedoopt en het vormsel had gekregen, waren de banken van heel donker mahonie, versleten en meegaand.

De priester kwam binnen. Er was geen zijaltaar of sacristie; hij liep door hetzelfde middenpad als wij en bleef bij de eerste bank staan om zijn zwarte regenjas uit te trekken, die hij dubbelvouwde en toen nog eens in de lengte. Hij was al oud en had kort stijf grijs haar; hij bewoog zich bedachtzaam, precies. Hij had de albe al aan, een crèmekleurig gewaad dat tot zijn knieën kwam, maar haalde een paarse stola uit de zak van zijn regenjas en legde die om zijn schouders. Hij zuchtte terwijl hij de ene hoge tree van het altaar op stapte. Omdat hij klein was en opgetrokken schouders had, ging hij niet achter het podium staan waar niemand hem had kunnen zien, maar vlak naast het altaar. Zijn zwarte schoenen op de rand van het podium glommen en hij hief zijn armen. 'Laat ons bidden,' zei hij. 'In de naam van de Vader, de Zoon en de Heilige Geest.' Hij droeg geen kazuifel.

Het was moeilijk om hem of de mis ernstig te nemen in zo'n onbenullig kerkje. De muren waren van gipsplaat, niet van steen, en even stralend wit als de rest van het ziekenhuis. Er vielen lichtstralen met tekenfilm-kleuren door de namaak glas-in-loodramen op het doffe tapijt. Er waren geen heiligenbeelden. 'Heer, ontferm u over ons,' zei hij.

Syd wist het een en ander van kerken af; ze had een studie gemaakt van de manier waarop ze waren gebouwd. Ze had onze familiekerk, de Eerste Presbyteriaanse, uit een boek met de titel *Opvallende architectuur in New England* gekozen. Het maakte haar niet uit dat het drie kwartier rijden was ernaar toe. Ze vertelde me over glas-in-lood. Ze zei dat niemand het tegenwoordig nog maakte, het was gewoon geverfd glas. In alle kerken waar we kwamen, begon Syd altijd het eerst over de ramen. Ze legde me het verschil uit: echt glas-in-lood zag er vaal uit aan de buitenkant; je werd pas beloond als je binnenkwam.

Aan beide kanten van de oude priester stond een vaas met lelies en direct achter hem hing een middenmaat kruis. Ik kon de lelies ruiken. In deze tijd van het jaar kochten de meeste kerken lelies die pas met Pasen gingen bloeien, maar deze waren helemaal open en begonnen al te verwelken. De donkeroranje meeldraden stonden stijf van het stuifmeel en de witte bloemblaadjes waren omgekruld tegen de stengel aan en vergeelden.

De priester schraapte zijn keel en las voor uit het Evangelie van Marcus, waarbij hij de stukken uit het Oude Testament oversloeg en regelrecht in zijn preek overging. Hij liet meer dan een kwart van de mis weg. Kennelijk namen priesters in een kapel van een ziekenhuis het niet zo nauw, omdat er toch niemand officieel zou protesteren.

'De Paastijd, de lente, is het seizoen van Vernieuwing.' Hij keek ons stuk voor stuk met kurkdroge ogen aan. 'Pasen betekent dat de dood de voorbode is van een nieuw begin, en niet andersom.'

Ik kon niet uitmaken of hij zelf geloofde wat hij zei; sommige priesters waren duidelijk nep. Hij zag er nogal triest uit. Zijn gezicht had een door ouderdom permanent chagrijnige uitdrukking gekregen, met naar beneden gerichte mondhoeken. Ik dacht dat hij misschien gedwongen was half-en-half met pensioen te gaan, was ontheven van zijn geregelde parochie-activiteiten en gedegradeerd tot de mis opdragen in de plaatselijke ziekenhuizen en tot ziekenbezoek. Waarschijnlijk trokken priesters strootjes om te bepalen wie de zieken en stervenden moest bezoeken en waren ze blij als een oude knar dat werk kreeg toegewezen. Hij was vast de meeste tijd bezig de laatste sacramenten op te dragen: met het zegenen van door angst of overlijden wasbleke gezichten. Misschien had hij wel een speciale tas bij zich, zoiets als een dokterstas, vol met heilige spullen die nodig waren voor katholieke doden – dikke olie en wierook en handgemaakte kleren. Hij was zelf al zo oud dat ik me afvroeg of hij misschien troost vond in het ritueel; ik vroeg me af hoe het voor hem was om steeds maar weer de woorden uit te spreken, zich voortdurend voor te bereiden op de dood; ik vroeg me af of hij verdriet had.

Ik had medelijden met hem, zoals hij daar voorovergebogen stond, hard aan het werk om een goed, overtuigend verhaal te brengen, en dus luisterde ik aandachtig, wat niet mijn gewoonte was; meestal las ik tijdens de preek. Het ritueel van de mis zelf, het verhaal van de Kruisiging, dat was wat van begin af aan mijn aandacht had vastgehouden, niet de preek. Teveel priesters gingen hun vergelijkingen uitleggen: Licht dat door de duisternis breekt! Water dat de ziel reinigt! De uitleg verpestte alles. Al in mijn mond werd het bloed weer in wijn veranderd.

Maar deze oude kerel was beter dan de meesten. Zijn preek kwam erop neer dat de lente de meest deprimerende tijd van het jaar kon zijn als je niet net als iedereen en alles vernieuwing meemaakte. Hij zei dat vernieuwing de echte belofte van de Verrijzenis was.

De communie ging snel. Wij vijven gingen achter elkaar in een rijtje staan, onze mond half open. We waren geen van allen het type voor de nieuwerwetse manier, waarbij de priester de hostie in je handpalm legt en je hem zelf moet pakken; daarvoor zouden onze vingers nooit schoon genoeg zijn. Toen we weer in onze bank zaten, probeerden we allemaal tijd te rekken door onze gezichten tegen onze gekromde handen te leggen en onze lippen het langste gebed te laten zeggen dat we kenden. Ik vroeg me af voor wie de andere vier waren gekomen; voor welke bejaarde ouder, voor welke onverwacht zieke broer of zus of man of vrouw. De enige aanwezige man schuifelde glimlachend heen en weer: zijn vrouw had net hun eerste zoon gekregen; hij was al jaren niet in een kerk geweest. Ik wed dat ik de enige was die er voor mezelf zat, die het niet op een akkoordje gooide. De hostie bleef aan mijn verhemelte kleven. Daar liet ik haar zitten, zonder er met mijn tong aan te komen. Waarschijnlijk zou ik alweer op de afdeling eetstoornissen zijn als ze eindelijk gesmolten was.

De eerste keer dat ik in het Kostbaar Bloed ter communie ging was de hostie aan mijn verhemelte blijven kleven en toen heb ik vreselijk veel moeite gedaan haar los te krijgen. Als het waar was wat mijn nieuwe vriend Ronald over transsubstantiatie en het lichaam en bloed van Christus had verteld, leek het oneerbiedig dat Christus daar bleef plakken. Uiteindelijk had ik mijn vinger gebruikt om het platte wafeltje weg te krabben.

Mijn beslissing om in een katholieke kerk ter communie te gaan was onverwacht geweest. Ronald had er bij mij op aangedrongen naar de mis te gaan, hij had gezegd dat er iets in mij was – hij wist niet precies wat – dat in de katholieke kerk geraakt zou worden. (Juist omdat hij het had over dingen die je konden *raken*, waren Ronald en ik vrienden geworden.) De lange communieteksten in het Kostbaar Bloed waren niet wat ik gewend was. In Syds kerk, de Eerste Presbyteriaanse, gaven we stevige borden van keramiek met blokjes zacht witbrood erop door, gevolgd door een tweede ronde borden met emaille mokken gevuld met druivesap. Degene naast je glimlachte als hij het bord aangaf. In het Kostbaar Bloed glimlachte niemand tijdens de communie. Het was doodstil in de kerk, ondanks dat mensen in de rij gingen staan, knielden en weer opstonden, ondanks het gehoest, de huilende baby's, de honderden handen die hun voorhoofd, dan hun borst en vervolgens hun schouders aanraakten; het was alsof ze de stilte afdwongen, haar in hun geest vasthielden. De rij communiegangers kronkelde bijna de kerk uit. De mensen liepen langzaam door om de hostie te halen, dan vlug terug naar hun plaats, bang om te verliezen wat ze net hadden gekregen. Ik wist niet goed waarom ik vond dat ik me bij hen moest aansluiten. Toen ik eindelijk vooraan stond, deed ik mijn mond zo wijd mogelijk open en de priester aarzelde. Ik wilde niet dat hij mijn tong met zijn duim aanraakte, dus stak ik mijn tong zo ver uit als ik kon. Hij herstelde zich van de schrik en legde de hostie erop, snel en geoefend.

Ronald kwam na de mis op het parkeerterrein van de kerk naar me toe. 'Dat telt niet, Alice,' zei hij.

'Wat niet?'

'De communie. Je had niet mogen gaan. Je moet gedoopt zijn.'

'Ik ben gedoopt.'

'Katholiek. Je moet katholiek gedoopt zijn.'

'In onze kerk mag iedere christen ter communie gaan.'

'Dat bedoelde de priester met dat katholiek-zijn niet eenvoudig is. Er zijn regels.'

'Vind ik nogal beperkend. Ik had gedacht dat ze iedereen wilden hebben die oprecht is.'

Ronald keek me aan voordat hij antwoord gaf en zijn donkere ogen glinsterden in zijn donkere gezicht. 'Nou, dat is dus niet zo.'

En dat was de grootste aantrekkingskracht van het katholicisme – de exclusiviteit ervan. Hoe moeilijk het eigenlijk was om een waarachtig, praktizerend katholiek te zijn. Transsubstantiatie was de kern daarvan. Katholieken geloofden dat het communiebrood voor ons in vlees veranderde als we het opaten. Ter plekke. Het echte lichaam van Christus; het echte bloed van Christus. Niks symbool. Daarom luidde de misdienaar de belletjes; daarom zagen de mensen in de rij voor de communie er zo berouwvol uit; daarom kon de priester niet trouwen (een vrouw hebben zou alles verprutsen); daarom was het moeilijker om katholiek te zijn maar uiteindelijk beter: je moest erkennen dat je het vlees van iemand anders opat. Daar moest je mee leven.

Terwijl de gastpriester de kapel verliet – hij trok de zwarte regenjas gewoon over de albe en stola aan, zonder die eerst op te vouwen – bleven wij vijven zitten toen hij in zijn eentje door het middenpad wegliep. Hij had helemaal alleen de mis opgedragen, zonder een misdienaar erbij.

Toen de anderen weg waren, tikte Zuster me op mijn schouder. 'Het is tijd,' fluisterde ze.

Ik stak mijn hand omhoog: 'Nog vijf minuten,' en liep naar de linkerkant van het altaar om een kaars aan te steken.

Voor de twaalf rode kaarsen in een bewerkte metalen standaard stond een bidstoel van hout met vinyl erop. Ik liet me zakken, boog mijn hoofd en deed of ik bad. Na een minuut keek ik onder mijn oksel door achterom. Zuster had zich op de eerste rij genesteld, haar armen gevouwen voor haar borst, haar benen gekruist. De uniformrok was een stuk omhooggekropen en ik kon haar afgezakte kniekousen en een streep perzikkleurige huid zien.

Ik wijdde me weer aan de kaarsen. Op een hoekje van het

kaarsenrek lag een bos lange houten stokjes. Ik hield er een in de dichtstbijzijnde vlam, stak een kaars aan en keek op. Ik snoof de zoete wasgeur op. Het kruis was heel gewoontjes, met de hand beschilderd gips op hout. Een soort massakruisiging, wat een innerlijke tegenstrijdigheid leek: hoe kon zo'n marteling massaal worden? Maar zo was het wel, en de ware schoonheid van zijn zelfopoffering ging schuil achter de al te bedroefde ogen en de kunstmatige gezichtsuitdrukking van verdriet en pijn. Ik telde zoals altijd zijn ribben; het waren er dertien. Christus was de allereerste lijder aan anorexia. Dat beseften de meeste mensen niet, maar het is wel zo.

Ik hoorde het zachte gepiep van de rubberzolen van de schoenen van Zuster. Ze kwam achter me staan. 'Het is tijd,' fluisterde ze tegen mijn achterhoofd. 'Ze zeiden dat je uiterlijk om tien uur terug moest zijn. Het is vijf vóór.'

Nog steeds geknield, draaide ik me om. 'Die lelies stinken,' zei ik. 'Bah.' Ik trok mijn neus op maar Zuster lachte niet. 'Ze zijn voor Pasen, snap je.'

'Kom nou maar mee. Gert zei dat je nooit meer mag gaan als je te laat terugkomt. Uitgerekend de eerste keer moet je het precies goed doen.'

'Lelies en chocola; dat betekent Pasen voor ze. Walgelijk.'

'Ik krijg problemen als je niet op tijd terug bent.'

'De meeste mensen hebben geen benul waar Pasen over gaat.' Zuster zuchtte.

'Ze begrijpen niet dat de Verrijzenis het wonder níet was. Het wonder was zijn volkomen ontkenning van het zelf.'

'Hoe dan ook,' zei ze, 'we moeten gaan.'

Ik kwam stijfjes overeind. Mijn knieën voelden aan alsof ze in tweeën waren geknakt; de pijn gleed langs het bot omhoog tot hij mijn heup bereikte. Ik kon me niet herinneren of ik ooit zo lang geknield had gezeten met dit gewicht – ruim tweeënveertigeneenhalve kilo was het toch? Zuster pakte me bij mijn elleboog en duwde me het middenpad door.

Bij de deur pakten we onze palmtakken, die prikten; ze waren vierkant en dikkig aan het ene eind en dun en puntig aan het andere. Zuster gaf er één aan mij. Hij voelde koel aan tussen mijn vingers en ik waaierde ermee naar haar.

'Weet je wat het betekent, de Passie van Christus?'
Ze schudde van nee.
'Het betekent het lijden van Christus. In het Latijn zijn *lijden* en *passie* afkomstig van hetzelfde woord.'
'Dat wist ik niet.'
'Historisch gezien heeft het te maken met zijn laatste dagen, vanaf ongeveer het Laatste Avondmaal tot en met dat hij begraven werd. Maar ik heb altijd gevonden dat het op Palmzondag begon, de dag waarop hij de stad binnenkwam en werd begroet als een koning. Ze zwaaiden met palmtakken naar hem.' Ik wapperde nog een keer met mijn palmtak naar Zuster en ze pakte er ook een van de tafel. Ze draaide hem om en om.
'Vijf dagen later, op Goede Vrijdag, was hij dood. En dat terwijl hij vanaf het begin, toen ze zo aardig tegen hem waren, had geweten dat diezelfde mensen hem aan het eind van de week zouden uitleveren om ter dood te worden gebracht. Dat was de lijdensweg. Het weten.'
We liepen de kapel uit en naar de brede automatische glasdeuren. Het was mistig buiten – een scherm van vocht in plaats van regen, in afgepaste druppels. De lente was vijf dagen oud. Zuster zwaaide naar me tot ik uit het zicht was. Het voelde niet als een vernieuwing en ik zou de hele dag koud blijven.

DEEL II

# 7

Iedereen van onze afdeling maakte zich mooi voor de gemengde twaalf-stappenbijeenkomst op vrijdagavond. Alle patiënten van alle verdiepingen gingen erheen. Het was de enige keer dat we de anderen te zien kregen.

Na het avondeten hadden we een uur voordat we naar de aula beneden zouden gaan. De dienstdoende verpleegster maakte de centrale kast open waarin de scheermesjes werden bewaard. Wij trokken onze lange broeken en sokken uit en gingen in de rij bij het douchehokje staan wachten, waar de verpleegster toezicht hield terwijl we ons scheerden. De rij kwam tot halverwege de gang. Ze hield het douchegordijn voor ons open en dan moesten we met drie tegelijk naar binnen, zodat onze billen elkaar raakten als we ons bukten om te scheren. De douchekop kon los en die hield de verpleegster vast terwijl ze onze zorgvuldige halen in het oog hield om vervolgens het scheerschuim af te spoelen op zoek naar sneetjes. Wij met anorexia gingen het laatst omdat we het langst nodig hadden, want als je zo dun wordt, laat je lichaam meer haar groeien om warm te blijven. Gwen ging twee keer: één keer met mij en Amy, en één keer alleen met Louise omdat Louise niet kon bukken. Zij was dan ook het enige meisje zonder franje om haar enkels omdat iemand anders het had gedaan. Gwen had meer haar dan wie dan ook.

Naderhand propten we ons in één en dezelfde lift, alle zeventien meisjes, en gingen de ene verdieping naar beneden. De lift kon hoogstens 1350 kilo dragen. Ik probeerde het uit te rekenen – voor iedereen onder de vijfenveertig kilo waren er twee of drie meisjes met een enorm overgewicht – maar Janine was aan het praten. Ze deed nog steeds haar best me dingen te leren.

'We gaan met de lift naar de gemengde bijeenkomsten,' zei ze, 'omdat we dan in stijl binnenkomen. We hadden ook de trap kunnen nemen, maar dat doen we niet.'

Nog naar Old Spice ruikend liepen we de aula in – een wat misplaatste naam want het was een gewone vergaderzaal net als de andere, alleen twee keer zo groot. Maar er was niemand om ons in al onze pracht en praal te ontvangen. We begonnen stoelen neer te zetten. De andere afdelingen kwamen tien minuten later, onder begeleiding van hun hulpverleners. We hoorden ze al voordat we ze zagen: het zware geschuifel op de trap, de ongeremde mannenstemmen. Alle meiden renden naar een plek om te zitten of te staan. Janine en twee anderen met bulimia gingen bij de ingang staan om de mannen te begroeten, een opzichtig opgetut ontvangstcomité. Ze hadden hun haar getoupeerd en droegen dezelfde rode lipstick: daar was er waarschijnlijk maar één van geweest. De kleur was zo donker dat hun lippen fel afstaken in hun gezicht. Als ze iets zeiden, bewogen hun lippen als opgewonden vogeltjes. De meest hoerige droeg een brede riem in jaren-zestigstijl die zo strak om haar middel zat dat haar gezicht roze aanliep. Gwen en Amy waren in de weer bij de lege etenskar achterin de zaal, waar ze de servetten in een ingewikkeld waaierpatroon vouwden. Koningin Victoria zat op een van de middelste rijen naast Louise, die probeerde twee lokken haar op haar voorhoofd weg te stoppen die ze met een krulijzer had geschroeid. Ik had een boek meegenomen en deed of ik las.

De aula liep snel vol; ze waren met tweemaal zoveel als wij. Rond het spreekgestoelte vormde zich een groepje. Tot dusver waren alle mannen die we hadden gezien artsen of verplegers geweest: gerimpeld, schoongeboend en neerbuigend. Deze mannen waren groter en slomer; ze lachten maar glimlachten nooit. Sommigen zagen er vreselijk uit – degenen die nog aan het ontgiften waren. Zij droegen witte ziekenhuiskleding en slippers, en als je ze in de ogen keek, zag je dat ze die niet scherp konden stellen. In feite droegen alle mannen slippers – Zeezicht-slippers met een zeepaardje op de grote teen genaaid. Ook hadden de nieuwkomers make-uptasjes bij zich. Ik zag een man met een kaal geschoren hoofd dat van hem onderzoeken. Het was zo'n ding dat je gratis krijgt als je eerste klas vliegt. Syd was er dol op, vooral op de maskertjes. De Zeezicht-versie was ordinairder: zeep, handcrème, shampoo, tandpasta en tandenborstel. Ik vroeg me af waarom zij zoveel extra dingen kregen.

Er waren weinig vrouwen in hun groep, maar die zagen we nauwelijks. Die vrouwen waren mager op een sluikse, onbedoelde manier, heel anders dan wij. Het waren rooksters die naar de vloer keken en aan hun nagelriemen pulkten totdat ze begonnen te bloeden. Een van hen, de kleinste mens die ik ooit had gezien zonder dat het een dwerg was, had tatoeages op allebei haar armen. Ze werd Kleintje Pils genoemd.

Toen een hulpverlener om stilte vroeg, zocht iedereen die nog stond een stoel op. Ik kwam naast Janine en haar hoerige vriendinnen terecht; Louise, koningin Victoria, Gwen en Amy zaten op de volgende rij. De mannen zaten verdeeld om ons heen, de laatst aangekomenen het meest achterin.

De bijeenkomst verliep wel en niet als onze Anonieme-Overeetstersbijeenkomsten, die we elke avond hielden behalve deze keer. Het ritme was hetzelfde, maar de tekst was anders. Gert had gezegd dat ze ons op de vrijdagavonden bij elkaar zetten om onze blik te verruimen. 'Dan kunnen jullie de verschillende stadia van deze sluipende ziekte zien,' had ze gezegd.

Die avond vertelde een cocaïneverslaafde die Joey R. werd genoemd zijn verhaal. Hij begon over zijn verdomde vrouw en vervolgde dat hij zijn verdomde baan had verloren en sneeuw had verkocht om de verdomde kost te verdienen. Hij eindigde zijn verhaal met de verdomde smerissen.

'Tot slot,' zei hij, 'wil ik alleen nog zeggen dat ik het met hulp van een Hogere Macht één dag tegelijk doe en het red zonder een verdomde snuif. Als ik het kan, kunnen jullie het ook.'

Het leek net of ik in de bioscoop zat. Hij noemde het woord *cocaïne* niet één keer. Toen hij klaar was met zijn verhaal nodigde Joey R. zijn vrienden uit hetzelfde te doen.

Alle mannen praatten op die manier, ze gebruikten een hele serie leuzen in bepaalde volgorde. Het was net een code. Allemaal vertelden ze hoe dankbaar ze waren. Het leek wel tegen de regels om níet dankbaar te zijn. De leuzen leken zo net ingewikkelde, omzichtige rationalisaties voor falen. Voor wel willen, maar genoegen nemen met minder. Kalmpjes aan, dan breekt het lijntje niet. De eerste klap is een daalder waard. Leven en laten leven. Het maakte niet uit wat ze niet meer konden doen. Het was allemaal oké.

Ik merkte dat er een hiërarchie van verslavingen bestond. Hoe erger je verhaal, hoe dieper je vernedering, des te bewonderenswaardiger je herstel en des te meer klopjes op je schouder na de bijeenkomst. Wat ons in een merkwaardig parket bracht. Ons, dat wil zeggen, de meiden. Wij hadden geen baan of vrouw of huis verloren. Voor het merendeel hadden we geen dingen om kwijt te raken; we waren juist onderdeel van wat andere mensen kwijtraakten. Dik of uitgemergeld, met een doorsnee uiterlijk maar met een obsessie, afvaleters of kotsers – allemaal woonden we in huizen waar we zelf niet voor betaalden, huizen met een heteluchtoven en keukenmachine, sapcentrifuge en magnetron. Geen van allen hadden we iets gezegd op de grote gemengde bijeenkomst.

Eerder had Gert gezegd: 'Luister naar waar je je mee kunt identificeren, niet naar wat je anders maakt.' Maar het was het andere dat fascineerde. In het begin vanwege de romantiek, later omdat het zo afstotend was.

Zij waren voornamelijk afkomstig uit de arbeidersklasse. En van verschillende rassen. Arbeiders en postbodes. Gespierd of met bierbuiken of tatoeages. Wij waren allemaal wit en driekwart van ons was naar de universiteit geweest. Er waren uitzonderingen, maar niet zoveel. De mannen waren armer en gevaarlijker. Wanneer we uit Zeezicht weggingen, zouden we daarover praten, over die bijeenkomsten eens per week, die blik in andere levens. Niet over elkaar of onszelf. Niet over eten.

Terwijl we zaten te luisteren naar de anderen schaamden we ons ervoor dat we zoveel drukte over eten maakten. We voelden ons frivool.

Misschien was dat uiteindelijk ook wel de bedoeling.

Toen iedereen die dat wilde zijn zegje had gedaan, lieten de begeleiders van de nachtdienst ons elkaars hand vasthouden en een gebed opzeggen. Het deed me aan charismatische katholieken denken – die tijdens de mis met naar opzij uitgestoken armen bleven staan wachten tot God hun handpalmen zou kietelen – toen ik de kring rondkeek. Iedereen hield zijn ogen stijf dicht.

Onmiddellijk na afloop begonnen de hulpverleners de etenskar met fruit te vullen: appels, sinaasappels, peren en kruidenthee – ons avondhapje. Toen alles klaarstond, klaagden massa's mannen met een voornaam en de initiaal van hun achternaam, en zelfs de onverstoorbare Kleintje Pils over het ontbreken van koekjes en koffie, die er tijdens hun eigen bijeenkomsten altijd wel waren, beweerden ze. Etenswaren waren om voor de hand liggende redenen tijdens die van ons niet toegestaan, en voor ons was ook de cafeïne en suiker op de gemengde bijeenkomst weggelaten.

Joey R. sprak namens alle verslaafden toen hij naar een van de begeleiders ging en kwaad vroeg: 'Waar zijn de koekjes? Waar zijn de chips?!' Hij bonkte met zijn klapstoel en vloekte zo hard dat wij het hoorden.

'Zo gaat het elke week,' zei Janine met haar gezicht en nek vochtig van het zweten. Tijdens het gebed had ze tussen Joey R. en een man gestaan die nog aan het afkicken was.

Zelfs ik kon zien dat de woede gespeeld was. De mannen waren blij dat wij er waren, net zo geboeid door ons anders-zijn als wij door dat van hun. We bleven tenslotte vrouwen.

De meiden met bulimia waren ongetwijfeld het brutaalst tijdens het informele praatuurtje na de bijeenkomst. Ze pakten tussen de lichamen door fruit van de kar en streken met hun borsten tegen schouders aan terwijl ze zich uitrekten om een peer te bemachtigen. De drugsverslaafden waren echt aardig en omhelsden iedereen in plaats van je een hand te geven. Ze noemden elkaar hun 'familie'. Na verloop van tijd werd er luider gepraat, uitdagender. De vragen werden persoonlijk; de bijeenkomst had een zekere intimiteit doen ontstaan.

Koningin Victoria zei tegen een groepje vrouwen en mannen: 'Ik heb mijn hele leven al een verhouding met een vrouw en daar schaam ik me niet voor. Ze heet Sara Lee.'

Er werd gegniffeld, gelachen en nog meer fruit gepakt.

Amy, Gwen en ik hingen aan de buitenkant van de zaal rond, experts in het niet-verlangen. De dwangmatige overeters luisterden mee en hingen aan de lippen van anderen die praatten, of stonden in een kluitje rond een man die op de een of andere manier had laten blijken dat hij van dikke vrouwen hield. Louise bleef aan de plukken haar trekken die ze met het krulijzer had geschroeid.

Zelfs de onderlinge gesprekken hadden hetzelfde merkwaardige ritme als tijdens de bijeenkomst. Ik vermoedde dat dit de manier was om uit Zeezicht weg te komen: afstand doen van alles wat van jou was, ook – en misschien vooral – van je manier van praten. Ze hadden leentjebuur bij George Orwell gespeeld, niet bij Jim Jones.

Om tien uur werden we door de hulpverleners weggebonjourd. Wij meiden moesten het eerst vertrekken, zodat we niet zouden zien hoe de mannen werden geteld. Dat vonden ze vernederend en ze hadden gevraagd of wij nooit hoefden te zien hoe ze in de rij gingen staan om te worden geteld. Ze gingen met de lift terug. Toen wij al op onze afdeling waren, hoorde ik het gepingel en gezoem van de machinerie toen de lift voorbijkwam. Er liepen nog maar weinig meisjes op onze verdieping rond: bijna iedereen was rechtstreeks naar bed gegaan.

Na de gemengde bijeenkomst op vrijdagavond sloegen de meiden met bulimia de wasbeurt voor het slapengaan over in de hoop klaar te zijn met masturberen voordat het meisje met anorexia of de overeetster met wie ze hun kamer deelden uit de badkamer terugkwam. Als ze niet op tijd klaar waren, moesten ze wachten tot hun kamergenote in slaap gevallen was. En wie kon weten of de kamergenote niet zelf vol ongeduld lag te luisteren in afwachting van de regelmatige ademhaling aan de andere kant van de zestig centimeter brede ruimte tussen de bedden? Degenen die het staande in een toilethokje konden doen zonder hun evenwicht te verliezen als ze klaarkwamen, hadden geluk. Net als de meiden die schrijlings op het toilet konden zitten zonder zich aan vulgaire associaties te storen. En dat allemaal voordat de verpleegster die haar voet tussen de deur hield het merkte. Niet dat ik dit uit eigen ervaring wist; Janine had het me verteld.

In de laatste klas van de middelbare school had ik seks gehad met mijn vriend Ronald. Het was voor ons allebei de eerste keer geweest. Alleen had hij het wel eens met zichzelf gedaan. Ronald was nog veel katholieker dan ik, veel vromer. Dat wist ik omdat we samen naar de kerk gingen en tegelijk waren aangenomen. Ik had zijn geloof gezien: tere vingers die de zwarte kralen betastten, perzikzachte lippen die één onzevader op tien weesgegroetjes prevelden. 'Alsof je heiligheid tot de zoveelste macht kunt verheffen en Maria maar één tiende heilig is,' had hij gezegd.

Maar op mijn zeventiende had ik mezelf nog niet verkend en Ronald wel. Ik had er deels in toegestemd om te vrijen omdat ik wist dat Syd daar doodsbang voor was – Ronald was zwart – maar voornamelijk omdat ik me niet kon voorstellen dat ik ooit iemand meer zou vertrouwen dan hem.

Tijdens onze eerste (en enige) keer samen had hij gevraagd: 'Doe jij dat nooit, jezelf strelen?'

## 8

SYD HAD MIJN zwemspullen meegebracht zodat ik naar het zwembad zou kunnen. Ik gaf haar een rondleiding over de eerste twee verdiepingen en stelde haar aan mensen voor. Ze vond de kamers erbarmelijk, de meiden raar. Ik nam haar mee naar de sportafdeling. Toen we bij het zwembad kwamen, begon haar neus door de chloorlucht om te krullen van plezier en ze snoof diep. Ik was langs mijn neus weg over een eenpersoonskamer begonnen.

'En waarom heeft dat kleine meisje een eigen kamer? Weet iemand dat?' Syd stapte voorzichtig op de albasten tegels. Haar pumps met dikke hakken gleden even weg, maar ze verloor haar evenwicht niet. Door haar korte rok kon je haar mooie benen zien. Ze had op de universiteit aan kunstzwemmen gedaan.

'Dat weet ik niet.'

'Is er een reden voor? Heeft ze een probleem, of had ze gewoon geluk en was er een eenpersoonskamer vrij toen ze werd opgenomen?'

'Syd, iedereen heeft hier een probleem.'

'Niet zo brutaal, jij.'

Ik deed of het me niet echt kon schelen. Ik deed of ik haar belangstelling eigenlijk maar vervelend vond. Ik wist uit ervaring dat ze dan juist zou doorgaan.

'Ik bedoel of ze een ander probleem heeft, een waardoor ze geen kamergenote kan hebben?' Syd pakte een piepschuimen zwemplank van een stapel aan de rand van het bad, die aan beide kanten zeegroene zeepaardjes had. 'Is ze soms erg asociaal?'

'Ach, ik weet niet. Ze is een kindsterretje, geloof ik. Zegt ze. Misschien is ze gewend aan een eigen kleedkamer. Misschien

heeft haar moeder gebeld. Of is ze gewoon een verwend nest.'
'Hij is inderdaad klein, daar had je gelijk in.' Ze had het nu over het zwembad. Ze bukte zich en legde de zwemplank in het water. Het water was blauwwit. Ze doopte een vinger in het chloor en bracht hem naar haar lippen en neus. 'Poeh, ietsje te veel.' Ze ging staan en trok haar rok recht. 'Beter te voorzichtig dan helemaal niet, denk ik, maar toch. Vergeet je badmuts niet als je gaat zwemmen.'

Toen we het zwembad uitkwamen, ging ze naar mijn individuele psych, Dana. Ik bleef in mijn kamer op haar wachten. Janine was naar het winkelcentrum. Na tien dagen in Zeezicht mochten patiënten in groepjes naar het dichtstbijzijnde winkelcentrum in Hanover. Syd en ik waren er wel eens geweest. Het was er nogal chic, met een Lord and Taylor en geen Sears.

Er viel niets voor me te doen op mijn kamer. Ik borg het badpak, de badmuts en de duikbril en oordopjes op. Ik gebruikte speciale oordopjes van was, niet de gewone mini-gootsteenontstoppers die de meeste mensen bij de drogist kopen. Syd ook. We hadden allebei met zwemmen onze oren verpest.

Ik kon al zowat vanaf mijn geboorte zwemmen. Syd had me meegenomen naar onderwaterlessen voor baby's die in de YMCA gegeven werden. Toen was niemand lid van de YMCA; het was nog vóór de tijd van aerobics en fitnesstraining. Er kwamen maar weinig mensen, volgens Syd voornamelijk ouderen. Zij ging er tweemaal per week zwemmen in het groen en geel betegelde zwembad dat op de bodem een mozaïek had van Neptunus met een drietand waaraan een tand ontbrak. Toen er in het tijdschrift *Life* een artikel verscheen over pasgeboren baby's die onmiddellijk wisten dat ze hun adem moesten inhouden als ze in het water werden gelegd, begon de YMCA lessen voor baby's aan te bieden. Toen ze zes maanden zwanger was en nog voordat ze zelfs maar een naam voor me had bedacht, schreef Syd ons daarvoor in.

Het onderwaterzwemmen voor baby's was een methode, net zoiets als de methode van Lamaze, natuurlijk en radicaal, die de band tussen moeder en kind moest versterken. Syd was in het begin enthousiast over het moederschap, voordat ze twee kleintjes van ongeveer dezelfde leeftijd had. Ik zag haar voor me in de

YMCA in 1959, met haar zwemstersfiguur waarmee ze alle andere moeders overtroefde en haar zwart-met-roze badpak met bijpassende badmuts. Ze was veruit de beste van de klas, de enige moeder met een goede relatie met het water, volgens de instructeur.

'Dames, dames!' riep hij bestraffend uit. 'Hoe kan uw kind zich thuis leren voelen in het water als u dat zelf niet bent?'

Syd zei dat de andere moeders haar uit de weg gingen en ze dacht dat ze haar nauwsluitende badpak afkeurden. Dat was een wedstrijdbadpak dat niet in een rok eindigde, zoals dat van de anderen, maar hoog op de benen, waardoor haar gladde, gespierde dijen waren te zien. Ik wed dat ze jaloers waren op haar smalle middel en platte buik, waaraan je niet kon zien dat ze zwanger was geweest. En ik wed dat ze een hekel hadden aan het gemak waarmee ze in het water lag, net als aan haar flirterige verstandhouding met Sven, de instructeur, die helemaal uit Zweden was gekomen om in de Verenigde Staten bekendheid te geven aan het onderwaterzwemmen voor baby's. Maar de dames hadden geen hekel aan mij.

Syd zei dat ik met drie maanden nog niet goed kon zwemmen. De eerste paar weken begon ik te krijsen als er maar een teen in het water werd gedoopt. De andere moeders kraaiden glimlachend tegen me, gecharmeerd door mijn hysterie, mijn dichtgeklemde rode vuisten en verwrongen gezicht. Maar Syd zette door. Ze wist dat ik iets van haar geërfd moest hebben en ze wilde per se dat het haar liefde voor water was: het koele stromen tegen haar schouderbladen, de vormen die tussen haar kuiten ontstonden als ze figuren onder water maakte, de stilte in de diepte beneden, de gewichtloosheid. Centimeter voor centimeter liet ze me in het chloorwater van het zwembad zakken. In de vierde week had ik mijn angst overwonnen. De andere moeders stonden jaloers te kijken, baby's op hun heup, hoe Syd en ik achter elkaar over de bodem in het ondiepe gedeelte zwommen. Hun geaderde benen moeten er voor ons als onderwaterbomen hebben uitgezien, die in de tegelvloer wortel hadden geschoten. Elke week volgden we de lange speer van Neptunus over de bodem van het zwembad, onze wangen gevuld met lucht, ik met mijn vuist om Syds reusachtige duim geklemd.

'Wat ziet die Dale er radicaal uit, zeg.' Syd stond in de deuropening. 'Ik snap niet hoe je aan zo iemand iets kunt vertellen. Het zou al een stuk schelen als ze haar haar liet groeien.'
'Het is Dana, niet Dale. Ze heet Dana. Wat zei ze?' Syd ging op de rand van mijn bed zitten. 'Je kunt alleen worden overgeplaatst in geval van nood en ze vond dat er geen sprake was van een noodgeval.'
'Bedankt dat je het hebt gevraagd, Syd, echt waar.'
'Ik ben nog niet klaar. Ik heb de naam van haar baas gevraagd en die zal ik maandag opbellen. Gezien het bedrag dat ik betaal, hoor je op zijn minst wat privacy te hebben.'
'Heeft ze iets over Amy gezegd? Waarom zij een eenpersoons heeft?'
Syd schudde van nee. 'Daar wilde ze niet over praten. Om eerlijk te zijn, was Dale niet erg openhartig. Ze was alleen geïnteresseerd in een of andere vorm van gezinstherapie. Geen sprake van, heb ik gezegd.'
Het was vast een grappig gezicht, Syd samen met Dana.
'Ik heb altijd gedacht dat therapeuten van die zachte types waren,' zei ze. 'Die altijd willen geven. Maar deze niet. Dale niet.'
Ik zei: 'Het hoort bij hun werk om zo te doen. Om objectief te blijven.'
'Het verbaasde me gewoon, meer niet. Hoe koel ze was,' zei Syd. 'Zakelijk. Alsof het feit dat jij hier bent vanzelfsprekend is.'
'Dat is het voor haar vast ook.'
'Nou, voor mij niet.'
We gingen altijd tegen elkaar in, mijn moeder en ik; we konden niet anders dan elkaar tegenspreken, zelfs als we hetzelfde wilden.
'Het had niet minder vanzelfsprekend kunnen zijn voor mij.' Haar stem trilde. Heel even dacht ik dat ze ging huilen. Maar toen kreeg ze haar zelfbeheersing terug. 'We zullen wel zien van die kamer,' zei ze. 'Ik ben nog niet klaar met ze.'
En dat bleek ook wel.

57

# 9

DE VOLGENDE OCHTEND ging ik niet mediteren. Ik zei dat ik me niet lekker voelde en wilde uitslapen, maar beloofde wel naar het ontbijt te komen. Daarna bracht ik de hele ochtend 'in de spiegel' door, wat een oude uitdrukking van Syd was. 'Kom uit die spiegel,' brulde ze als ik daar voortdurend voor stond. Ik had het natuurlijk van haar.

De therapeuten drongen erop aan dat we minstens eenmaal per dag 'open' naar ons naakte lichaam keken. Kamergenotes dienden het verzoek om een paar minuten privacy te respecteren. Op elke patiëntenkamerdeur zat een lange, rechthoekige spiegel. Zodra Janine weg was, deed ik de deur dicht en zette er een stoel tegenaan.

Ik trok mijn kleren uit en ging vlak voor de spiegel staan. Ik dacht wat ik altijd dacht: Zou het niet fijn zijn om echt in de spiegel te zitten, zoals die andere Alice uit het boek, om tweedimensionaal te zijn in plaats van drie? De buitenkant van het leven zonder de troep.

Mijn huid was bijna grijs. Een zwarte Ierse, net als mijn grootmoeder Grace, de moeder van Syd, met donker haar en een heel witte huid zonder sproeten. Een huid zo wit dat hij soms blauw leek, dan weer doorschijnend. Maar vanochtend niet. Ik boog me voorover tot mijn tepels het glas raakten. De huid eromheen was strakgetrokken als een bloem die zich gesloten had. Kliertjes van Montgomery worden ze genoemd, die lelijke bobbeltjes rond de tepel. Als ze je borsten verkleinen, snijden ze om die kliertjes heen en tillen ze op, als het deksel van een koektrommel. Dan zuigen ze het vet weg en naaien de boel weer vast. Ik probeerde me dat voor te stellen en streek met mijn vinger langs de rand van mijn tepelhoven, waarna ik aan mijn tepels trok tot de blauwe kleur in rood veranderde. Ze zeggen dat bij ongeveer tachtig procent van de vrouwen die het laten doen het gevoel minder wordt. Niet dat de mijne erg groot waren. Ik had geen anorexia gekregen omdat die van mij niet te hanteren zo groot waren geweest. Dat was trouwens waar ze van uitgingen: ze dachten dat mijn anorexia een reactie op een gebeurtenis in mijn verleden was. Ondanks hun studie en ervaring leken ze niet te begrijpen dat het veel ingewikkelder lag.

Hoe was mijn lichaam ervóór geweest, wilden ze weten. Dana zei dat adolescenten vaak anorectisch worden omdat ze niet het lichaam van een volwassen vrouw willen krijgen.

'Zoals Amy?'

Daar wilde ze geen antwoord op geven.

Ik was een beetje mollig geweest toen ik jong was. Niet echt dik. Niet om mee geplaagd te worden. Maar het ging niet weg. In de brugklas ging ik voor het eerst op dieet, samen met Syd. Een fruitdieet. Drie soorten: grapefruit, banaan, watermeloen. Ik ontdekte dat ik ook niet van mijn lichaam hield toen het dun was. Het zag er nooit goed uit. Ik was veel te breed, waardoor de rondingen te hoekig waren. Mijn borsten hadden niet de vorm van vruchten, maar waren puntig, met naar beneden gerichte tepels, terwijl de rechter een hele cupmaat groter was dan de linker. De rest had ik van mijn vader: lange benen, geen achterste, een kort middel. Het was een enorme teleurstelling toen ik doorkreeg dat ik door dieet te houden niet het lichaam van Syd kreeg. Ik hield ermee op toen ik naar de middelbare school ging, op het moment dat de meeste meiden er juist gek van waren: het Stillman-, Scarsdale-, veel-eiwit-, weinig-eiwit-, roodvlees-, grapefruit-, enzovoort-dieet. Ik had me erbij neergelegd.

Met een geweldig lichaam is het nu eenmaal zó: je hebt het of je hebt het niet. Zo was het met zoveel dingen in het leven: schoonheid, hersens, aanleg voor sport – allemaal dingen die je meekreeg. Pa geloofde in hard werken, trainen om vooruit te komen. Voordat hij advocaat werd, had hij getennist, iets tussen prof en amateur in. Zijn service was zwak geweest, zei hij, dat had zijn spel verprutst. Maar hij had het tenminste geprobeerd. Syd vertelde dat hij tijdens zijn rechtenstudie vier uur per dag had getraind. Hij had zelfs twee verschillende coaches gehad. Toen ze geen geld meer hadden, was hij met tennissen gestopt. In die tijd gingen getrouwde vrouwen nog niet buitenshuis werken.

Ik had gedacht dat hij daardoor aanleg het belangrijkst zou vinden, maar dat was niet zo. Hij geloofde in de Amerikaanse Droom: werken en nog eens werken, dan zul je beloond worden. Toen ik hem ernaar vroeg, zei hij dat hij niet met zichzelf had kunnen leven als hij het niet had geprobeerd, maar dat hij slim genoeg was om iets achter de hand te houden om op terug te vallen.

Ik had het idee dat dat hem de das had omgedaan. Wat was een terugval anders dan gebrek aan geloof? Mensen wisten heel goed wie ze waren en wat ze konden.

Bij elke zwemwedstrijd die ik ooit verloren had, wist ik wie me zou verslaan op het moment dat ik van de gladde tegelvloer op het geribbelde startblok stapte. Dat kwam door de manier waarop ze haar spieren losschudde, de rimpeling op haar lange armen en benen, uitbundig, als water in het zwembad; de manier waarop ze zich vooroverboog en de onderkant van het startblok vastpakte om haar hamstrings op te rekken; de manier waarop ze haar badmuts met een knal op zijn plaats liet komen. Daardoor wist ik: je kunt winnen of verliezen.

Het was nogal wat om te beseffen. Nog op het startblok begonnen de klieren in mijn nek op te zwellen. Mijn buizen van Eustachius, de donkere, dunne verbinding tussen keel en oren, gingen kloppen. Dat had consequenties: het waarom zat me dwars. Waarom zou ik 's ochtends nog opstaan als ik het toch al wist? Waarom zou ik moeite doen? Zoveel van mijn leven leek al afgelopen te zijn.

Syd had dat nooit gehad. Voor haar was er altijd weer een kans geweest. Zelfs na haar grote teleurstelling, toen mijn vader was weggegaan. Ze had het lichaam voor andere mogelijkheden, het gezicht voor opwinding. Alles was mogelijk. Ze hoefde maar in de spiegel te kijken om te weten dat elk boek dat ooit geschreven was, elke film, elk liedje over haar had kunnen gaan. Mijn moeder kon zich alles indenken.

Als ik mijn anorexia aan één bepaalde oorzaak zou moeten wijten, zou ik misschien zeggen dat het te maken had met leven zonder wensen. Zonder verlangen naar wat dan ook. In de spiegel zag ik er min of meer hetzelfde uit. Daar werkte ik dan ook naartoe: geen verrassingen. Mijn borsten leken op die van oma Grace vlak voordat ze stierf: iets tussen rozijnen en pruimen in. Om eerlijk te zijn had ik de fascinatie van mannen met borsten altijd gênant gevonden, vooral als een man aan de mijne zoog. Al had maar één man dat ooit gedaan, Ronald. Dat was nog voordat mijn borsten verdwenen. En nog een keer met mijn kleine broertje Alex, maar dat heb ik nooit meegeteld. We waren zes en zeven jaar oud en ik had hem gedwongen; het was iets wat we 's avonds laat op tv hadden gezien toen het licht onder de deur van mijn ouders was uitgegaan en we stiekem de woonkamer waren ingeslopen. Maar zelfs met Ronald, mijn beste vriend, had ik aan dieren gedacht toen hij zijn mond tegen mijn borst legde. Ik had melk geroken.

Op de middelbare school besefte ik dat ik nooit mooi zou zijn; voor die tijd had ik beseft dat ik niet mooi wás, maar op de middelbare school drong het tot me door dat ik het ook nooit zou wórden. Ik deed alsof geloof en daarna intelligentie de dingen waren die ik echt belangrijk vond. Niets was zo oppervlakkig als uiterlijk. Ik keek neer op meisjes die zich er druk over maakten. Maar mettertijd kwam het verstikkende besef van wat ik verloren had.

Het ironische van alles was dat heel veel meisjes met anorexia beeldschoon waren. Gwen was zo knap als een fotomodel, een Ralph Lauren-droom van hoe het hoort. Zelfs kleine Amy had een gebeeldhouwd figuurtje. Je kreeg het idee dat ze honger leden om zichzelf te beschermen – ze werden door de buitenwereld zo scherp in het oog gehouden. Ik was een uitzondering: een onopvallende vrouw die anorexia had. Heel saai op elk gebied, zelfs op dat waarin ze anders was.

# 10

WE MOESTEN LEREN flossen. In het openbaar, waar de hulpverleners en de verpleging bij waren. Een tandarts hield een lezing en liet dia's zien van rottende tanden en kiezen en ontstoken tandvlees, close-up opnamen van dingen die op vochtige grotten leken. Gert bediende de gammele projector, die in de groepsruimte was opgesteld. De tandarts sprak vooral over de gebitsproblemen van mensen met eetstoornissen. Hij zei dat hij kon zien of een patiënte te veel of te weinig at of haar voedsel opbraakte zodra ze haar mond opendeed. In het begin geloofde niemand hem, tot hij over maagzuur begon dat het emaille op de tanden van meisjes met bulimia wegvrat.

'Dat op de kiezen niet,' zei hij glimlachend in het halfduister, waardoor we de inktzwarte spleet tussen zijn voortanden konden zien, 'behalve als een meisje jarenlang heeft gebraakt. Dan zijn zowel tanden als kiezen aangetast.'

Toen na de dia's het licht weer aanging, trok de tandarts gele plastic handschoenen aan en zei tegen de verpleegsters dat ze ons allemaal een spiegel en flossdraad moesten geven. Hij was erg knap, lang en breed geschouderd, met een roodbruine huid en door de zon gebleekt blond haar dat voor zijn ogen viel. Een buitenman, net als Alex. Waarschijnlijk deed hij aan wildwatervaren of roeide hij op de Charles River. Hij droeg geen T-shirt onder zijn witte jas en zijn kleine tepels duwden tegen de dure stof als de punt van een potlood.

'Overeetsters hebben natuurlijk meer last van gaatjes dan je voor mogelijk houdt, soms wel twee of drie per tand of kies,' zei hij. 'Ondereetsters zijn het moeilijkst te herkennen. Maar hun mond gaat net als de rest van hun lichaam ondervoedingsverschijnselen vertonen. Het tandvlees raakt ontstoken, waardoor tanden en kiezen los gaan zitten in het bot en uiteindelijk uitvallen.' Hij wond een lang stuk flossdraad om de middelvinger van zijn beide gehandschoende handen en hield het omhoog om te laten zien hoe het moest, zo ingenomen met zichzelf als een meisje dat een afneemspelletje met een touwtje doet.

Het waren kleine ronde spiegels en ze hadden een standaard van metaaldraad, zodat we ze op de lange vergadertafel konden neerzetten die speciaal voor de lezing was opgesteld. Op de ene kant zag je je gewone spiegelbeeld; op de andere kant werd het een aantal malen vergroot. Ik draaide hem naar de vergrotende kant en mijn gezicht sprong op me af, reusachtig groot en wazig, wiebelig in het glas. Mijn uitvergrote spiegelbeeld weigerde stil te staan.

'Zorg dat de draad om de hele tand of kies zit en beweeg hem dan voorzichtig net tegen het tandvlees aan.'

Louise en Gwen probeerden elkaar te helpen bij het zoeken naar de juiste hoek waarin ze moesten flossen. Louise stak haar handen te diep in haar mond, drie of vier vingers rond een tand; Gwen hield haar handen juist helemaal naast haar hoofd. De tandarts ging op zijn hurken naast hen zitten en gaf een demonstratie op zijn eigen gebit.

Toen de lezing was afgelopen, mochten we het flossdraad houden, achthoekige houders van vrolijk gekleurd plastic met witzijden draad erin. Maar de spiegels werden door de tandarts opgehaald en in een jutezak gestopt. 'Voor de volgende keer,' zei hij glimlachend. Het spleetje tussen zijn twee voortanden maakte hem eerder adembenemend dan gewoon knap; het was een soort onvolmaaktheid die het geheel tot een eenheid maakte. Hij was waarschijnlijk erg fotogeniek.

Ik had zin hem beentje te lichten toen hij langs me heen liep om weg te gaan. Het beeld van hem op handen en voeten, omringd door glasscherven, verscheen als een van zijn eigen dia's voor mijn geestesoog.

## 11

IK VROEG ME af of ik in Zeezicht door goed of door slecht gedrag een eenpersoonskamer kon krijgen. Ik wist al dat ze mijn houding slecht vonden, wat vreemd was. Ik was eraan gewend dat mensen mijn houding goed vonden. Zelfbeheersing, bescheidenheid, zelfopoffering: dat zagen de mensen graag, vooral bij meisjes. Maar er was een grens. Net als met alles, lag die bij het punt dat je je van andere mensen onderscheidde. Als ik in mijn puberteit een scène maakte, driftig werd of haar openlijk tegensprak, zei Syd steeds: 'Nu overschrijd je een grens.' Alsof ze die kon zien, alsof hij op de vloer geverfd was.

Ik probeerde de kunst van Amy af te kijken maar dat lukte niet. Om te beginnen had ze een ander schema. Geen creatieve en geen bewegingstherapie, maar half zoveel groepstherapie. Ze kwam wel mediteren, naar alle twaalf-stappensessies en de maaltijden. Kennelijk kreeg ze massa's individuele therapie. En dan nòg, als ze er was, zei ze haast niets. Als je met haar praatte, vertelde ze over haar carrière als actrice, waar alleen Gwen in geloofde. Ze had het over optredens in reclames, obscure theaterstukken, zomertheater. Zelfs Janine, de eeuwige optimiste, de aardig-tegen-iedereen-want-ik-ga-hier-toch-weg Janine, zei: 'Hoeveel versies van *Annie* zouden er wel niet zijn?'

Amy had geen goede stem voor een actrice, hij was diep en soms schor. Als je je ogen dichtdeed als ze iets zei, kon je denken dat het een vrouw van in de twintig was, geen meisje van dertien; en als je ze dan weer opendeed, zag je Amy, die eruit zag als tien. Ik heb dat maar één keer gedaan en toen nooit meer. Ze had over een zere keel geklaagd en kreeg toestemming voor speciale kruidenpastilles waarop ze altijd liep te zuigen.

Hoogstwaarschijnlijk had ik de meeste kans op een eigen kamer als ik me slecht gedroeg. Als heilig boontje Janine al niet was beloond met een eenpersoonskamer, zat het er voor mij helemaal niet in, gezien het feit dat mijn houding kwalijk gevonden werd. Het probleem was om me niet zo slecht te gedragen dat ik langer moest blijven. Wat met Amy leek te zijn gebeurd. Toch rekende ik nog het meest op Syd. Ze had beloofd met de directeur te gaan praten en kreeg meestal haar zin.

Ik woog inmiddels vierenveertigeneenhalve kilo en mijn behandelteam gaf me het groene licht voor bewegingstherapie. De bewegingsruimte was niet bepaald de meest moderne: vier slecht geventileerde kamers die in elkaar overliepen. Mary Beth gaf me een kaart met bovenaan de tekst Individueel Fitnessplan erop gedrukt. Ik herinnerde me dat ik dat in de Zeezichtfolder gelezen had: 'Uw dochter krijgt van ons een Individueel Fitnessplan.' Op het mijne stond dat ik geen aerobicsoefeningen mocht doen en niet met zware gewichten mocht trainen. Het enige wat ik mocht was rekoefeningen en zwemmen.

Mary Beth gaf me een hand alsof we een afspraak hadden gemaakt. 'Ik hoop dat je naar het zwembad gaat. Ik heb gehoord dat je kunt zwemmen als een vis.'

'Noem je dat een zwembad?'

'Niet vergeten, hè?' zei Mary Beth. 'Geen baantjes trekken.'

De bewegingsruimte had een gecapitonneerde vloer en een spiegelwand. Er zaten meisjes op witte badstoffen handdoeken rekoefeningen te doen. Toen ik Janine zag, ging ik naast haar zitten. Op mijn kaart stond dat ik in aerobicsles mee mocht doen met de warming-up en cooling-down. In het middengedeelte, tijdens het kwartiertje intensieve oefeningen, moest ik ademhalings- en rekoefeningen doen.

Net als Cass deelde Mary Beth ons in naar eetstoornis: dwangmatige eters links, anorexia-patiënten rechts, bulimia-patiënten in het midden. Ze zei dat ze een indeling nodig had om te weten wie wat mocht doen. We gingen trouwens zelf toch wel volgens die indeling zitten. De bulimia-meiden hadden allemaal een verschillend lijf, sommigen waren 'normaal', anderen dik of gespierd. Ze waren vaker mollig. Dat maakte dat we althans visueel onderscheid konden maken tussen de twee uitersten.

'Wat is haar verhaal?' vroeg ik aan Janine.
'Van wie?'
Ik keek naar onze instructrice. Mary Beth was bezig Louise uit te leggen waarom ze haar handdoek niet naast die van Gwen kon leggen. Alle spieren lagen als de strengen van een vlecht op Mary Beths armen en benen.

'Ze trainde in zo'n chique sportschool in New York,' zei Janine. 'Waar sterren kwamen. John Travolta en Bette Midler en Sly Stallone. Mary Beth trainde tweeëneenhalf uur na elke maaltijd, op het laatst na elke hap. Ze kwam de sportschool niet meer uit en dat hoefde ook niet; er was een sapbar en een cafetaria. Ze kon geen enkel baantje houden. Ze deed alles met plastic geld.'

'Betaalde ze met haar creditcard?'
Op dat moment vroeg Mary Beth onze aandacht. Ze stond met haar gezicht naar ons toe, haar rug naar de spiegel. Ik kon haar stevige achterste in het glas zien. 'Iedereen diep ademhalen.' Ze stopte een bandje in de cassetterecorder: new agetroep. Ik kon niet eens de instrumenten onderscheiden.

'Voel hoe je spieren samentrekken en zich ont-span-nen,' zei ze. 'Aanspannen en los-la-ten. Sluit vrede met je lichaam. Dat is precies zoals het hoort te zijn op dit moment.'

Mary Beth droeg een fietsbroek en een gescheurd T-shirt. Je kon haar spieren erdoorheen zien. De muziek begon sneller te worden, vertrouwder. Er klonk gekreun. Zes meisjes mochten niet aan alles meedoen; wij zaten rekoefeningen te doen. Ik had al besloten dat dit niet de manier was waarop ik me zou misdragen. Ik had trouwens een hekel aan aerobics: meestal lukte het alleen de instructrice en haar epigonen om er niet stompzinnig uit te zien. Een aan beweging verslaafde bulimia-patiënte, Penny, had het duidelijk moeilijk. Halverwege de oefening ging ze staan en begon op de maat op de plaats te huppen. Mary Beth wierp haar een scherpe blik toe en ze ging weer zitten.

Penny was beroemd in heel Zeezicht. Zelfs de drugsverslaafden praatten over haar. Ze was op haar eerste dag hier aan de haal gegaan. Maar in plaats van er echt de brui aan te geven, had ze een rondje van tien kilometer om het ziekenhuis gelopen. Dat was wat de verslaafden zo gek vonden: dat ze er niet vandoor was gegaan. Wat ze niet beseften was dat er voor Penny niets was om voor op de loop te gaan; ze kon het overal doen. Gert was die dag op weg naar huis toen ze langsreed. Penny was net aan een tweede rondje begonnen toen Gert stopte en haar een lift aanbood. Ze liep in spijkerbroek en op molières. Er werd een dokter van de verpleegafdeling bijgehaald om haar blaren te behandelen.

Aan het einde van de les leken Mary Beths kleren gekrompen. Haar huid was bruin en nat, strak getrokken als plastic folie. Ze zei: 'Doe jullie ogen dicht en concentreer je op de spieren waarmee je je been optilt. Stel je voor hoe ze samentrekken.'

Ze was behoorlijk Zen voor een aerobicslerares, moest ik toegeven. Godzijdank niet zo overdreven vrolijk.

In de kleedkamer was een open doucheruimte. We waren niet verplicht die te gebruiken, maar mochten naar boven, naar de douches met wat meer privacy op onze verdieping als we dat wilden. Dat deden de meeste meisjes. Alleen de aan beweging verslaafde bulimia-patiënten douchten beneden, en Penny en twee anderen verdrongen zich onder de beschikbare douchekoppen om zich in te zepen. Om warm te blijven onder de verschillende stralen moesten ze heen en weer lopen in een soort lus, waardoor hun ellebogen elkaar raakten. Ik stond naar ze te kijken in de kleedkamer, maar een paar meter van ze vandaan, terwijl ik deed of ik me afdroogde. Ze poseerden voor elkaar door de zeep te laten vallen of door moeilijke plekken met een waslapje te boenen. Naakt zagen hun lichamen er merkwaardig uit: plat en bol tegelijk, hier opgeblazen, daar ingevallen. Het water van de douche liep in vreemde straaltjes over hen heen, nooit gewoon recht naar beneden, rond quadriceps en triceps, monnikskap- en driehoeksspier, langs de ene en de andere spiergroep. Ik vond ze eruit zien als raar gevormd speelgoed. Dat vonden ze zelf kennelijk niet. Ik vroeg me af wat ze zagen als ze zich onder de douche in allerlei bochten stonden te wringen om elkaar hun verborgen spieren te laten zien.

Hun kleren lagen in drie keurige stapeltjes op de versleten bank naast de douches. Mijn blik viel op een kobaltblauw maandverband in een van de stapels: er was iemand ongesteld;

ik vroeg me af wie. Sportende bulimia-patiënten werden net als wij vaak niet meer ongesteld: er was twintig procent lichaamsvet nodig voor de maandelijkse bloedingen. Dat wist ik omdat mijn menstruatie onregelmatig begon te worden in mijn eerste jaar op de universiteit, ongeveer in de tijd dat Ronald en ik uit elkaar gingen. Het gekke was dat Syd erg vroeg in de overgang was gekomen – prematuur climacterium heette dat; ze was toen tweeënveertig – en we tegelijkertijd ophielden met bloeden. Dat kon ik me nog herinneren omdat ze toen zoveel dokters bezocht.

Het maandverband had een plakstrip, het soort dat ik nauwelijks gedragen had: in de laatste paar jaar was de technologie nogal veranderd. Geen gordeltjes meer. Syd had me laten zien hoe je die moest dragen door er zelf een aan te trekken voor de spiegel. We oefenden hoe je de smalle uiteinden door het metalen stuk trok en aan de scherpe tandjes moest vastmaken. Syd legde uit dat de gordel laag hoorde te zitten, ongeveer op de heupen. Het metaal beet in mijn zachte huid en trok aan mijn schaamhaar. Ik had steeds het gevoel dat ik moest krabben. Syd zei dat mijn schaamhaar jammer genoeg zo donker was. Ze trok haar hemd omhoog om me de ronding van haar middel en platte buik te laten zien.

'Niet slecht voor een oude dame, hè?'

Syd had licht schaamhaar, niet echt blond zoals het haar op haar hoofd, maar lichter dan het mijne. En ze had er veel meer van dan ik. Een kleine blonde afro. Ik moest denken aan de uitdrukking die ik op school had gehoord, maar toen niet had begrepen. In de kantine hadden de jongens aan de kantine-dames gevraagd of er bonttaart voor dessert was om vervolgens in lachen uit te barsten. Ik vroeg me af of Alex had geweten wat bonttaart was.

De meiden in de douche hadden het te druk met zichzelf bewonderen om te zien dat ik in de buurt van hun spullen rondhing. Ik begreep dat dit mijn kans was. Hierdoor zou ik behoorlijk in de problemen komen. Erg genoeg voor een eenpersoonskamer, hoopte ik. Ik pakte al hun kleren en zette het op een lopen.

## 12

Toen het gegil begon, was ik in het trappenhuis, nog niet eens halverwege de eerste verdieping. Ik liep op mijn tenen en deed mijn best zo min mogelijk lawaai met mijn instappers tegen de stalen randen van de treden te maken; ik had mijn bovenlichaam gekromd over de bal gejatte handdoeken en kleren, toen ik het eerste hysterische gekrijs hoorde. Ik bleef als versteend staan.

Hun stemmen gilden: 'Waar zijn onze kleren? Waar zijn onze kleren? We hebben niets om aan te trekken!'

Ik liep de rest van de trap met twee treden tegelijk op en dumpte de bundel kleren in de eerste de beste wasmand die in onze gang stond, degene die twee keer per dag werd geleegd. Daarna ging ik regelrecht naar mijn kamer.

Wat er vervolgens gebeurde, hoorde ik die avond onder het eten. Amy had het verhaal van de verpleegsters gehoord; ze was hier al zo lang dat ze zich in haar nabijheid wat minder inhielden. Amy vertelde dat toen Mary Beth handdoeken en badjassen was gaan halen, ze de bewegingsverslaafde bulimia-meiden op het hart had gedrukt niet weg te gaan. Penny en haar twee vriendinnen (een gedrongen bodybuildster die zoveel steroïden had gebruikt dat ze een zwarte snor had, en een voormalig driekampster die haar medaille elke dag onder haar kleren droeg) hadden gezegd: Natuurlijk, we kunnen zo toch nergens heen?

Zodra Mary Beth haar hielen had gelicht, waren ze als een haas naar het kleine zwembad en de bewegingsruimte gegaan waar we samen aerobics hadden gedaan, met achterin de martelkamer waar de fitnesstoestellen stonden. Naakt. Open en bloot onder het tl-licht. Ze dachten: Mary Beth zou acht tot twaalf minuten wegblijven, dus tijd genoeg. Omdat de deuren naar alle vier de ongeventileerde sportzalen niet op slot waren, verspilden de meiden een paar kostbare minuten zonder supervisie met heen en weer lopen terwijl ze probeerden te beslissen: Even zwemmen? Baantje trekken? Onderwaterwedstrijd? Zes keer opdrukken? Maar toen zag Penny de cassetterecorder met het bandje dat Mary Beth erin had laten zitten en dat gaf de doorslag. Ze draaide het bandje om, spoelde hem snel vooruit tot ze de discomuziek vond en drukte toen op play.

Penny was professioneel danseres geweest voordat ze aerobicslerares werd. In de groepstherapie had ze ons verteld: 'Na een tijdje maakte het niet meer uit wat de bewegingen betekenden. Wat de dans moest uitbeelden.'

Ze begon aan een favoriete oefening en paste de passen aan de muziek aan. De andere twee gingen meedoen, allebei op armlengte afstand van Penny en alledrie met een onbelemmerd uitzicht op zichzelf in de spiegel.

Ze keken naar zichzelf onder het dansen.

Zo trof Mary Beth ze aan toen ze terugkwam. Doof voor haar geroep, want de muziek stond keihard. Hun lichamen glommen. Hard. Zonder gewiebel. Sculpturen van vlees, die op en neer gingen als zachte grote ballen zonder naad. Alsof ze alledrie uit dezelfde gietvorm kwamen.

Mary Beth rukte de cassette uit het apparaat. Het duurde even voordat ze ophielden: de muziek galmde nog na in hun oren. Langzaam kwamen ze tot rust, als een achteruitdraaiende spiraal.

Toen alles stilstond, begon Penny te gillen.

We zagen ze pas weer de volgende dag aan het ontbijt. Ze waren naar hun individuele therapeuten en bijeenkomsten van hun behandelteam gestuurd. Voor het ontbijt hielden we stoelen voor ze vrij en deelden ons meest gewaardeerde voedsel met ze: versgeperst sinaasappelsap. Louise bracht zelfs hun lege dienbladen terug, waarvoor ze drie keer moest lopen.

# 13

Vóór de lunch moest ik voor een bespreking met mijn behandelteam naar Dana's kamer komen. Gert, Cass, Mary Beth, Dana en mijn opnamearts, dokter Paul, zaten met samengeklemde knieën in een kring. Er was nog maar één stoel vrij en Gert klopte erop, aangevend dat ik daar moest gaan zitten. Dana deed het woord. 'We willen het douche-incident met je bespreken,' zei ze. Niet de diefstal. Niet het wangedrag. Niet de practical joke. *Het douche-incident.* Ik dacht: Nu zullen we het beroemde Zeezichtgevoel voor humor krijgen.

'Vind je het prettig om naar mensen te kijken?' vroeg ze.

'Hangt ervan af wat ze aan het doen zijn.'

'Geeft het je een gevoel van macht als jij iemand kunt zien zonder dat ze jou kunnen zien?'

'Niet speciaal.'

'Vind je het vooral prettig om naar vrouwen te kijken?'

Hier had ik niet op gerekend. Een volle minuut lang zei ik niets.

Omdat het vrijwel allemaal therapeuten waren, wachtten ze af.

De waarheid was dat ik inderdaad graag naar mensen keek en vooral graag naar vrouwen, maar niet om de redenen die zij dachten. Anorexia-patiënten observeren graag, ze meten. We zijn toeschouwers van andere levens, andere keuzes. Ik heb naar vrouwenlichamen gekeken, niet voor de lol, maar in de hoop onvolkomenheden te ontdekken.

Dana schraapte haar keel. 'Je moeder heeft vrijdag een gesprek gehad met de directeur. En daarna met dokter Sampson.'

Dokter Paul bladerde in mijn dossier met zijn mollige handjes.

'Mevrouw Forrester wil erg graag dat je een eigen kamer krijgt,' vervolgde Dana. 'Daar heeft ze sterk voor gepleit.'

Ik probeerde Dana's gezicht te lezen: had ze een hekel aan mijn moeder? Ik vroeg me af of Syd iets kleinerends over haar tegen de directeur had gezegd.

'Dokter Sampson is het daarmee eens, heb ik begrepen.'

Hij knikte zonder op te kijken, zijn neus nog steeds in mijn dossier. Alsof hij iets zocht in plaats van zich ergens achter te verschuilen.

'Eerst waren we daar wat huiverig voor,' zei ze terwijl ze de anderen aankeek, 'maar nu Janine vrijdag weggaat, denken we dat we een oplossing gevonden hebben. Jij en Amy wisselen van kamer als Janine weg is. Dan kan Amy haar kamer delen met het nieuwe meisje. We denken dat het voor Amy ook goed is. Dat ze gezelschap heeft. En dan ben jij alleen.'

Het voelde vreemd om op die manier een kamer te krijgen. Ik had niet gedacht aan de conclusies die ze zouden trekken. Mijn maag kneep samen. Wat zouden ze tegen de anderen zeggen? Dat ze niet samen met Alice onder de douche moesten gaan staan?

'En dan is er nog iets. We hebben je moeder verzocht haar bezoeken op te schorten.'

'Wat?'

'We denken dat een scheiding je genezingsproces zal versnellen.'

'Mag ze niet meer op bezoek komen?'

'De band tussen moeder en dochter is soms de meest intensieve relatie in het leven van een vrouw.'

'Vooral als ze alleenstaand is,' zei dokter Paul.

# 14

TIJDENS JANINES AFSCHEIDSRITUEEL ging haar stoel kapot. Het was gewoon een afscheidsfeestje, maar ze noemden het een afscheidsritueel omdat ze zichzelf ontzettend spiritueel vonden. Ze waren niet erg goed in het geven van feestjes in Zeezicht; er was niets te eten en slingers en ballonnen waren dom genoeg verboden. In plaats daarvan versierden we de groepsruimte met tweemaal zoveel posters en plaquettes als normaal. Beide beginnersgroepen (we waren in tweeën gesplitst voor groepstherapie, zeventien was te veel voor psychologisch gegraaf) waren aanwezig. Elk meisje bracht iets uit haar kamer mee en de hulpverleners droegen iets uit hun kantoor en huis bij. Ik had nog nooit zoveel geborduurde vrome spreuken bij elkaar gezien. Cass had Janines reusachtige lichaamstekening aan de muur gehangen zodat iedereen hem goed kon zien. Aan de andere kant van de zaal stonden appelsap en papieren bekertjes op een gammel kaarttafeltje.

Gert en Dana leidden het ritueel. Ze gaven Janine een koperkleurige medaille met op de ene kant de tekst 'Een Dag Tegelijk' en haar naam en de datum op de andere gegraveerd. Hij was iets groter dan een halve dollar. Boven Janines naam zwom het zeepaardje van Zeezicht, piepklein en slecht getekend – het leek net een hond met vleugeltjes. Als je niet net zo lang bleef als de dokters hadden voorgeschreven, kreeg je de medaille niet. Wat me echt het einde van de wereld leek. Gert en Dana lieten ons allemaal een symbolisch cadeautje aan Janine geven.

'Iets wat van jullie zelf is, van je beste zelf, en waarvan je denkt dat Janine het moet meenemen naar de buitenwereld,' zei Gert.

Janine zat voor in de zaal, haar handen gevouwen in haar

schoot, haar enkels gekruist onder de stoel. Ze droeg een witte katoenen jurk met grote punten aan de zoom van de rok. Iemand had een takje gipskruid achter haar linkeroor gestoken. Gert en Dana stonden ieder aan een kant naast haar.

'Ik ga wel eerst,' zei Dana.

De hulpverleners boden zich altijd aan voor elkaars oefeningen. Dat was een truc van het vak: ze dachten dat enthousiasme aanstekelijk werkte.

'Ik geef Janine de moed om haar emoties te voelen.' Dana boog zich voorover en gaf Janine een zoen op de wang.

'Ik geef Janine nederigheid, of anders gezegd, zelfkennis,' zei Gert, die ook een zoen uitdeelde.

Het deed me denken aan het einde van *De Tovenaar van Oz*: een hart, een brein, een huis. We stonden op en gingen in een rij voor Janine staan.

'Waardigheid,' zei koningin Victoria.

'Hoop,' zei Penny.

Ik was de laatste in de rij.

'Eigenliefde,' zei iemand van de andere beginnersgroep.

Dit was het ergste tot dusver. Ik was nu twee weken in Zeezicht, een heel leven al, maar niet lang genoeg om me op mijn gemak te voelen bij dit soort emotionele uitspattingen.

'Geluk,' zei Penny's vriendin, de besnorde bulimia-patiënte.

De rij begon kleiner te worden.

'Vrede.'

'Vertrouwen.'

Ik wilde Janine geven wat de tovenaar aan Dorothy gegeven had: helemaal niets.

'Kameraadschap,' zei Louise, uiteraard huilend.

'Vreugde,' zei Amy.

Meer dan niets: de afwezigheid van dingen, wat nog beter was. Verlangenloosheid was wat ik Janine wilde geven. Ik had niet veel tijd meer.

'Eerlijkheid.'

'Begrip.'

Ik probeerde concrete dingen te bedenken. De derrière waarmee ze binnengekomen was, een medium maatje spijkerbroek, een roeimachine.

'Waardigheid,' fluisterde Gwen, niet beseffend dat dit cadeau al gegeven was.
Dana vertelde het haar.
Gwen keek verslagen. Ze haalde haar schouders op en haar lichtblonde haar raakte bijna los. Ik stond achter haar. Als ik ertegen blies, zou Gwens haar loslaten. Uiteindelijk bedacht ze iets: 'Aanvaarding,' en ze bukte zich voor de zoen. Die beweging was voldoende: haar vlecht raakte los en de bundel haar viel naar voren. Toen Gwens haar de met rouge ingesmeerde wang van Janine raakte, zakte Janines stoel op onverklaarbare wijze opzij, terwijl de achterste linkerpoot dubbelklapte en bijna doorboog als een kniegewricht. Alsof het vederlichte haar van Gwen een onzichtbare weegschaal had doen doorslaan. Janine besefte het direct en ging met een ruk naar rechts, weg van de doorzakkende poot. Maar het was al te laat, de rechterkant bezweek onder het onverwachte gewicht en de hele stoel klapte in elkaar.
Tot mijn verrassing belandde Janine niet op de vloer. Ze slaagde erin op haar hurken te blijven zitten, haar enkels nog gekruist, terwijl de stoel onder haar dubbelvouwde. Een miraculeuze redding, vond ik. Misschien vervelend omdat ze van voren tegen Gwen aanviel, maar niet zo erg als wanneer ze echt gevallen was.
'Gratie,' zei ik uiteindelijk over Gwens schouder tegen de bovenkant van Janines hoofd. Gert was de enige die mijn cadeau hoorde. Ze keek me bestraffend aan, pakte de stoel met een hand beet en bracht hem de zaal uit voordat iemand hem kon bekijken. Het ritueel was afgelopen.
'Die verdomde stoelen,' mopperde Gert toen ze weer terug was. 'Ik heb om vervanging gevraagd. Ze zijn oeroud.'
We knikten beleefd bij die leugen.
Janine stond er scheefgezakt bij, zodat twee van de punten van haar jurk het tapijt raakten. Ze staarde naar het gipskruid op de vloer. Gert sloeg moederlijk haar armen om Janine heen en drukte haar tegen zich aan. Dana pakte het gipskruid op en stak het weer achter Janines oor. 'Tijd voor het laatste afscheid,' zei ze.
Janine moest van Gert en Dana voor haar lichaamstekening

gaan staan om haar gelukwensen in ontvangst te nemen. Ze glimlachte als de moeder van de bruid: uitgeput, opgelucht, heimelijk teleurgesteld en bedroefd. Je kon aan de lichaamstekening zien dat ze dunner was geweest toen ze hier kwam, maar niemand zei daar iets van. Gert zette muziek op, een bandje van de bewegingstherapie van Mary Beth, en een paar meisjes begonnen te dansen. Ik ging op een stoel zitten – ze waren allemaal tegen de muur gezet – en staarde naar mijn bekertje appelsap. Ik zag steeds weer voor me hoe Janine bijna viel; het was indrukwekkend geweest, haar reflex om zichzelf te redden. De kleine Amy kwam naar me toe en vroeg of ik wilde dansen. Ik zei nee en ze haalde teleurgesteld haar schouders op.

'Evengoed bedankt.'

Ze haalde nog eens haar schouders op, onverschilligheid veinzend, haar onderlip uitgestoken. Ze hadden haar nog niets verteld over de aanstaande wisseling van kamer. Ik vroeg me af of ze nog met me zou willen dansen als ze het wist. Penny kwam bij ons staan en na een korte woordenwisseling holden ze samen naar de dansvloer. Ze zwierden weg op de Jackson Five: *Easy as one-two-three*. Penny liet alles kronkelen op het ritme: ze kon elke spiergroep isoleren. Heupen, buik, benen en schouders konden allemaal los van elkaar bewegen. Ze danste dubbel zo snel: twee keer op elke beat van de muziek. Amy kon haar nauwelijks bijhouden.

Achterin de zaal, bij het wankele tafeltje met frisdrank, was koningin Victoria bezig Gwen de wals te leren. *One-two-three*, maar dan anders. Ze keken naar hun stampende voeten op het tapijt, zonder naar de Jackson Five te luisteren. Gwen had haar haar weer vastgemaakt en aan haar kin, die meer vooruitgestoken was dan anders, en de groeven rond haar mond kon ik zien hoe ingespannen ze bezig was. Ze had een ivoorkleurige hand op koningin Victoria's schouder gelegd en liet zich leiden. Ze stapten vierkantjes vlak voor Louises neus, die in haar eentje naast de appelsap bemoedigend zat te glimlachen.

Ik bedacht dat de reden dat Janine niet samen met de stoel was ingeklapt, was dat ze er niet goed op had gezeten. Niet echt. Niet zoals ik zat, met mijn gewicht op het midden van de zitting. Ze had zichzelf, bijna zwevend, vastgehouden vlak boven en op de stoel zodat haar huid net het metaal raakte, maar met harde en aangespannen spieren, op haar hoede voor het onvermijdelijke, wachtend op de gevreesde ineenstorting. Zich bewust van haar omvang, haar nieuwe (maar eigenlijk oude) grote formaat, het teveel aan ruimte dat ze innam, het teveel-zijn in de wereld. Janine was waakzaam wat de mogelijke vernederingen betrof die haar lichaam haar kon bezorgen en ze was er klaar voor geweest toen de stoel het begaf. Omdat Janine meer padvindster was dan majorette, was ze erop voorbereid. En zou dat altijd zijn.

*Do re mi*, zongen de Jackson Five. Gert ging naar Penny toe om te zeggen dat ze het volgende liedje moest blijven zitten en Penny holde huilend de zaal uit.

Zelf zou ik nooit die stoel hebben genomen. Ik zou hebben aangevoeld dat hij onveilig was en een andere hebben uitgekozen. Syd heeft me verteld dat ik nooit gevallen ben toen ik leerde lopen. Niet één keer. Met achttien maanden liep ik wankelend en met uitgestrekte armen van de divan naar de muur en vandaar naar de voetenbank, de toppen van mijn vingers als ogen die alles opnamen. Of anders kroop ik. Tussen gratie en afhankelijkheid bestond er voor mij niets. En nog steeds niet.

# DEEL III

# 15

SYD NOEMDE DE vrouw met wie mijn vader een verhouding had toen ik op de middelbare school zat, de vrouw die uiteindelijk de reden voor het einde van hun huwelijk was, de beeldhouwster. Ze was geen beeldhouwster, deed helemaal niet aan kunst, zelfs niet aan kunstnijverheid, maar was gewoon een slonzige, drieëntwintigjarige rechtenstudente die op het kantoor van mijn vader stage liep. Ze droeg haar woeste rode haar uit-een-flesje uit haar gezicht, vastgebonden met een reep stof die elke dag een ander patroon had. Door haar kapsel kwam haar grote – sommige mensen zouden misschien gezegd hebben onaantrekkelijke – adelaarsneus erg goed uit. Toen Syd haar op het jaarlijkse feestje met Kerstmis ontmoette, droeg de beeldhouwster een zwartfluwelen broek, schoenen met plateauzolen (het was halverwege de jaren zeventig) en een roodfluwelen gilet uit een tweedehandswinkel. Toen ze Syd een mannelijke handdruk gaf, zag Syd dat haar vingernagels kort en bijzonder smerig waren. Vandaar de bijnaam.

Pa vertelde Syd vrijwel onmiddellijk van de verhouding – hij had weinig keus, omdat zijn waanzinnige verliefdheid zo duidelijk zichtbaar was. Syd leefde drie maanden met zijn ontrouw omdat ze modern wilde zijn, en gooide hem eruit op de avond dat hij laat uit kantoor kwam terwijl ze een etentje hadden gepland: pa kwam een half uur nadat de laatste gast was gearriveerd.

Pa en de beeldhouwster woonden een jaar samen in Brooklyn, en toen ze hem verliet voor een jongere man die net zo slonzig was als zij, ging Alex bij pa wonen in zijn tweekamerappartement met tuin.

Ik kon me niet herinneren dat er veel is gepraat over de verhuizing van Alex. Er was geen ruzie over de voogdij. We hadden allemaal geweten dat het erin zat. We waren al verdeeld geweest in ons huis in Deer Park, de jongens en de meiden. Het was een voortdurende strijd om te bepalen wie beter was. Toen Billie Jean King in de Strijd der Seksen tegen Bobby Riggs speelde, keken we daar alle vier naar op de tv, verdeeld in stellen op aparte divans, op zoek naar de wortels van onze respectieve geslachten. We hadden gewed om een chic etentje dat het verliezende paar moest klaarmaken. Syd en ik wonnen natuurlijk, maar de jongens namen wraak door slecht te koken – een ingezakte soufflé en een aangebrande crème brûlée, wat raar genoeg het bewijs van hun superioriteit werd: zij konden niet koken en wij wel. Dat was het moment dat ik het verschil tussen jongens en meisjes, mannen en vrouwen begon te begrijpen: de mislukkingen van mannen waren vaak een bewijs van hun viriliteit, terwijl de mislukkingen van vrouwen een bewijs waren dat er iets aan ze ontbrak.

Ik geloof niet dat ik het Alex ooit vergeven heb – we waren net tweelingen, scheelden minder dan een jaar en hadden tot dan toe een heel hechte band – dat hij me alleen met haar liet.

Pa ging niet meer met iemand samenwonen na de beeldhouwster. Toen Alex en ik op de universiteit zaten, begon hij weer afspraakjes te maken. Hij stelde ons zelfs een keer voor aan een stel. Maar niemand bleef erg lang. De meeste vrouwen hadden hetzelfde onverzorgde uiterlijk als de beeldhouwster; geen van allen waren ze zo knap als onze moeder.

Ik herinnerde me van voordat pa ook inderdaad wegging het gevoel dat hij haar wilde verlaten, het gevoel dat wij dat allemaal wilden doen. Ik herinnerde me de lange, zwijgzame keren dat Syd en Alex en ik afhaalmaaltijden zaten te eten op avonden dat pa had gebeld dat hij laat thuiskwam, waarbij we met ons drieën met houten dienbladen voor de buis zaten en Syd per se wilde dat PBS aanstond maar zich schuldig voelde dat we überhaupt keken. Op het laatst konden we toekijken hoe een hele muizenfamilie, inclusief de kleintjes, door een uil werd verslonden zonder onze eetlust te verliezen.

Alex ging naar het Reed College in Oregon, het begin van zijn liefde voor het westen en het buitenleven. 's Zomers werkte hij voor Outward Bound, een organisatie van openluchtactiviteiten voor jongeren. Om de twee jaar kwam hij met Kerstmis thuis en had het dan over lichamelijk uithoudingsvermogen en hoe goed dat voelde. Ik studeerde aan de universiteit van Boston en ging de ene week naar pa, de andere naar Syd. Rond de tijd dat ik afstudeerde begon pa een studiegroep over mannelijkheid te bezoeken. Een collega op zijn werk had hem de eerste keer meegesleept, maar daarna was hij een regelmatig en enthousiast lid geworden. De mannen lazen sprookjes en mythen die over de kracht van mannen gingen en ze brachten weekenden in de bossen door. Ze stelden zichzelf op de proef, niet lichamelijk zoals Alex deed, maar geestelijk. Ze dansten en voerden rituelen uit. Ze praatten over lichaamshaar en over oprechtheid. Mijn vijfenvijftigjarige vader liet een baard groeien en leerde trommelen.

In individuele therapie zei Dana dat kinderen vaak de ene ouder als de goede en de andere als de slechte zien. Ze zei dat het duidelijk was dat ik boos was op Syd, maar dat mijn boosheid op mijn vader helemaal was ondergesneeuwd. Je kon ook moeilijk kwaad op hem worden, dat was waar. Maar ik had nooit over Syd gedacht als de slechte ouder. Ze was van de generatie vrouwen die hun eigen ambities opofferden om kinderen te krijgen, en toen Alex en ik opgroeiden en ze besefte dat het belangrijkste van het ouderschap niet verbeeldingskracht maar consequent-zijn was, besefte ze ook dat hoe interessant we ook mochten zijn, hoe spectaculair onze levens ook mochten worden, het nooit háár leven, háár ambities, háár verlangens zouden zijn. Ik kon toch nog niet boos zijn op Syd omdat ze daar teleurgesteld over was?

Niet dat ik pa zo'n fantastische vent vond. Hij had het te druk gehad met advocaat-zijn en zich te weinig geïnteresseerd voor het vaderschap om goede herinneringen aan hem te hebben. De keer dat hij actief de ouder speelde, kon ik me nog goed herinneren, in het jaar dat hij coach was van de juniorenploeg van Alex. Alex kon goed honkballen en overal worden ingezet behalve als werper. En pa liet hem werpen. Steeds als Alex werper was verloor de ploeg. Uiteindelijk stopte hij ermee en pa moest het seizoen uitspelen zonder zijn zoon.

    Ik was me meer dan wat ook bewust van mijn vaders fouten – met tennis, in zijn huwelijk, door zijn overspel – en ik had medelijden met hem. Respect had ik niet voor hem. In de loop der jaren was het gebrek daaraan een last gaan worden.

# 16

AMY STOND OP de gang te jammeren terwijl Mary Beth, Gert en Amy's individuele psych in een kringetje om haar heen stonden. Penny en koningin Victoria brachten Amy's weinige bezittingen – haar jonge-schoonheidskoninginnekleren, pluchen dieren en een enorme stapel *Variety*-bladen – van haar eenpersoonskamer naar mijn tweepersoons. Steeds als ik met mijn kleren en toiletspullen langskwam, vroegen ze of ik wist wat er was gebeurd en dan haalde ik mijn schouders op en zei dat ik geen idee had. Toen ik de derde keer langskwam, had Penny een blik op haar gezicht van: Ja ja, en wilde me niet meer aankijken. Victoria glimlachte alleen, net als alle grootmoeders, omdat ze het liefst de eenvoudigste verklaring wilde geloven.

Meestal ging de kamergenote het nieuwe meisje halen, maar Amy ging zo tekeer dat ze mij vroegen de nieuwkomer naar onze verdieping te brengen. Ik had absoluut geen zin dokter Paul weer te zien, maar Gert zei dat het toch wel het minste was wat ik kon doen.

Beneden stonden dokter Paul en Amy's aanstaande kamergenote in de deuropening van zijn spreekkamer een praatje te maken. Ze zagen me niet, dus bleef ik bij de liften rondhangen omdat ik eerst een kijkje wilde nemen. Er kwam een verpleegster langs en ik knielde om mijn schoenveter los en weer vast te knopen.

Ze stonden bijna te fluisteren. Hij leunde met zijn hand tegen de deurpost, een kleine, zelfingenomen man. Zij stond dichter bij hem dan ik ooit zou willen zijn, haar handen in haar zij, een zwart handtasje als een waaier uitstekend van haar heup.

Hij tekende iets in de lucht met zijn handen. Ze boog zich

voorover om goed te kunnen zien. Met haar hele een meter drieëntachtig lange lijf. Haar warrige, vuilblonde haar zweefde dertig centimeter boven dokter Paul. Ze droeg een zwartleren broek met hoge taille en een zachte lavendelkleurige trui met een gigantisch decolleté. Alsof ze op het punt stond uit te gaan.

Dokter Paul keek alle kanten op behalve naar haar borsten, wat hem zichtbaar moeite kostte, zodat hij zijn nek moest verdraaien onder het praten. Ik liep naar ze toe. Het zweet glinsterde op zijn voorhoofd en zijn lichaam was één kleine, onwillekeurige erectie. Ze was het soort vrouw dat ik instinctief altijd uit de weg was gegaan. Ik schraapte mijn keel.

'A-hem.'

'O ja, juffrouw... eh, u komt onze nieuwe patiënte ophalen.'

'Forrester,' zei ik, meer tegen haar dan tegen hem. 'Alice Forrester.'

Haar hand was warm en vochtig, maar niet onaangenaam. Ze rook naar buitenlucht. 'Maeve Sullivan.'

'Ik wens u een aangenaam verblijf hier,' zei dokter Paul.

Ze glimlachte tegen hem, haar hoofd omhoog om het begin van een onderkin te voorkomen. Ze had grove botten en prominente gelaatstrekken. Bulimia, wist ik bijna zeker. Ze kneep even in zijn arm vlak boven de elleboog. 'Ik zie u vast nog wel,' zei ze.

Hij grijnsde. 'Laat nog eens iets van u horen.'

'O, en hoe moet het daarmee?' vroeg Maeve terwijl ze naar een stel blauwgroene koffers wees, het hardschalige soort dat tegen een stootje kan.

'Laat mij dat maar doen.' Hij stak grootmoedig beide armen uit, alsof hij meer aanbood dan wij konden zien.

'Wat ontzettend aardig van u,' zei ze.

'Zo is het,' knikte hij. Hij leek niet te begrijpen dat hij werd gevleid en dat gaf me een ongemakkelijk gevoel. 'Ik ben veel te aardig.'

# 17

MAEVE VROEG OF ze eerst de benedenverdieping mocht zien voordat we naar boven gingen.
 Ik zei: 'Maar ze hebben van alles voor je geregeld.'
 Ze liep langs me heen de aula in, haar buitenluchtgeur achter haar aan. Het rook naar de grond na regen. Eerst dacht ik dat het gewoon de lucht was van iemand die buiten Zeezicht woonde, maar het was voller. Olieachtig. Ik struikelde bijna om haar bij te houden.
 'Niet dat het mij iets uitmaakt, maar ik geloof dat je vandaag je eerste gesprek met je individuele psych hebt,' zei ik.
 Ze raakte de melige posters en plaquettes aan. 'Ik heb geen haast.'
 Ik liep achter haar aan naar de kantine; we bekeken de menigte daar, maar gingen niet naar binnen. De verslaafden van de derde verdieping zaten knorrig hun lunch te eten, hun hoofden over hun dienbladen gebogen. Ik vertelde dat we niet samen aten omdat zij alles konden eten wat ze wilden.
 Niets leek Maeve bang of verbaasd te maken. Ik vertelde dat de sportfaciliteiten aan het einde van de gang waren. Ze knikte naar de vier aaneengesloten kamers. 'Ga jij wel eens zwemmen?' vroeg ze toen we ons omdraaiden.
 Ik schudde van nee.
 'Waarom niet?'
 'Het bad is piepklein. Je kunt er geen baantjes trekken.'
 'Wie wil dat dan?'
 'Nou, bijna iedereen hier, denk ik.'
 'Ik niet.'
 'Zwem jij nooit?'

'Ik vind lichaamsbeweging een soort lijfstraf.' Ze lachte en haar trui gleed van haar schouder, waardoor een zwart behabandje en een vlezige bovenarm zichtbaar werden. Het was een bedachte grap, iets wat ze eerder had gezegd.

'Maar het is goed voor je, lichaamsbeweging.'

Ze gaf geen antwoord.

Ze had een huid met sproeten zo donker als moedervlekken. Ik volgde hun spoor langs haar keel, over de sleutelbeenderen, naar de spleet tussen haar borsten. Misschien waren sommige ook wel echte moedervlekken. Ze hees de afgezakte mouw op zijn plaats.

Onderweg terug naar de trap gingen we nog een keer de aula in.

'Kun je dit even voor me vasthouden?'

Haar handtasje.

Het was stil en leeg in de zaal, maar ik kon de vibraties van de wekelijkse gemengde bijeenkomst nog voelen.

'We zijn al laat,' zei ik. 'Ze wachten vast op ons.'

Onder het grote plakkaat met de twaalf stappen stond een kleine prullenbak. Die pakte ze op; er zat een doorzichtige plastic zak in. Met haar ene hand hield ze de prullenbak onder haar kin en haar andere hand stak ze in haar mond. Haar ogen werden groot en haar grote mannenkaak hield ze vooruitgestoken. Er was bijna een klik te horen toen haar vingers de kotsplek vonden, alsof de botten in haar nek samenkwamen, maar keelgeluiden maakte ze niet.

Ik ging de zaal uit.

Ik had gedacht dat ze het met één, misschien twee vingers deden. Maar zij had een brede, elastische mond en kon al haar vingers plus de dikke duim erin stoppen, helemaal tot aan de tweede knokkel; ze maakte bijna een vuist.

Ik keek links en rechts de gang door en zei: 'Dat was behoorlijk stom. Er had iemand langs kunnen komen.'

'Ik moest wel,' zei ze. 'Paul... dokter Sampson zei dat ik hem Paul kon noemen... heeft me een tranquillizer gegeven.' Ze zette de prullenmand neer. 'Ik heb de pest aan tranquillizers.'

'Hij zegt tegen iedereen dat ze hem Paul mogen noemen en jij moet niet zo hard praten.' Ik ging de zaal weer binnen. Het rook er naar zure melk en rapen; de regenlucht was er niet meer. Ik wilde daar weg.

'Honderd milligram van het een of ander en ik heb het gevoel dat ik door drilpudding zwem,' zei ze. Ze stak haar schone hand in haar broekzak en haalde er een klein wit vierkantje uit. 'Dat heb ik nou nooit begrepen toen ik op de middelbare school zat... dat ze downers slikten. Uppers kon ik nog begrijpen, maar downers? Ik ben van mezelf al down, snap je wat ik bedoel? Dus waarom zou ik aan de pillen gaan?' Ze stak de punt van het plastic pakje in haar mond en trok het open langs de geperforeerde lijn. Er zat een bekend antiseptisch doekje in.

Ik had op de middelbare school niemand gekend die aan de uppers of de downers was en vroeg: 'Dus je kunt het doen wanneer je maar wilt?'

Ze lachte terwijl ze haar hand en mondhoeken afveegde. Ze had grote tanden. 'Jij niet, soms?' Ze gooide het vuile doekje in de prullenmand.

Ik voelde me opgelaten, alsof ik de dingen maar half goed deed en ik vroeg: 'Waarom gebruik jij je hele hand?'

'Dat gaat beter. Dan komt alles eruit.' Ze pakte haar tasje, dat ik al die tijd had vastgehouden. 'Het is niet hetzelfde als wanneer je gewoon moet overgeven als je misselijk bent. Dat begint dieper en er komt meer boven. Ik moest het vaak twee of drie keer doen om alles eruit te krijgen, afhankelijk van wat ik gegeten had. Ik bedoel, spaghetti kun je bijvoorbeeld wel vergeten.' Ze haalde een potje lipgloss uit haar tas en schroefde de dop los.

'En waarom doe je het dan niet in het toilet?'

Ze hield me haar hand met het glimmende potje erin voor.

Ik schudde van nee.

Ze doopte haar middelvinger erin en bracht een vettig laagje op haar lippen aan. 'Ik had geen zin meer mijn hoofd in iets te stoppen waar andere mensen in schijten,' zei ze. 'Mijn gevoel van eigenwaarde leed eronder.'

Eindelijk iemand met gevoel voor humor.

# 18

DE VOLGENDE DAG zat Maeve te slapen tijdens de meditatie. Bij het ontbijt zei Amy dat ze een paar keer had geprobeerd Maeve wakker te maken, eerst door zachtjes tegen haar te praten en toen door aan haar blote schouder te schudden. Amy vertelde dat Maeve had gezegd dat ze moest oprotten.

Om half elf werd Maeve door Gert meegenomen naar de groepstherapie. Maeve kwam op de stoel naast mij zitten, glimlachend alsof ze dolblij was me te zien. Ze pakte mijn arm vlak boven de elleboog beet en kneep erin, haar duim in de huidplooi. Iedereen keek. Ze was ook heel bijzonder: van alle bulimia-patiënten zag zij er het minst gesloopt uit. Geen gesprongen adertjes of paarse kringen. Haar tanden waren voorbeeldig, vierkant en recht en spierwit. De enige aanwijzing vormden haar lippen, die net als bij de anderen kloofjes en barstjes hadden.

Amy weigerde Maeve aan te kijken. Ze had haar armen en benen gekruist en haar hoofd hing op haar borst. Het bovenste been had ze tweemaal om het onderste geslagen.

Ik keek toe hoe de meiden Maeve opnamen: dezelfde leren broek, dit keer met een mosterdgele ribtrui, en weer een handtasje, dat ze onder haar stoel legde. We hadden allemaal gedacht dat handtassen hier verboden waren en niemand had er één. De broek maakte een zacht zuigend geluid toen ze naast me kwam zitten. Ze had een groot achterste, nog groter dan Janine; de zitting van haar stoel werd er helemaal door bedekt.

Gert legde haar handen op haar dijbenen. We konden de omtrek van haar benen onder de plooien van haar jurk zien. Ik begreep niet waarom alle hulpverleners in Zeezicht mager waren.

Dat ergerde me. Gert vroeg Maeve iets over haarzelf te vertellen wat niemand wist.

'Even nadenken.' Maeve haalde tien vingers door haar haren. 'Helemaal niemand?' Ze bracht haar vuist naar haar mond en kauwde op de knokkel van haar ingetrokken duim. 'Ik geloof niet dat er iets is wat niemand weet.'

Gert glimlachte. 'Iets intiems, dan.'

'Even nadenken.' Ze dacht heel lang na. We bewogen onrustig. Niemand van ons kon erg goed tegen stilte. Gert wilde net weer iets zeggen toen Maeve zei: 'Goed, ik weet wat. Niet veel mensen weten dit. Ik laat winden als ik klaarkom.'

Gert zuchtte.

'Niet elke keer, hoor,' zei Maeve.

We lachten gesmoord.

Ik vroeg me af of Gert dit vervelend vond – verzet, zoals Dana het noemde – of dat ze er gewoon aan gewend was geraakt.

Gert glimlachte weer tegen Maeve. Haar oren en nek waren rood aangelopen. Ze deed haar best haar boosheid of schaamte of wat dan ook niet op haar gezicht te laten zien. 'Laten we maar gewoon beginnen. Je komt wel meer over de groep te weten als je ons bezig ziet. En omgekeerd. Vanochtend wil ik het over werk hebben. Laten we eens horen wat iedereen doet voor de kost, of je dat leuk vindt of niet, en wat je misschien liever zou doen.'

Op dat moment ging de deur van de groepsruimte open. 'Sorry dat ik te laat ben.' Het was Louise.

Maeve was aan de andere kant van het zaaltje voordat ik door had dat ze was opgestaan. 'Louise!' schreeuwde ze. 'Louise! Louise!' Onder het praten raakte ze haar aan: eerst Louises haar, daarna haar Big Men's jeans en de dikke, grove polsen. Ze hadden in hetzelfde afkickcentrum in Florida gezeten. Celmaatjes, riep Maeve terwijl ze Louises handen tegen elkaar klapte. Louise deed een halve stap achteruit, toen nog één. Ik had nooit eerder gezien dat iemand haar aanraakte.

Gert was spelbreekster door te zeggen dat ze moesten gaan zitten. Maeve vond een stoel voor Louise en klapte hem open naast de hare, daarmee ruimte makend aan haar linkerkant. Ik was blij dat ze mij niet opzijgeschoven had.

Gert ging verder met het rondje Wat Doet Iedereen, te beginnen met de plotseling populaire Louise.

Louise had even tijd nodig om bij te komen, door de opwinding was ze buiten adem geraakt. Ze zoog lucht naar binnen en beet op haar lip, terwijl ze tegen Maeve glimlachte. 'Ik heb altijd graag zelf science fiction willen schrijven, in plaats van alleen de drukproeven te corrigeren.'

Geweldig, dacht ik, straks kan ik over de planeet van de gevaarlijke vetzakken lezen.

We gingen de kring rond.

Penny zei: 'Ik moet echt iets anders zoeken dan aerobics. Iets wat helemaal niets met fitness te maken heeft. Al verdient het goed.' Ze keek beteuterd, maar begon al te leren wat ze zeggen moest. 'Maar mijn ziekte wordt er alleen maar erger door.'

Er werd hevig geknikt.

'Ik denk dat ik maar met pensioen ga als ik weer thuis ben,' zei koningin Victoria. 'Ik ben negen jaar voedingsdeskundige geweest. Dat is het enige wat ik kan. Ik kijk er wel tegenop zoveel vrije tijd te hebben. Met niets omhanden,' zei ze ernstig.

Nog meer geknik.

Gwen was de volgende. Ze zei dat ze geen baan had. Ze was vrijwilligster in musea en ziekenhuizen. Ze ging eens per week voorlezen bij een oudere blinde vrouw. Ze studeerde hobo. We konden haar moeilijk volgen omdat ze haar zinnen steeds afbrak.

'Betekent dat dat je financieel onafhankelijk bent?' vroeg Gert.

Gwen trok haar schouders omhoog tot aan haar oren en knikte toen. Het was een verontschuldiging.

Maeve snoof.

Kleine Amy vertelde over een autoreclame waarin ze een paar jaar geleden had opgetreden. 'Eerst zit ik voorin. Daarna achterin. Dan zit ik alleen nog in de band.'

Niemand kon het zich herinneren.

'Wat voor soort auto was het?' vroeg Penny.

'Een stationcar,' zei Amy. 'Maar de reclame ging over de band, niet over de auto.'

Er werd wat gemompeld.

'Wat droeg je toen?' vroeg Gert.
Amy schraapte haar keel en maakte een nieuwe pastille open.
'Alleen een luier.'
Gert keek geërgerd. 'Dan is het geen wonder dat wij je niet herkenden. Is er nog iets recenters? Iets waarin je er meer uitziet zoals nu?'
Amy schudde van nee. Weer werd er gemompeld. Nog meer gespeculeer over haar carrière als actrice. Amy stak haar vingers in haar oren en begon te neuriën.
'Amy, hou daarmee op,' zei Gert.
Ze hield op met neuriën maar liet haar handen niet zakken.
'Laten we maar verdergaan,' zei Gert.
Ik vertelde over mijn werk als archivaris aan de universiteit van Boston, waar ik was afgestudeerd in geschiedenis en nu aan mijn doctoraal werkte.
'Dat meen je niet.' Maeve pakte mijn arm beet. Ik rook een vleugje van het parfum van gisteren. Ze zei: 'Ik ben bibliothecaresse.'
'Waar?'
'Aan het Quincy Junior College, afdeling bijzondere collecties.'
Ze zag er niet uit als een bibliothecaresse, ze bewoog te veel. De meeste bibliothecaresses die ik kende, konden goed stilzitten.
'Nieuwe baan?' vroeg Louise.
Maeve draaide zich om op haar stoel waardoor haar leren broek kreukte.
'Vroeger zat je toch niet bij bijzondere collecties,' zei Louise.
'Nee, dat is waar.' Maeve pakte Louises dijbeen beet. Die trilde. 'Ik heb de microfiches voorgoed achter me gelaten.' Ze leunde achterover. 'Tjonge, wat fijn toch als iemand hier je kent.'
Gert vroeg: 'Is er iemand die het gevoel heeft dat haar eetstoornis een negatieve invloed op haar carrière heeft gehad? Haar heeft afgehouden van wat ze het liefst had willen doen?'
Net toen je vergeten was dat zij er ook bij was.
Maeve rolde met haar ogen. We bleven allemaal stil, behalve Louise; we konden haar horen ademen. Na de groepstherapie was er een vrije periode.

'Hoe zit het eigenlijk met jou?' vroeg Maeve.
We keken Gert aan.
'Wat zou jij het liefst willen doen?' vroeg Maeve.
'Dat wil ik liever van jou horen,' zei Gert.
'Dat zal best.'
Weer bleef het stil.
'Dit kan het toch niet zijn,' zei Maeve. 'Of wel, soms? Hier bij ons zijn?'
Gert aarzelde.
'Ik hoop het niet voor je,' zei Maeve.
'Waarom zeg je dat?' Gert vouwde haar handen in haar schoot.
'Je hebt een eetstoornis, je wordt beter en je praat de rest van je leven met andere mensen over hun eetstoornissen? Is dat het? Is dat je leven?'
'Dat is niet zoals ik het zie.'
'Hoe zie je het dan wel?' vroeg Maeve. 'Daar ben ik benieuwd naar.'
Gert wilde iets zeggen, maar zweeg toen. Het was onschuldig genoeg begonnen. We hadden haar altijd al vragen over haar leven gesteld en meestal lukte het haar het volmaakte genezen voorbeeld te zijn. Ze zei: 'Dit werk houdt mijn hoofd uit de toiletpot. Punt uit.' Ze pakte haar knieën met haar handen beet en wiegde voorover. 'Dat is wat ik het liefst wil. Niet elke dag van mijn verd-de leven op de verd-de vloer van de badkamer liggen. Niet weten waar elk openbaar toilet in Boston is. Niet weten welke chique restaurants en theaters een toiletjuffrouw hebben. En geen blauwe plekken op mijn knieën krijgen.'
Maeve keek uiterst verveeld.
'Zullen we nu dan maar?' zei Gert. 'Ik wil graag van iemand anders horen wat ze het liefste wil.'
Maar het was te laat. De gedachte was er nu: op meer konden we niet hopen. Ziekenhuizen en gesprekken van vijftig minuten en groepsprocessen. Kerken in souterrains en metalen klapstoeltjes. Om niet de vreemde dingen te doen die we met eten deden. Dat was het. We zouden nooit kunnen krijgen wat we echt wilden en dat was simpelweg méér. Meer dan wat we nu hadden. Meer dan iemand anders.

Ik keek Maeve aan; ze staarde naar een plek op de muur achter Gert. Ik boog me voorover. 'Lekker parfum heb je op.'

Ze draaide zich om en glimlachte tegen me. Het duurde even voordat haar ogen zich scherp hadden gesteld. '*Pluie*,' zei ze. 'Dat is Frans.'

# 19

Na de groepstherapie gingen Maeve en ik naar de recreatieruimte. We hadden twintig minuten voor de lunch. De zaal was leeg en Maeve zette onmiddellijk de tv aan. De recreatieruimte leek precies op de groepsruimte, alleen lag hij aan de andere kant van de afdeling. Er waren divans en een pingpongtafel in plaats van matjes en klapstoelen. Maeve maakte haar tasje open en haalde er een pakje sigaretten uit. 'Roken?' vroeg ze.

'Dat is verboden,' zei ik.

'Ik vroeg niet of het verboden is,' zei Maeve, 'ik vroeg of je wilde roken.'

'De lucifers zijn eigenlijk verboden, niet de sigaretten zelf.'

'Roken?' vroeg ze nog eens.

Ik schraapte mijn keel. 'Waarom ook niet.' Ik had nog nooit gerookt.

Ze gaf me de sigaretten nog in hun cellofaan verpakking aan. 'Momentje.'

Terwijl ik aan de verpakking begon te frommelen, hield ze haar tasje onder haar kin en braakte erin. Er kwam niet veel uit. Ze herhaalde het ritueel van de dag ervoor met het doekje, dat ze uit haar broekzak haalde en toen ze het gebruikt had in de tas stopte die ze vervolgens dichtknipte. Het rook naar bedorven fruit.

'God, wat haat ik cornflakes,' zei ze. 'Ik snap niet waarom ze geen dingen geven die ergens naar smaken. Alles goed met jou?'

Ik moest bleek geworden zijn. 'Je tas,' zei ik met opeengeklemde kaken terwijl ik mijn adem probeerde in te houden.

Ze grinnikte. 'Daar zijn er nog veel meer van. Ik heb een heel assortiment. Waar blijft die peuk?' Ze legde de bevuilde tas op de tv en nam het pakje sigaretten uit mijn hand. Ik dacht: Ze doet stoer voor mij. Ze haalde er twee sigaretten uit en gaf er een aan mij.

Ik hield hem tussen mijn lippen vast zoals ik dacht dat het moest, een beetje naar beneden hangend en naar een kant. Ze stak de hare het eerst aan. Ik wed dat ze rookte om de lucht van het braken te verdoezelen en het werkte nog bijna ook. De vlam van de lucifer was al bij haar vingertoppen toen het tot me doordrong dat ze hem mij aanbood. Toen ik me vooroverboog, had ze de vlam gedoofd.

'Gotver,' zei ze. 'Doe je het nu pas voor het eerst?' Ze pakte mijn sigaret, stak hem in haar mond en hield het uiteinde van de hare ertegenaan. De rode punten glinsterden. Ze gaf me de mijne terug en nam een trekje van die van haarzelf. Ze wees op de grote groene tafel. 'Pingpongen?'

'Ik speel niet.'

'Schijterd.' Ze hield haar hoofd achterover om de rook uit te blazen.

'Het is een stom spel.'

'Als je niet pingpongt, wat doe je dan wel?'

'Hè?'

'Ga je nog een trekje nemen of hoe zit dat?'

Ik keek naar mijn sigaret. Er zat rode lipstick op het ene eind en nu al te veel as op het andere. Ik vroeg me af of hij naar cornflakes zou smaken. Maeve stak haar hand uit met de handpalm naar boven, als een asbak. Ik knipte de as erin.

'Wat valt hier voor leuks te doen?' vroeg ze.

Ik bracht de sigaret naar mijn lippen en snoof er stiekem aan voordat ik eraan zoog. Ik rook niets, stak hem in mijn mond en nam een trekje. Het voelde aan als dikke stoom, alleen prikte hij. Ik blies hem uit. 'Hier is niets leuk,' zei ik.

'Dat geloof ik niet.'

'Echt waar. Vraag maar aan iemand anders. Aan je goede vriendin, Louise, bijvoorbeeld.'

Ze nam een hele lange trek van haar sigaret en drukte hem toen uit tegen de zool van haar schoen met hoge hak. De peuk hield ze in haar asbak-handpalm. 'Wie zegt dat Louise mijn vriendin is?'

Ik haalde nog wat sigaretteadem. Ze maakte me nerveus.

'Is het voor jou de eerste keer dat je opgenomen bent?' vroeg ze.

Ik knikte.

'Dat dacht ik al.'

'En jij?'

'Numero vijf.'

'Je meent het.'

'Ik ben overal al geweest.'

Ik kon het me niet voorstellen. 'Waarom heb je... ik bedoel, ze kunnen jou toch niets nieuws meer vertellen?'

'Nog eentje.' Ze wees op mijn sigaret. Ik inhaleerde dieper en de rook gleed over de achterkant van mijn keel. Ik begon te hoesten en kon niet meer ophouden. Ze pakte de sigaret en klopte op mijn rug tot ik dubbelgevouwen was.

Toen ik weer kon spreken, zei ik: 'Zijn die andere centra net als deze?'

'Zo'n beetje wel.' Ze rookte de rest van mijn sigaret op.

'Waarom zit je nu dan hier?'

'Vanwege het eten.'

Ik lachte hardop en begon weer te blaffen. Dit keer klopte ze niet op mijn rug, al was ik wel dubbelgevouwen.

Ze wachtte tot ik niet meer hoestte en vroeg toen: 'Waarom zit jíj hier?'

'Ik moest wel. Ze hebben me in een ambulance hierheen gebracht.'

Ze doofde mijn sigaret zoals ze met die van haar had gedaan en terwijl ze zich vooroverboog zodat haar gezicht vlakbij het mijne was, keek ze me vragend aan.

'Ik heb een hartaanval gehad. Eerst ben ik op de verpleegafdeling geweest en toen hebben ze me overgeplaatst.'

'Hoeveel woog je toen?'

We gingen rechtop staan.

'Veertigeneenhalf.'

Ze floot en deed een stap achteruit. Ze bekeek me van top tot teen. 'Hoe lang ben je?'

Daarna maakten we samen wat rekensommetjes. Het waren dezelfde sommetjes als die ik op mijn eerste ochtend op de psychiatrische afdeling had gemaakt en die ik, met kleine variaties, elke dag daarna maakte. Ik vertelde haar hoe lang ik was, een meter tachtig, hoeveel ik nu woog, en dat je volgens de gezondheidsstatistieken en *Vogue* bijna anderhalve kilo moest rekenen voor elke tweeëneenhalve centimeter boven de een meter tweeenvijftig. Ik zei dat hoewel Gwen in echte kilo's minder woog – ik schatte acht- of negenendertig op zijn allerlaagst – was ze maar een meter achtenzestig lang, wat betekende dat ze ruim twee kilo zwaarder was dan ik.
'Dus in feite ben je nooit te vol of te slank?' zei Maeve.
'Zoiets.' Ik keek naar haar gezicht. Ik kon niet zeggen wat ze dacht. Ze woog misschien zeven kilo meer dan het hoogste gewicht dat volgens de gezondheidsstatistieken voor haar lengte gold.
'Nog een sigaret?' vroeg ze.
Ik schudde van nee.
Ze haalde er een uit het pakje.
Louise en Gwen kwamen binnen en alledrie keken we hoe Maeve haar derde sigaret rookte. Louise wilde wel pingpongen. Gwen en ik zaten op een stoel naast de tafel hardop de score bij te houden.

## 20

BIJ HET ONTBIJT zaten Maeve en Louise bij ons aan tafel. Louise, Gwen en ik aten meestal samen. Niet omdat we elkaar zo aardig vonden, maar als het even kon deelden Louise en ik nog steeds elkaars eten.
Louise zat op haar gewone plek, een blauwfluwelen tweezitsbankje, en Maeve zat naast haar op Gwens stoel, een walnoothouten stoel met rechte rug en brokaten kussen. Ik pakte mijn kom met cornflakes bij het serveerloket en nam hem mee naar de tafel. Niemand keek op. Gwen kwam achter mij aan, een kom cornflakes in haar bleke handen, haar blik gericht op de tegen de rand van de kom klotsende melk. Ze ging op de laatste stoel zitten, een keukenstoel van chroom met vinyl, en zei geluidloos *goedemorgen*.
'Fijne meditatie,' zei ik iets te hard, omdat ik Maeves aandacht wilde trekken.
'Mm.'
'Gert heeft het best goed gedaan.'
*Hoezo?*
Ik boog me voorover. Het verschil tussen Gwens hoorbare en geluidloze woorden was zo minimaal, dat ik nooit zeker wist of ze echt iets gezegd had. Ik zei: 'Nu Mary Beth er niet was.'
'Mm.'
Ze gingen verder met hun eigen gesprekken. Maeve zat gedraaid op haar stoel tegenover Louise, haar lange armen en benen gekruist, haar elleboog op de fluwelen armleuning van Louises tweezitsbankje. Ik begreep niets van hun vriendschap.
Tegen Gwen zei ik: 'Vooral de Begroeting van de Zon vond ik goed.'

'*Welke is dat?*' Ze gebruikte haar hele gezicht om dit te vragen, alsof er een grens was aan het aantal woorden dat ze per dag zeggen mocht.

'Die waarbij je begint met je handen tegen elkaar aan, alsof je gaat bidden.'

'Mm.'

Ik hoorde Louise iets over astronomie zeggen. Dat ze bevriend was met Maeve was om gek van te worden. Ik prakte mijn blauwe cornflakes tegen de zijkant en bodem van mijn kom. Gwen zat nog steeds met haar handen in haar schoot. Ik had haar nog nooit zien eten. Ik wist dat ze het deed: haar bord was na elke maaltijd leeg, maar zonder dat ze er moeite voor leek te doen, alsof ze het tonen van eetlust erger vond dan het feit op zich. Ik wedde dat ik haar op heterdaad zou kunnen betrappen.

'Heb je de blauwe cornflakes wel eens geprobeerd?' vroeg ik.

Ze schudde van nee.

'Proeven?' Ik hield haar de kom voor. Hoewel ik ze niet opat wilde ik toch per se blauwe en geen gele cornflakes.

'*Nee, dank je.*' Ze leek zich te generen.

Zo gemakkelijk zou het dus niet zijn.

'Krijg je nog bezoek deze week?' vroeg ik.

Ze knikte.

'Van je ouders?'

'Mijn verloofde.'

'Ik wist niet dat jij verloofd was.'

Maeve draaide haar hoofd om. 'Wie is er hier verloofd?'

Ik wees op Gwen die bezig was een papieren servet op haar schoot uit te vouwen.

Maeve kruiste haar benen opnieuw en richtte haar lichaam onze kant uit. 'Ik wist niet dat mensen zich tegenwoordig nog verloofden.' Ze liet het bovenste been tegen het onderste aanwippen. Ze droeg een koffiekleurige suède minirok, een roodzijden blouse en zwarte kousen. Ik zag er nooit zo vrouwelijk uit. 'Wanneer gaat het gebeuren?' vroeg Maeve.

'Je hebt nooit verteld dat je verloofd bent,' zei Louise.

'Er is nog geen trouwdatum vastgesteld.'

'Laat de ring eens zien.'

Gwen stak haar hand in de zak van haar spijkerbroek, haalde de ring eruit en deed hem aan haar vinger. Maeve stak haar hand uit om Gwens hand te pakken. Gwen moest half overeind komen toen ze haar eigen pols en vingers achterna ging. Ik kon de vleeskleurige pleister zien die de ring op zijn plaats moest houden.

'Hoe lang ben je al verloofd?' vroeg Maeve.

Gwen maakte zich los en ging weer op haar stoel zitten. Ze telde de jaren af op haar vingers door ze achterover te buigen, waardoor de botten in haar handpalmen zichtbaar werden. De ring gleed naar beneden op haar vinger tot de diamant naar onderen wees. Uiteindelijk stak ze allebei haar handen omhoog, de vingers gespreid.

'Tien jaar?'

Gwen knikte.

'Waarom zou je de koe kopen als je de melk gratis krijgt, hè?' zei Maeve.

Gwen bloosde. 'Nee. Dat niet. Het komt door. Hank.'

'Hank?' vroeg Maeve. 'Heet hij zo?'

Gwen knikte. '*Hank*. Weet het niet. Zeker.'

'Niet zeker?' Maeve keek Louise en mij aan. 'Tien jaar en hij weet het niet zeker. Wat weet hij dan in godsnaam niet zeker?'

'Hank wil kinderen.'

'En jij niet?'

Gwen wuifde dit idee weg. 'Ik ben dol op. Kinderen. En wil ze ook.' Ze deed de ring af en stak hem weer in haar zak. 'Het komt doordat.'

'Het komt doordat wat?'

'Ik niet. Je weet wel. *Ovuleer*. Al zeven jaar niet meer.'

Maeve floot.

'Hank vind het niet erg. Wacht af. Hij wil eerst zeker weten. Dat ik beter ben.'

'Echt een reuzevent, lijkt me,' zei Maeve.

'Hank is heel geduldig.'

Ik zag dat Gwen het meende.

'Je hebt hier nooit iets over gezegd,' zei Louise.

'Niemand vroeg ernaar.' Gwen voelde op haar achterhoofd

of haar vlecht strak genoeg zat en die was prima in orde. Toen ze haar hand weghaalde, raakten er een paar lokken los.
'Doen jullie het nog steeds?' vroeg Maeve.
Gwen schraapte haar keel en pakte haar lepel. Ze rommelde in haar kom met gele cornflakes.
'Dacht ik het niet,' zei Maeve. 'Dat is de ellende met langdurige relaties. Geen seks. Ik ken niemand die het gelukt is om na drie jaar nog steeds te neuken. Jullie wel?'
Gwen bracht een drassig bergje naar haar mond en liet de lepel tussen haar lippen glijden. Ik keek naar haar delicate kaak. Ze kauwde niet. Er raakten steeds meer strengen wit haar los.
'Persoonlijk is het me al na zes maanden niet meer gelukt met de seks,' zei Maeve.
Ik keek de tafel rond. Maeve had waarschijnlijk meer seks gehad dan wij drieën bij elkaar.
'Wat is de beste seks geweest die je ooit hebt gehad?' vroeg ze. 'Kom op. Iedereen moet wat zeggen.'
Gwen slikte haar cornflakes door, waarbij de spieren in haar lange hals zich samentrokken, de een na de ander. Louise deed alsof ze druk bezig was met haar kom koude havermout; die was bijna leeg en ze schraapte de zijkanten af. Ik dacht na over mijn enige seksuele belevenis met Ronald. Hoe kon ik die meer laten lijken dan het geweest was?
'Oké, stelletje schijtluizen,' zei Maeve. 'Ik ga wel eerst. Het beste was het met een dichter die in zijn midlife crisis was. Hij zei dat hij zich plotseling bewust was geworden van zijn sterfelijkheid. Zijn pik werd nooit slap, soms wel natuurlijk, maar niet veel.' Ze lachte. 'We hebben het gedaan in een koffiehuis waar hij gedichten voorlas. In de pauze. In de garderobe.'
Het was heel stil geworden in de kantine. Ik kon voelen hoe de anderen meeluisterden.
'Oké, wie is de volgende? Alice? Jij bent,' zei Maeve.
Ik wilde niet dat iedereen het hoorde en zei zachtjes: 'Het was niks bijzonders.'
'Wat?' vroeg Maeve. 'Harder praten, godverdorie. Ik kan je niet verstaan.'
'Het gewone werk. Het was alleen het gewone werk.' Ik zei er niet bij: *één keer.*

Maeve maakte het geluid van een zoemer die afging. 'Volgende. Gwen?'

Gwen concentreerde zich op haar kom cornflakes en keek niet op.

'Jouw beurt, Louise.' Maeve kneep in haar arm. 'Stel ons niet teleur.'

Ik dacht: Dit spelletje is snel afgelopen. Alleen al het idee dat Louise het deed maakte me onpasselijk. Maar Louise begon plotseling te giechelen en zei: 'Het GEB van Boston.'

'Waar gaat dit over? De klantenservice?' vroeg Maeve.

Louise knikte.

'Wat meer details, graag.'

Het schoot me te binnen dat ze elkaar kenden. Misschien had Louise dit spelletje al eens eerder gespeeld. Ze zei: 'De jongens die de meter kwamen opnemen.' Er zat wat spuug in een van haar mondhoeken.

Gwen keek op. Er ontsnapte een onwillekeurig geluidje achter uit mijn keel. Ik zweer dat het niet de bedoeling was geweest.

Louise staarde me aan. 'Sommige mannen vallen op dik. Ik weet niet waarom, maar het is zo. Sommige mannen zouden mij kiezen en niet jou.'

Ik sloot mijn ogen.

'Wat gebeurde er dan?' Maeve klonk ongeduldig. 'Deed je de deur open gehuld in een sarong?'

'Zoiets,' zei Louise.

'Dat zoiets willen we nu juist horen, Louise. Ik zei, wat meer details graag. Je kent de regels,' zei Maeve.

Ik deed mijn ogen open. Louise keek over haar schouder. Ze fluisterde: 'Laat ik zeggen dat het GEB van Boston zijn klanten graag tevreden stelt.'

'Louise!' schreeuwde Maeve en ze sloeg met haar vuist op tafel. Onze kommen sprongen omhoog. 'Je speelt vals.'

Ik keek om me heen. De hele zaal zat nu te kijken en Gert kwam naar ons toe.

'Morgen, dames,' zei ze. 'Smaakt het ontbijt?'

Niemand gaf antwoord.

Ze deed een stap in Maeves richting. 'Begint het al te wennen?'

Iedereen wist dat ze het niet goed konden vinden samen. Maeve staarde naar haar vuist die midden op tafel lag.

Ik glimlachte tegen Gert. 'We proberen te bedenken wat beter is: Doen Alsof of Echte Gevoelens hebben. Ik weet nooit precies wanneer ik wat moet doen.'

Gert liep om ons heen, haar handen op haar rug. Er zaten paarse en gele rozen op haar jurk en elke bloem was even groot als een gespreide hand. Een behangselpatroonjurk. 'Een beetje van allebei.' Ze keek ons snel een voor een aan, in een poging iemand op een ongepaste blik te betrappen. 'Laat je Echte Gevoelens altijd voorop staan. Doe Alsof om de dag door te komen.'

Gwen, Louise en ik knikten.

Gert legde een hand op mijn schouder. 'Ik ben blij dat je nadenkt over je Herstel.' Ze wist dat ik loog.

'Daar ontkom je na een tijdje gewoon niet aan,' zei ik.

'Inderdaad.' Gerts hand gleed een stukje naar beneden op mijn rug, over de bovenste wervels die uitstaken als de sporten van een ladder, zo was me verteld. Snel trok ze haar hand terug.

Ik draaide me om. 'Het gaat haast vanzelf.'

'Dat klopt wel,' zei ze. Ze wreef haar handen tegen elkaar en stak ze toen in de zakken van haar behangselpatroonjurk. Ze maakte weer een rondje om de tafel en keek toen Maeve aan. 'Tot straks, allemaal.'

We haalden diep adem. Ik stond mezelf een echte glimlach toe.

*Goed gedaan,* zei Gwen geluidloos. Louise knikte.

Maeve ontspande haar vuist en strekte haar vingers. 'Wat dachten jullie van openbare gelegenheden?' vroeg ze.

'Wat?'

Ze keek mij aan. Haar ogen glinsterden donker, de wazige groene irissen werden overschaduwd door groter wordende pupillen. 'Wat is de meest openbare gelegenheid waar je seks hebt gehad?'

Ik begon me een beetje raar te voelen. Ze hield maar niet op.

Gwen stond op en bracht haar kom en lepel naar het serveerloket. Haar kom was leeg en ik had haar maar een keer zien slikken.

'Kom op,' zei Maeve.
Ik schudde van nee.
Gwen ging weer zitten. Haar haren raakten steeds meer los.
'Louise?' vroeg Maeve.
'Niets in het openbaar,' zei Louise.
'Ik in een 727 op weg naar Kalamazoo. Met de piloot,' zei Maeve.
'In de cockpit?' vroeg ik.
'Nee, in de eerste klas. Het vliegtuig was bijna leeg.'
'En wie...'
'De co-piloot vloog,' zei ze.
Ik bedacht dat ze misschien loog en zei: 'En de stewardess dan? Waar was die al die tijd?'
'De stewardess stond toe te kijken,' zei Maeve. 'Oké, dan nemen we iets gemakkelijkers. Iedereen kan meedoen. De eerste keer dat je verliefd werd.'
Ik vond het geen leuk spelletje. 'Wat moest jij in Kalamazoo?'
'Ik bedoel het echte werk,' zei Maeve. 'Stomverliefd.'
'Hank,' zei Gwen.
'Uiteraard,' zei Maeve. 'Knappe Hank. Waardoor ben je verliefd op hem geworden?'
Gwen knipperde met haar ogen en trok aan haar verraderlijke haar. De losgeraakte lokken vielen om haar gezicht als de manen van een leeuw op leeftijd.
'Waardoor ben je van hem gaan houden?' vroeg Maeve.
'O, door de hobo,' zei ze.
'De hobo?'
'Hij speelt in het Boston Pops orkest. *Eerste hobo.*' Ze stak een vinger omhoog, trots op Hank.
'Speelt hij goed?'
'Heel goed,' zei Gwen glimlachend. 'Maar er is meer. Het komt door hoe hij de hobo behandelt.'
'Hoe hij de hobo behandelt?' herhaalde Maeve.
Gwen knikte.
Ze ging wat te langzaam naar Maeves smaak en ze siste: 'Hoe behandelt hij die verdomde hobo dan?'
'Als een heilig voorwerp,' zei Gwen.

Ik had haar nog nooit zoveel tegelijk horen zeggen.
'En dat trok jou aan?' vroeg Maeve.
Gwen knikte. 'Moeder zei altijd dat vader haar als een heilig voorwerp behandelde. Daarom wist ik het.'
'Wist je wat?'
*'Dat Hank de ware was.'*
'Ik wist niet dat mensen nog steeds zo praten,' zei Maeve tegen Louise.
Louise had een blik op haar gezicht van: Dit is nieuw voor mij.
Maeve krabde zich achter het oor. 'Jouw beurt,' zei ze tegen mij.
Ik trok mijn schouders op. 'Ik ben nooit verliefd geweest.'
'Leugenaar,' zei ze lachend.
'Wat bedoel je daarmee?'
Ze lachte weer.
Ik had echt de pest aan dit spel.
'Dan ik maar, lijkt me,' zei Maeve.
Pas toen drong het tot me door dat ze al die tijd had gewacht op de kans haar eigen verhaal te kunnen vertellen. Onze verhalen waren niet belangrijk geweest.
'Ik ben verliefd geweest op een Franse jongen van vijftien die Valentin heette,' zei Maeve. 'Ik was eenentwintig en werkte als au-pair van zijn kleine zusje in Parijs.'
Ik had weleens over mensen als Maeve gelezen. Ze kon alleen maar dingen van zichzelf laten zien. Net zoiets als mannen in een regenjas doen, alleen deed zij het met woorden. Ons hele gesprek was daarop gericht geweest.
'Hij leerde me Frans terwijl ik die verrotte Marie-Alix van en naar school bracht,' zei ze. 'Als ze dan eindelijk bewusteloos in bed lag nadat ze mij de hele dag had gepest, lazen hij en ik elkaar hardop voor.'
'Dat is mooi,' zei Gwen. *'Marie-Alix.'*
'Ja, nou, dat kind was helemaal niet mooi,' zei Maeve. 'Ik kan je wel vertellen dat ze op haar zevende verdomde dominant was.'
Gwen verborg een glimlach achter haar hand. Louise giechelde met consumptie.

Ik zag ze voor me, Maeve en Marie-Alix. Het haar van het meisje was waarschijnlijk nooit schoon. Ze had ver uit elkaar staande ogen met een uitdrukking die haar ouders zorgen baarde toen ze ouder werd. Maeve was toen magerder.

'Ik zat met het boek op mijn schoot, mijn rug tegen het hoofdeinde van het bed, terwijl Valentin languit over mijn schouder lag mee te lezen,' vertelde Maeve.

Ik zag haar lange, in jeans gestoken benen op de parketvloer – hij had zijn ouders om precies dezelfde spijkerbroek gevraagd – het dikke haar op haar schouders half op de gekreukte lakens, half ernaast.

'Hij corrigeerde mijn uitspraak terwijl ik de sexy stukken uit *Madame Bovary* voorlas, alleen staat er helemaal geen seks in dat rotboek. Alleen lange beschrijvingen van de tuin en hoe ze haar hoofd achterover houdt om de laatste druppel sherry uit het glas te drinken en dat ze allemaal een zwoegende boezem hebben.'

'Ik vind die scène in de herberg zo mooi,' zei Louise. 'Als ze haar eerste minnaar ontmoet, Léon, geloof ik.'

Maeve keek Louise fronsend aan.

Louise schokschouderde. 'Het is een van mijn lievelingsboeken.'

'En wat gebeurde er toen?' Nu wilde ik de rest ook weten.

'Hij was zo verdomde aantrekkelijk: een puber maar nog niet helemaal volgroeid,' zei Maeve.

Ik zag voor me hoe Maeves rode Amerikaanse mond de Franse *u*-klank probeerde te maken; de jongen die zich van achteren over haar boog, zijn schouder die de hare aanraakte, de botten die tegen elkaar prikten. Hij wees het woord aan, niet *oe* maar *u*, en hij herhaalde de klank, als in *tu es mignonne*. Maeve had vast het verschil niet kunnen horen.

'Hij was tegelijk jongen en meisje. Ogen zonder een spoortje droefheid. Ik ging bovenop hem liggen. Hij was helemaal warm, alsof hij net uit de oven kwam. Hij kwam twee keer klaar voordat hij zelfs maar in me zat,' zei ze.

Ze moest zwaarder zijn geweest dan hij, zelfs al was ze toen relatief mager. En wat had hij wel niet gedacht, de vijftienjarige wiens moeder en grootmoeder en twee tantes (van wie er een gescheiden was en naast hen woonde) zo mager waren als een lat? Had hij gedacht: *Dit is te veel*, of: *Precies genoeg*, of: *Ik wil meer?* Met haar zou iedereen zijn handen vol hebben.

'Daarna hebben we het bijna elke avond gedaan, terwijl zijn ouders in de kamer ernaast zaten.'

Misschien had ze al eerder gelogen. Over de dichter van middelbare leeftijd. Over de piloot. Maar dit verhaal, over deze jongen en zijn zusje, was helemaal waar, dat wist ik zeker. Het groen begon terug te komen in haar ogen en haar pupillen werden steeds kleiner.

## 21

TIJDENS CREATIEVE THERAPIE weigerde Maeve iets te doen. Cass bood aan haar omtrek na te tekenen, maar Maeve zei dat ze liever toekeek en nadacht. Cass liet Maeve een paar dagen over haar tekening nadenken. 'Vrijdag zul je toch minstens een poging moeten doen,' zei Cass. Ze deed of het echt kunst was wat we maakten en wij echte kunstenaressen waren. Ze zei dat ze in ons creatieve proces geloofde.

Gwen werkte bijna uitsluitend aan het haar. Ze gebruikte smalle stukjes tekenpapier en veren. Eerst verzamelde ze alle gele en oranje veren, wat een niet helemaal juiste versie van haar eigen blonde haar was, dat een kleur had die nog net niet spierwit was, zoals bij een albino. En op de tekening maakte ze het lang en pluizig, met een jaren-zestiglok in plaats van opgestoken, zoals ze het meestal droeg. Op de lichaamstekening had het haar structuur en tekening; op papier had het allerlei kleuren en scheen door de kanariegele veren heen; terwijl het in het echt zo plat en dun was dat het soms leek of het erop was geverfd. Op een keer bij het zwembad had ik gedacht dat het een badmuts zonder bloemen was, die strak om haar schedel zat.

Gwen bevestigde de ene laag veren op de andere laag tekenpapier, tot het hoofd groter was dan het lichaam, en begon toen aan de schoenen te werken: lakleren schoenen van isolatieband. De tekening was misvormd. Een kind met een groot hoofd en grote voeten. Ze was heel tevreden.

Louise ging niet op de vloer zitten om haar tekening te maken. Ze had de harde, gestructureerde ondersteuning van een stoel nodig om gemakkelijk te kunnen zitten, maar toen ze eenmaal zat, kon ze niet meer bij de tekening. Cass stelde voor hem met plakband aan de muur te bevestigen en staande te werken. Louise kleurde de helft van haar lichaamstekening op die manier in. Ze gebruikte zwart krijt en werkte met snelle halen. Halverwege de les was de tekening vanaf haar tenen tot haar buik gitzwart. Maeve was naar Louises tekening gelopen en ze stonden allebei de half zwarte, levensgrote ruitvorm te bestuderen.

Cass keek wanhopig. 'Louise, liefje,' zei ze, 'het innerlijke landschap is nogal somber, nogal eendimensionaal.'

Louise deed een stap achteruit.

'Begrijp je wat ik met "innerlijk landschap" bedoel?' vroeg Cass. 'Kun je me volgen, liefje?'

Ik was nauwelijks aan mijn eigen tekening begonnen, maar de omtrek leek al op mij. Ik wreef met mijn vinger over de rand, waardoor die wazig werd. Het was een merkwaardige driehoek, veel smaller vanboven dan onderaan, waar mijn benen in de spreidstand van een trekpop stonden. Ik ging ernaast zitten en probeerde voor eens en altijd te besluiten of ik een ectomorf of een mesomorf type was.

Cass merkte mijn passiviteit op. Ze kwam stilletjes naast mijn lege tekening staan, haar hand onder de kin, terwijl ze lichtjes met de toppen van haar vingers langs de lijn van haar mond streek. Ik pakte een blauw kleurpotlood en begon de rand van de tekening in te kleuren. Om geen andere reden dan dat ze ernaar vragen kon, besloot ik dat mijn innerlijke landschap uit wolken zou bestaan.

## 22

Staande in de deuropening vroeg Maeve: 'Hoe heb je hem dat geflikt?'
'Heb ik wát geflikt?'
'Deze eenpersoonskamer.'
'O, dat.'
Ze glimlachte en veegde haar haren uit haar gezicht. Ik had net de was gedaan en zat op mijn bed sokken te sorteren.
'Ik bedoel, met wie moest je daarvoor naar bed?' vroeg ze.
'Mijn moeder heeft ervoor gezorgd,' zei ik.
Ze bleef staan wachten alsof ze wist dat er nog meer zou komen.
'Plus dat ik na bewegingstherapie kleren van de meiden heb gestolen en ze nu denken dat ik pervers ben.'
Dit leek haar te bevallen en ze kwam binnen en deed de deur dicht.
Mijn nieuwe kamer was een kopie van de vorige, alleen een derde minder breed. Hij had de vorm van een potlood en een hoog, vierkant raam dat niet naar buiten of binnen open kon. Er viel een flard vaal licht op de spiegel die tegen de deur hing. Maeve bekeek haar spiegelbeeld en fatsoeneerde haar haar. Het licht maakte dat ze moeilijk haar hele lichaam kon zien. Ze deed een stap achteruit en hield haar hand boven haar ogen. Ik hield op met sokken sorteren en wachtte af.
'Wat is het voor iemand, je moeder?' vroeg Maeve.
'Moeilijk te zeggen.'
'In één woord.'
Ik dacht even na. 'Meedogenloos.'
'Een groot woord,' zei ze.

'Niet voor Syd.'
'Syd? Dat klinkt als een oud mannetje, alsof ze voorovergebogen loopt.'
'Nou, dat doet ze niet. Ze is best knap.'
'Wanneer komt ze weer op bezoek?'
'Ze mag hier niet meer komen.'
Het licht weerkaatste op zo'n manier tegen de spiegel dat Maeve geen middenstuk leek te hebben. Ze zette haar handen op haar heupen en wiegde heen en weer. 'Wat doet ze eigenlijk?'
'Ze heeft heel lang niets gedaan. Nu is ze huwelijksadviseuse.'
'Ze is wat?'
Ik kwam van het bed af en liep naar mijn ladenkast; ik moest nog een foto van haar hebben. 'Ze helpt met het uitzoeken van de jurk van de bruidsmeisjes, het menu, de band. Alles, eigenlijk.'
'Dan is ze zeker dol op bruiloften.'
'Dat is nog zachtjes uitgedrukt. Ze gaat minstens twee dagen per week naar bruidsboutiques, alleen om ideeën op te doen.'
Ik had hem gevonden: wij vieren op Old Silver Beach, een jaar of twee voor de scheiding.
'Wat voor soort ideeën?' vroeg Maeve.
'Ach, je weet wel. Traditioneel zuidelijk of Frans plattelands. Haar lievelingsbruiloft is een sneeuwbalbruiloft, waarbij alle vrouwen in het wit zijn. Die zijn meestal in december. We waren in een bruidsboutique toen ik mijn hartaanval kreeg.'
Ik gaf haar de foto en ze boog zich erover, nog steeds met haar gezicht naar de spiegel. De zon ging net onder. Ik had het licht aan kunnen doen, maar dat deed ik niet. 'Leuke vrouw. Leuk gezinnetje. Wanneer is deze genomen? Je was toen zwaarder,' zei ze.
'Ik zat op de middelbare school.'
'Je lijkt precies op je broer.'
'Dat zeggen er wel meer, maar ik zie het zelf niet.'
'Al dat zwarte haar. Is hij nog steeds zo knap?'
'Dat zal wel.'
'En mag hij op bezoek komen?'

'Het mag wel, maar hij wil niet. Hij zit in Alaska en werkt voor een bedrijf dat zakenmensen overlevingstechnieken leert. De bedoeling is dat ze zo bang worden dat ze gaan samenwerken en elkaar wel moeten vertrouwen. Meestal kunnen we hem niet eens bereiken. En dat vindt hij prima. Syd heeft hem geschreven dat ik hier ben, maar ze heeft niets meer van hem gehoord.'

'Kom hier,' zei ze. 'Ik wil je iets laten zien.' Ze trok me voor zich. 'Kijk eens naar jezelf.' Ze wees op ons spiegelbeeld. Ze was half in de spiegel te zien: één in strakke spijkerbroek gehuld dijbeen, één witte arm; ik stond er helemaal. Ik haatte mijn kleren: van L.L. Bean en Land's End.

'Kijk nu eens hiernaar.' Ze liet me de foto zien.

Ik herinnerde me het badpak weer: Syd en ik hadden er ruzie over gemaakt. Er zaten boten, ankers en zeeschelpen op, een scheepvaartmotief; ze had het kinderachtig gevonden.

'Niet om het een of ander, maar je ziet er duizend keer beter uit met een paar pondjes meer,' zei Maeve.

'Tjee, dat heeft nog nooit iemand tegen me gezegd.'

Ze hield de foto omhoog en we keken ernaar in de spiegel. 'Ik bedoel dat je hierop tenminste tieten hebt.'

'Niet om het een of ander,' zei ik, 'maar jij zou best wat pondjes kunnen missen.'

'Trut,' zei ze en gaf me de foto terug.

De zon was bijna verdwenen. Het licht in mijn kamer was vlak. We zwegen. Ik had geen zin mijn excuses aan te bieden, maar ik wilde ook niet dat ze wegging. Na een tijdje vroeg Maeve: 'Wat waren jullie aan het doen toen je die hartaanval kreeg?'

'O, winkelen. Jurken passen.'

'Jurken van bruidsmeisjes?'

'Nee, van de bruid. Ik droeg er net één toen ik de hartaanval kreeg. Ze hebben hem op de Eerste Hulp open moeten knippen.'

'Zoeken de meeste bruiden hun eigen jurk dan niet uit?'

'Jawel, maar Syd is er dol op. Ze ziet me graag in zo'n jurk.'

'Klinkt verdomde lijp.'

Ik schokschouderde. 'We doen dat soort dingen gewoon samen. Doe jij sommige dingen niet alleen met bepaalde mensen... als een soort ritueel?'

'O, jawel, hoor,' zei ze, en als in antwoord op mijn vraag begon ze haar blouse los te knopen.

Ik kon de jonge Franse knul en zijn zusje voor wie Maeve had gezorgd opeens voor me zien. Ze had gezegd dat de ouders in de kamer ernaast waren wanneer zij en Valentin seks hadden, dat ze het nooit hadden ontdekt. Voor het eerst vroeg ik me af hoe het met de kleine Marie-Alix zat, die dan zogenaamd sliep. Ik vroeg me af of ze weleens binnengekomen was. Maeve maakte haar beha op haar rug los en trok de bandjes onder haar mouwen naar beneden. De beha viel op de grond. Hij was van beige kant maar zag er sjofel uit. Ze trok de blouse van haar schouders en liet hem daar als een stola hangen.

Ik wist niet wat ik zeggen moest en probeerde naar haar ogen te blijven kijken.

'Ik zou nooit anorexia kunnen hebben,' zei ze.

'O nee?' Ik voelde paniek opkomen.

'Omdat ik ze nooit kwijt wil.'

Ik moest er wel naar kijken. Ze waren groot – ik kon me niet herinneren dat ik ooit grotere had gezien – gemakkelijk een D-cup. De tepelhoven bedekten de helft en zagen eruit als kleine, pruimkleurige alpinopetjes. Ze drukte het onderste stuk van haar handpalmen tegen de tepels.

Ik hoorde stemmen in de gang: Louise en Gwen die dichterbij kwamen. Maeve begon te lachen. Hiervoor zou ik eruit worden getrapt. Ik legde mijn hand op Maeves mond. Gwen klopte aan en riep mijn naam. Ze wachtten. Ze hoefden alleen maar de deur open te doen, want er zaten geen sloten op de patiëntenkamers. Mijn elleboog drukte tegen een veerkrachtige borst van Maeve. Ik was bang dat ze dacht dat ik dit leuk vond. Uiteindelijk gingen ze weg. Maeves kin was roze op de plek waar mijn hand gezeten had. Ik deed een stap vooruit naar het voeteneinde van het bed.

Maeve draaide zich weer naar de spiegel, haalde haar potje lipgloss te voorschijn en werkte haar lippen bij. 'Ik snap niet hoe je ertegen kunt,' zei ze.

'Waartegen?'

'Mis je ze dan niet?'
Ik haalde mijn schouders op. Ik kon de warmte op mijn huid voelen en dacht aan de namen voor borsten die de omvang van die van Maeve hadden: *joekels, memmen, brammen.* Ik zei: 'Ik weet niet eens zeker of ik ze ooit heb gehad.'
'Maar je had wel meer dan nu.' En Maeve trok me weer voor de spiegel terwijl ze op het spiegelbeeld wees.
'Dat zal wel.'
'Wedden? Ik wed dat je de parmantige borstjes van zo'n atletisch meisje had. Borsten waarmee je hockey en lacrosse speelt.'
Ik kon niet stil blijven staan.
'Jouw beurt,' zei ze.
'Wat?'
'Om wat te laten zien en te vertellen.'
Ik geloof dat ik van rood in wit veranderde.
'Kom op,' fluisterde ze. 'Louise heeft het ook gedaan.'
Ik bleef stilstaan terwijl ze mijn overhemd losmaakte en toen mijn coltrui over mijn hoofd trok. Ik weet niet waar ik meer last van had: van de mogelijkheid dat het waar was dat ze zo naar Louise gekeken had, of het verzonnen had om me over te halen. Toen mijn bovenkleding uit was, kon ik mezelf ruiken.
'Dat heb je me dus laten zien,' zei ze terwijl ze achteruit ging. 'En nu vertellen. Vertel iets wat ik niet al weet.'
Mijn anorectische spiegelbeeld was me altijd wel bevallen. Daardoor kon ik de delen zien en niet het geheel. Elke verbinding, elke zichtbare spier, stuk huid en bot werd er duidelijk door. Gert zei dat we een verwrongen beeld hadden van onszelf. Dat was dikker of dunner dan we in werkelijkheid waren. Ze zei dat we een hekel hadden aan ons lichaam, aan onszelf. Ik had het nooit zo bekeken. Maar het was een schok om mezelf naast Maeve te zien, mijn vlees ingevallen op plekken waar het hare opbolde. We zagen eruit of we niet echt waren. Alles van haar – tanden, neus, ogen – was groter. Ze had moedervlekken zo groot als stuivers. Ik leek onaf naast haar. Onder mijn tepels hingen huidplooien. De woorden die voor mijn soort borsten werden gebruikt, waren woorden voor eten: *pe-*

*ren, bloemkolen, erwten.* Ik zei: 'Jij vindt het fijn' – ik wist niet goed hoe ik het zeggen moest – 'om bewonderd te worden.'
'Ja,' zei ze.
'Jij niet dan?' vroeg ze.
Ik schudde van nee.
'Ik dacht dat iedereen dat fijn vond.' Maeve bukte zich om haar beha te pakken. Haar borsten hingen in grote punten naar beneden, als trechters; ze wiebelden tegen haar buik aan. Ze ging rechtop staan om haar blouse uit te trekken, een mouw tegelijk, en deed toen de beha aan. Er zat een stuk ijzerdraad onderaan, net als bij die van mijn moeder. Ze moest het kanten gedeelte om elke borst leggen.
'Doet dat geen pijn?' vroeg ik.
'Wat?'
'Dat ijzeren ding.'
'Die beugel?'
'Ja.'
'Het doet pijn als ik geen beha draag. Dan worden ze moe.'
'Borsten kunnen niet moe worden,' zei ik.
'Zeker wel. De mijne gaan zeer doen als ze zichzelf de hele dag overeind moeten houden.' Ze probeerde het haakje vast te maken. Ze moest een paar pogingen doen.
'Ze zien er niet moe uit.'
Ze staarde me aan, haar handen op haar rug, haar ellebogen naar buiten gestoken als vleugels. 'Sta je met me te flirten?' vroeg ze.
'Flirten?' zei ik. Ik sloeg mijn armen over elkaar. 'Ik zou niet weten hoe dat moet.' Dat was de volle waarheid.
Ze begon haar blouse dicht te knopen. 'Je bedoelt als je zou willen.'
'Wat?'
'Je zou niet weten hoe het moet, als je zou willen.'
'Zoiets.'
Ze glimlachte alsof ze iets gewonnen had.

## 23

MAEVE MOCHT ZICH niet scheren voor de grote gemengde bijeenkomst, zelfs niet onder toezicht. Ze zei dat het haar niet kon schelen, maar wilde toch niet samen met de andere meisjes met de lift naar beneden. Zij en ik namen de trap. Ze droeg dezelfde blouse met ruches als die dag op mijn kamer, en een strak gebloemd minirokje dat tot vijf centimeter onder haar kruis kwam. Het haar op haar benen was door de rookkleurige panty heen te zien. De rok zat te strak: je kon haar hele buik erdoorheen zien, niet alleen de ronding die de meeste vrouwen hebben. Het was net een koord van vlees dat boven haar schaambeen lag.

'Hoe vind je het?' Ze bleef staan en draaide zich om in het trapportaal.

Ik keek naar mijn voeten die de trap afdaalden en vroeg me af hoe ze in hemelsnaam kon denken dat ze er goed uitzag. 'Je bent gekleed voor de lente.'

'Voor iets, in elk geval.' Ze stak haar elleboog in mijn zij.

Dat deed pijn en ik zei: 'Hou op.'

'Gut, gut,' zei ze.

Ik bleef mokken tot we beneden waren.

Ze keek naar mijn wijde kaki broek en raglan trui. 'Draag je altijd van die saaie kleren?'

Ik verhief mijn stem. 'Maeve...'

'Tjonge, tjonge, de rooie vlag hangt zeker uit.'

'Hou je kop!'

'Of kan dat soms niet meer?'

Ik barstte in tranen uit.

Maeve sloeg een arm om me heen en ik snikte het uit. Ze

bleef me vasthouden, maar losjes. Ik was vreselijk aan het janken. Toen het afgelopen was, veegde ze mijn gezicht af met de mouw van haar blouse.

'Mijn eerste huilbui op Zeezicht en Gert ziet het niet eens,' zei ik.

'Ik vertel het haar wel.'

'Ik haat die uitdrukking,' zei ik.

'Welke uitdrukking?'

'De rooie vlag hangt uit.'

'Wanneer ben je voor het laatst ongesteld geweest?'

'Drie jaar geleden. Misschien vier. In het begin was het onregelmatig. Ik hield het niet bij. Ik weet niet meer wanneer ik doorhad dat het voorgoed weg was.' Ik schokschouderde. 'Ik geloof niet dat ik het gemist heb.'

'Natuurlijk heb je het gemist.'

'Waarom zeg je dat?'

'Omdat... daardoor weet je dat je een meisje bent.'

Op dat moment begonnen de mannen naar beneden te komen, op hun pantoffels. We gingen achter de trap staan kijken naar hun langskomende ruggen. Maeve pakte mijn hand en zei: 'Het is een van de manieren waardoor je dat weet.'

Binnen gingen we op de voorste rij zitten, niet bij de andere meisjes. Tijdens de hele bijeenkomst bleef ze haar benen over en van elkaar doen. De vent die zijn verhaal vertelde was brandweerman. Hij had cocaïne gebruikt en was aan de drank geweest. Hij was gespierd als een stripfiguur: Clark Kent zonder bril, Superman in spijkerbroek in plaats van maillot. Maeve zat voorovergebogen tijdens zijn verhaal. Hij had zelfs een kuiltje in zijn kin. Een kwartierlang knipperde hij niet één keer met zijn ogen.

Halverwege was er pauze. Om te roken en naar de plee te gaan. Zo noemden de mannen hem, de plee. Er was maar één mannen-wc op de benedenverdieping en die was nooit afgesloten, hoewel er vermoedelijk soms wel mannen op de afdeling eetstoornissen zaten. Maar wij kregen dat niet, dat gebaar van vertrouwen, omdat wij meisjes dat kennelijk niet verdienden: een niet-afgesloten deur. In de pauze bleef er een verpleegster bij de deur van alletwee de toiletten staan.

Toen ik terugkwam van de wc stonden ze in de rij om met Maeve te praten. Joey R. vertelde haar over zijn Siciliaanse grootmoeder. Kleintje Pils was de volgende. Ik keek rond op zoek naar de gespierde brandweerman die de bijeenkomst had toegesproken, maar kon hem niet vinden. De meesten van mijn afdeling stonden op een kluitje bij elkaar. De meisjes met bulimia stonden er handenwringend bij. Maeve stal de show.

Vlak voordat de bijeenkomst weer begon, ging Maeve naar de plee. Wij werden tot de orde geroepen. Twee mensen vertelden iets, toen een derde. Nadat de volgende was begonnen te praten liep ik de zaal door, en toen de begeleider van de tweede verdieping me tegenhield zei ik dat ik mijn tampon moest vernieuwen en hij deed de deur voor me open.

Ik hoorde vreemde geluiden in het damestoilet en dacht dat Maeve aan het overgeven was. De verpleegster was weg. Ik duwde tegen de deur maar die was op slot. Ik probeerde het herentoilet. Die deur ging open.

Ik was nooit eerder in een herentoilet geweest en voelde me onmiddellijk beschaamd. Tegen de rechtermuur zaten drie urinoirs. Ze zagen eruit als mannenlichamen, zo open en bloot. Er gorgelde water in. Toen hoorde ik het geluid weer. Het was niet van overgeven. Tegenover de urinoirs was een rij hokjes. Ik ging op mijn hurken zitten om naar binnen te kijken. Er was niemand in de hokjes, maar aan het einde van de rij zag ik een paar Zeezicht-pantoffels. En een vrouwenschoen: die van Maeve. Er lag een lange broek op de in pantoffels gestoken voeten. Ik stond op en wist dat ik ervandoor moest en dat wilde ik ook. Ik rook nog een andere lucht behalve die van het toilet. Ik bedekte mijn mond en neus; mijn adem voelde heet aan. Maeves tweede schoen viel. Mijn voeten droegen me naar de zijkant van het laatste hokje; ik hoefde alleen maar even te kijken. Ze zouden het te druk hebben om mij te zien.

Ik keek om de hoek en werd begroet door het blote achterste van de brandweerman die zijn verhaal had verteld. Zijn witte onderbroek hing op zijn dijen; daarbij vergeleken zag zijn roze huid er rood uit. Er groeide donker, krullend haar op zijn benen. Maeve zat op de wasbak, haar knieën tegen zijn rug gedrukt. Door zijn bewegingen werd ze opgetild, ging ze op en neer, waarbij ze steeds met haar blote kont tegen het porselein klapte. Hij droeg sokophouders. Het zwarte elastiek beet in de hoge, harde ballen van zijn kuiten. Haar panty was opengescheurd en ik kon zien dat ze er geen slipje onder droeg. Pas toen herkende ik de lucht. Die was van mij.

Op weg naar buiten bonkte ik met mijn rechterschouder tegen de deur van een hokje en de hele rij bewoog. Het gekreun hield op maar ik wachtte niet tot ik werd ontdekt, ik liep regelrecht naar mijn kamer en ging in bed liggen, met mijn kleren nog aan. Ik kon me niet concentreren. Ik probeerde een gedachte tegelijk vast te houden, maar ze leken zich te verzamelen en weer uiteen te gaan. Ik voelde paniek opkomen. Ik masturbeerde, eigenlijk tegen mijn zin, bang als ik was voor de leegte die erna zou komen. Daarna huilde ik voor de tweede keer die dag en viel in slaap.

# DEEL IV

## 24

TEGEN HET EINDE van ons laatste jaar op de middelbare school spraken Ronald Tillman en ik af dat we elkaar zouden ontmaagden. We waren drie jaar daarvoor bevriend geraakt, toen we een groepsproject over *Wuthering Heights* deden. Een maandlang lazen we elkaar aan de telefoon onze favoriete passages voor voordat we naar bed gingen. We gingen bij elkaar thuis studeren en ik zal nooit vergeten hoe verbaasd Syd keek toen ik Ronald de eerste keer door de keuken meenam naar de woonkamer, waar ze voortdurend bezig was dingen anders neer te zetten – zijden bloemen, porseleinen beeldjes of de familiefoto's op de schoorsteenmantel. Die dag had ze een plumeau in haar hand en was bezig haar Hummels een nieuwe plek te geven, en toen ze onze kousevoeten op het hoogpolige witte tapijt hoorde – nooit met schoenen aan in de woonkamer lopen – draaide ze zich om met de plumeau van gele veren nog omhoog, vlak naast haar hoofd, en glimlachte breed bij de onverwachte aanblik van Ronalds zwarte huid, die helemaal sterk opviel in Syds witte inrichting. Ze zwaaide met de plumeau naar ons, zodat de stofdeeltjes in het rond vlogen. Ik herinnerde me dat ze, toen ze met de inrichting bezig was, een boek met kleurmonsters mee naar huis had genomen, waarin alle mogelijke tinten wit waren opgenomen: krijtwit, blank, eierschaal, ecru, ivoor, antiek, crème, blond, albast. Het gekke was, en dat viel me direct al op toen Syd haar onbehagen achter enthousiasme verborg, dat er ondanks het boek met kleurmonsters maar één kleur wit in de kamer was: het wit van ons, het wit van iedereen die we in Deer Park kenden. Syd heette Ronald uitbundig welkom en nadat we ons in de hobbykamer geïnstalleerd hadden om te studeren – je mocht tv kijken, schoenen dragen en popcorn eten in de hobbykamer – ging ze koekjes voor ons bakken, iets wat ze nooit eerder had gedaan.

Ronald vertegenwoordigde veel eerste keren voor mij: hij was mijn eerste echte vriend; hij was de eerste intellectueel die ik kende; hij was de eerste zwarte met wie ik meer dan vluchtig bekend was; en hij nam me voor de eerste keer mee naar een rooms-katholieke kerk. Ronald ging naar catechisatieles voor volwassenen – zijn ouders vonden dat kinderen hun eigen beslissingen moesten nemen – en toen ik belangstelling toonde, vroeg hij aan de docente of ik ook mocht komen.

De catechisatieles voor volwassenen was speciaal gericht op bekeerlingen en vond elke zaterdagavond plaats in de pastorie waar de priesters van parochie woonde, wat op zich al aanmoediging genoeg was: de kans een glimp op te vangen van het dagelijks leven van de celibataire mannen in zwarte broeken en soms jurken. De priesters gingen altijd net de hoek om als ik kwam. Als ik eerbiedig in de hal mijn muts, jas en schoenen uittrok – er waren kwetsbare kersehouten vloeren en ze hadden dezelfde regel over schoeisel als Syd – hoorde ik altijd alleen nog het geritsel van een zwarte soutane tegen de plinten. Vlak daarna stak Ronald, die vroeg gekomen was, zijn hoofd om de hoek van het leslokaal en zei: 'Je heb pater O'Leary nét gemist, hij heeft gebeden voor onze lessen,' of: 'Pater Calabrese heeft net onze kelen gezegend.' We kregen les in de bibliotheek van de pastorie, waar een lange eikehouten kloostertafel stond en een hele boekenplank voor heiligenlevens was gereserveerd.

De docente, Zuster Geraldine, beantwoordde de meest lastige vragen zonder een spier te vertrekken. Geen enkel onderwerp bracht haar van haar stuk, de Hel niet en of onze niet-katholieke vrienden daarheen zouden gaan, noch de Heilige Drieëenheid of transsubstantiatie. Tegen een man die beweerde dat de priester het alleen maar in overdrachtelijke zin over het lichaam en bloed had, zei ze dat als hij in beeldspraak was geïnteresseerd hij beter naar de Episcopale kerk kon gaan. Maar haar bijzondere belangstelling, het gebied waarop ze deskundig was, als het ware, gold vrouwelijke heiligen. Ze beschikte over een ogenschijnlijk onbeperkte voorraad heiligen in haar geheugen en doorspekte de lessen met anekdotes over vrouwelijke vroomheid en zelfopoffering.

Ronald en ik maakten een diepgaande studie van heiligen. Zuster Geraldine liet ons over sommige heiligen een verhandeling van een pagina schrijven, die we hardop voor de hele klas moesten voorlezen. De lievelingsheiligen van Ronald en mij waren Perpetua en Felicitas, die in het jaar 203 gestorven waren. Net als wij waren het catechumenen, wat betekende dat ze werden voorbereid op het doopsel, en waren ze enorm aan elkaar verknocht. Felicitas was acht maanden zwanger toen ze gevangengenomen werd en veroordeeld om voor de 'wilde dieren' geworpen te worden; Perpetua had een pasgeboren zoontje dat ze de borst gaf. Felicitas, die zich vrijelijk uitsprak over haar geloof, was alleen bezorgd dat haar zwangerschap zou voorkomen dat ze samen met Perpetua stierf, maar gelukkig beviel ze drie dagen voor de publieke spelen. In een groot heiligenboek met rode omslag en reliëfletters op de rug stond dat de twee het amfitheater 'vol vreugde' binnengingen, waar ze in een net gewikkeld aan een wilde koe overgeleverd werden. Ze omhelsden elkaar nog een laatste keer voordat ze door gladiatoren werden gedood. Ronald vond het feit dat hun vriendschap dwars door klasse, zo niet ras, liep wel erg toevallig – Felicitas was een slavin en Perpetua een 'voorname vrouw' geweest – al wisten we niet of het feit dat Felicitas in 203 een slavin was inhield dat ze een Egyptische of een juist Hebreeuwse vrouw was. Hij had het heel ketters (en maar half serieus) over reïncarnatie. In al onze brieven aan elkaar op de middelbare school – briefjes die we elkaar tussen de lessen in de gang gaven – gebruikten we de initialen F. en P. als we elkaar bedoelden.

Op de laatste dag van ons laatste jaar op school, toen populaire meisjes met jaarboeken en verwelkende anjers in de hand in de gang stonden te huilen en door het dolle geraakte jongens met hun vuist tegen kastjes sloegen en oorverdovende kreten slaakten alsof ze wilden zeggen: Dit is het dan, eindelijk, nu gaat het *leven* beginnen, gaf Ronald me een merkwaardig briefje waarin hij onze heiligennamen had gebruikt:

Perpetua,
We staan nu op de drempel die het einde van de onschuld aangeeft. Jij gaat geschiedenis studeren aan de universiteit van Boston; ik klassieke oudheid aan Amherst: voor ons allebei een reis naar de steeds groter wordende cirkel van kennis die voortkomt uit ervaring, wat goed beschouwd slechts lijden is. Over nog maar drie korte maanden gaan we de weg op naar passie, lijden, kennis en ons ware zelf, onschuldigen aan de rand van de afgrond van corruptie; en nu vraag ik me af hoe ik je verlaten kan – jij die me zoveel kennis over mezelf en anderen geschonken heeft – hoe zou ik mijn gelovige onschuld aan een ander kunnen aanbieden?
                Felicitas

In het begin vroeg ik me af waar die plotselinge belangstelling voor het vleselijke vandaankwam. Ronald zei altijd dat we in alle opzichten intiem met elkaar waren behalve dat ene. We wisten de belangrijkste dingen van elkaar, dingen die niemand anders wist. Hij wist van mijn moeder af: haar koopziekte en nadrukkelijke vrouwelijkheid, haar mislukte huwelijk, allesoverheersende twijfels en wisselvallige buien. Ik wist van zijn zenuwachtige ouders, zo vastbesloten geen misstappen te doen in hun nieuwe witte voorstad, erop gericht dat Ronald alleen maar tienen kreeg, erop gebrand te vergeten waar ze vandaankwamen. Hij wist van mijn angst voor de dood, die me onverhoeds kon overvallen – in de wiskundeles tijdens het oplossen van formules, bij gymnastiek na onschuldige arm- of beenoefeningen – een angst die me naar adem deed snakken en in paniek deed raken zodat ik de gang door rende op zoek naar Alex, wiens aanwezigheid, hoewel niet medeleven, me altijd kon kalmeren. Ik wist van Ronalds fantasieleven, zijn vermogen om elke tekst die we lazen binnen te gaan; dat hij zich volledig identificeerde met zowel Heathcliff als Catherine, met Jane Eyre, Mr. Rochester en zijn krankzinnige vrouw, waardoor hij in snikken uitbarstte en volkomen uitgeput was aan het eind van vrijwel elk boek dat we lazen. Hij wist van mijn aanvankelijke fascinatie met zijn zwart-zijn – waarvan hij eerst genoot en die hij later ging haten en me uiteindelijk vergaf. Dat was het allermoeilijkst geweest om te vertellen. Dus we wisten zoveel over elkaar, evenveel, zou je kunnen zeggen, als we over onszelf wisten. Wat we niet wisten was hoe het lichaam van de ander eruit zag als het naakt was. Of mijn tepels roze of bruin waren, of zijn penis naar links of naar rechts tegen zijn buik aanlag, zoals die van Alex, die ik een keer bij toeval in erectie had gezien toen ik op een nacht langs zijn open deur liep terwijl hij lag te slapen met het beddegoed tot een bal aan zijn voeten in elkaar gedraaid. We wisten niets van de elektrische stroompjes die onder het oppervlak van de huid van de ander liepen; we waren niet bekend met het effect van aanraking of tong; we wisten niet of het pijn deed, of het gemakkelijk of moeilijk was om te doen. We stelden ons hardop vragen over het geheimzinnige ritme van seks, waar vaak in grappen op werd gezinspeeld, en we waren bang dat onze lichamen dat misschien niet zouden horen, het zouden negeren en nooit zouden oppikken. Hij gaf toe dat hij bang was dat hij de opening niet zou kunnen vinden; ik dat ik bang was dat die niet wijd genoeg open zou gaan. Ik had over meisjes gehoord die zoveel pijn leden dat ze er niet mee konden doorgaan; hij had gehoord over jongens die het niet was gelukt naar binnen te gaan, ook al deden ze nog zo hun best.

We spraken af elkaar te helpen, aanwijzingen te geven, niet te lachen en te zorgen dat mijn vlees niet scheurde. Ik had me neergelegd bij een zekere mate van pijn, maar we spraken af het kalm aan te doen. Ronald zou voor condooms, kaarsen en muziek zorgen; ik voor een plek en handdoeken of wat dan ook, voor het bloed. Als extra voorzorg leende ik een tube zaaddodende pasta van Syds kaptafel.

We planden alles zorgvuldig. In juli zou Syd een weekend EST gaan doen en dan logeerde ze in het Park Plaza Hotel in Boston. Ronald en ik besloten die dag seks te hebben in mijn huis. Dat leek een briljant plan: alle seks waarover wij hadden gehoord vond 's nachts en in auto's plaats, meestal bij het stuwmeer of op een uitkijkplek op Blue Hill, en onze ouders zouden ons nooit van seks overdag verdenken.

Hij belde me die ochtend op. 'Alles in orde?'

'Alles gaat goed. Syd is om tien uur weggegaan. Ik heb haar

geholpen met pakken. Ze heeft genoeg kleren voor een hele week meegenomen.'

'Weet je zeker dat je ermee door wilt gaan? We hoeven het niet te doen. Ik wil dat je dat weet. Ik bedoel, als je van mening verandert, is dat oké.'

'Nee, nee, ik ben er klaar voor. Heb jij... heb jij twijfels?'

'O nee. Ik dacht alleen, nou ja, ik wilde je een uitweg bieden als je daar behoefte aan had. Ik bedoel, het is anders voor meisjes dan voor jongens, toch? Je maagdelijkheid verliezen.'

'Dat zal wel.'

'Ik wil gewoon zeker weten dat er niets verandert. Naderhand.'

'Er verandert niets. Wat mij betreft niet, in elk geval.'

'Ik bedoel, ik hoop gewoon dat we niet van die hoge verwachtingen hebben. We doen dit toch alleen omdat we het nu eenmaal kunnen, omdat we elkaar geen pijn zullen doen, omdat we zulke goede vrienden zijn?'

'Omdat we elkaars beste vrienden zijn.'

'Precies. Oké. Goed. Hoe laat zal ik dan langskomen?'

Het was half twaalf 's ochtends. Het leek idioot. 'Ik weet het niet, wat vind jij?'

'Wat denk je van vanmiddag. Ik moet nog condooms kopen.'

'Heb je die dan nog niet?'

Hij klonk geschrokken. 'Nee, ik moet naar een apotheek in Stoughton of Braintree om ze te halen. Ik kan moeilijk bij de drogist waar mijn moeder komt om condooms vragen.'

'Maar als je ze nu eens niet kunt krijgen?'

'Wees maar niet bang, dat lukt wel. Hoor eens, ik bel je vanuit de drogisterij, vlak voordat ik naar je toe kom.'

'Heb je de auto van je moeder?'

'Nee. Die is naar de garage. Ik neem de bus.'

De bus, zei ik bij mezelf toen ik de telefoon ophing. Wat prozaïsch.

Als ik toen heel eerlijk was geweest, had ik toegegeven dat er ondanks dat we zo intiem met elkaar waren, toch nog een paar dingen waren die Ronald niet van me wist. Dingen die ik hem hem niet had verteld. We hadden vaak over heel intieme gevoelens als wanhoop, waardeloosheid, onveiligheid gepraat, maar nooit over leegte, dat holle, vormeloze *gebrek* aan gevoel. Dat was op de middelbare school natuurlijk nog niet zo allesdoordringend geweest als het later werd, op de universiteit en daarna. En het was ook niet zo dat ik het voor hem verborg, het was meer dat ik er zelf nog niet helemaal uit was. De leegte had op de een of andere manier te maken met mijn angst voor de dood, maar het was ook anders, vernederender. De angst voor de dood kwam in elk geval van buitenaf.

Ik had Ronald dus nooit verteld over de leegte die ik in mijn laatste jaar op school was gaan voelen, ook al kon ik haar niet goed lokaliseren, en die groter werd na die ene keer dat we seks hadden gehad. Het maakte dat ik me ging afvragen, toen ik tijd had me dingen af te vragen, welke dingen Ronald allemaal níet had verteld.

Hij kwam om een uur of half drie, zonder dat hij gebeld had en rechtstreeks uit de apotheek in Braintree, met de bus waarin hij naast mevrouw Zapides had gezeten, de bibliothecaresse van school, die hem een genie vond en die een lange discussie over Edith Whartons *Ethan Frome* was begonnen. Ronald had een bruine papieren zak bij zich toen hij kwam.

Ik zat televisie te kijken, naar een herhaling van *I Love Lucy*. Het was de aflevering waarin zij en Ethel aan de lopende band van een chocoladefabriek terecht zijn gekomen. Ronald en ik bleven in de zitkamer staan kijken hoe Lucy het ene chocolaatje na het andere in haar mond, haar blouse en de vierkante zakken van haar jasschort stopte; haar ogen werden groot van paniek door de meedogenloos doorlopende band en de verraderlijkheid van haar eigen begeerte. We lachten hardop.

'Het is niet te geloven wat ze allemaal met haar mond kan doen,' zei ik. 'Het is bijna onmenselijk.'

'Jij hebt een knappe mond,' zei Ronald zachtjes.

Ik keek hem aan. Zijn huid glom van verlegenheid. Ik had er nooit over nagedacht of mijn mond knap kon zijn. Die was tot dat moment gewoon een mond geweest, om mee te eten en te praten. Ik zei: 'Dat hoef je niet doen. Die dingen zeggen.'

'Wat moeten we dan doen?'

'Ik weet het niet.' Ik wenste dat we niet naar Lucy gekeken

hadden. 'Ik wil gewoon niet dat je dingen verzint.'
'Dat deed ik ook niet. Je hebt echt een knappe mond.'
'Hoe kan een mond nou knap zijn?'
'Dat kan best, Alice.'
'Laten we naar boven gaan.'

Ik had dingen klaargezet in wat vroeger de kamer van Syd en pa samen en nu alleen die van mijn moeder was. Zij was de enige met een tweepersoonsbed. Ik had de rolgordijnen laten zakken, mijn cassetterecorder erheen gebracht en een handdoek onder de dekens op het bed gelegd. De zaaddodende pasta lag op het nachtkastje, een witte tube die al gebogen en gekreukt was omdat hij was gebruikt. Syd kneep er niet van onderaf in (zij en pa hadden altijd ruzie over de tandpasta gemaakt), maar in het midden, waardoor de tube net een slordig, verfomfaaid vlinderdasje leek. Aan de harde korst op de pasta kon ik zien dat hij al een tijdje niet was gebruikt. Misschien al jaren niet. Ik vroeg me af hoelang precies.

Ronald liep naar de cassetterecorder en haalde een bandje van James Taylor uit de papieren zak. Ik was vergeten dat hij zo'n melige smaak had.

Ik ging op het voeteneinde van het bed zitten.

Ronald liep naar de ramen en gluurde langs de rolgordijnen naar buiten.

Ik trok aan de plooien van de chenille sprei.

Ronald haalde met een ruk zijn handen uit zijn zakken, keek me aan, glimlachte en liep naar de cassetterecorder. Hij spoelde snel langs 'You've Got a Friend' en stopte bij 'Fire and Rain'.

'Dat gaat over een meisje dat doodgaat,' zei ik.

'Dat weet ik,' zei hij. 'Het is zo triest.' En hij zong zachtjes: '*But I always thought that I'd see you baby, one more time again.*' Het leek of hij zou gaan huilen.

Ik stond op en sloeg het beddegoed open, waardoor de badstoffen handdoek was te zien die de gevolgen van ons liefdesspel moest opnemen. Ik voelde me alsof we op het punt stonden in bed te plassen.

'Er klopt iets niet, maar ik weet niet wat,' zei ik.

'Misschien moeten we naar jouw kamer gaan. Het is een beetje raar om in die van je moeder te zijn, met al dat kant.'

Ik keek om me heen. Syd had alles met ruches behangen – het bed zelf, een leesstoel, de gordijnen die voor de rolgordijnen sloten.

'Oké, maar we mogen hier niets laten liggen.'

Mijn kamer was niet veel beter – het slaapkamerameublement compleet met kaptafel, de pluchen dieren op het eenpersoonsbed dat er plotseling zo klein uitzag, de rij trofeeën van de zwemploeg, mijn neusklem en oordoppen – maar we gingen direct aan de slag. Ronald zette de cassetterecorder neer, schakelde over op Joni Mitchell, haalde een kaars uit de bruine papieren zak en stak hem aan op mijn nachtkastje, ook al was het nog helemaal niet donker. Hij haalde ook een pakje condooms uit de zak. Ik ontdeed het bed van de pluchen dieren en legde de handdoek neer, waarvan ik het ene uiteinde onder het kussen stopte. Ik trok de rolgordijnen naar beneden.

'Heb je een kamerjas die ik kan lenen?' vroeg Ronald.

Daar had ik niet aan gedacht. Ik liep de gang door en haalde die van Alex. Ronald ging ermee naar de badkamer. Ik trok zo snel ik kon mijn kleren uit – o schande als ik halverwege zou worden betrapt – en ging vlug onder de dekens liggen. Ik bleef doodstil liggen luisteren naar het water in de wasbak. Wat was hij aan het doen? Zijn handen wassen? Of zijn penis? Poetste hij misschien zijn tanden? Ik kon de badstoffen handdoek onder mijn huid duidelijk voelen.

Toen Ronald terugkwam zag hij er schoon en ernstig uit in de oude rode kamerjas van Alex. Hij had het stapeltje met zijn keurig opgevouwen kleren bij zich en legde dat op de stoel. Hij ging tegenover me op de hoek van mijn bed zitten en legde met een bijna vaderlijk gebaar zijn hand tegen mijn wang. Toen hij zich bewoog, deed de kamerjas dat ook en ik zag een stuk donkerbruin dijbeen.

'Wat gek is dit,' zei hij.

'Gek als in om te lachen?'

'Gek als in vreemd.'

'Vind ik ook.'

Maar ik begon iets te voelen, een bewegen, een besef van wat zich tussen mijn benen bevond. Ik begon te willen wat we gingen doen.

Ronald haalde een condoom uit het pakje op het nachtkastje en las de instructies op de achterkant van het doosje. 'Ik heb ze met glijmiddel genomen,' zei hij.
'Prima,' zei ik, zonder dat ik de andere mogelijkheden wist.
'Geribbelde.'
'Geribbeld? Als bij een ribtrui?'
Ronald wees naar het doosje.
'Waar zijn die ribbels voor?'
Hij las hardop: 'Voor maximaal genot.'
'Van wie?' vroeg ik.
'Weet ik niet. Van ons allebei, denk ik.'
Hij deed de kamerjas uit en kwam onder het laken liggen. Zijn sleutelbeenderen staken bij zijn nek uit als de bladen van een ventilator.
We begonnen elkaar te kussen – dat was het enige waar we enig idee van hadden – eerst met onze handen naast ons lichaam, die we toen lichtjes op elkaars heupen legden. Hij was de eerste die zijn tong gebruikte. Dat voelde prettig. We steunden allebei op onze ellebogen en mijn heup kwam hoger dan de zijne. Het laken vormde een tent over zijn geslachtsdeel en dat van mij. Zonder dat ik keek, zonder dat ik het tegen mijn been voelde, wist ik dat hij een erectie had. Met zijn ene hand frommelde hij met het condoom in zijn verpakking. Ik wist dat ik hem hoorde te helpen. Ik hoorde het condoom om te doen, het omhoog te trekken (of was het naar beneden?) als een sok aan een voet, als een echte rubber handschoen, en ik hoorde de pasta erop te smeren – dat had ik gelezen; het zou erotisch en niet medisch zijn als ik degene was die de pasta erop smeerde – maar toen herinnerde ik me dat die nog op Syds nachtkastje lag.
Daardoor werd de voorstelling onderbroken. Ik moest me losmaken, uit bed stappen – het voelde als een vernedering om de kamerjas te pakken maar ook om hem niet te pakken – en naakt naar Syds kamer te rennen. De lucht voelde koel aan tegen mijn blote huid; ik was gaan zweten. Ik griste de zaaddodende pasta weg en bijna als terloops wierp ik een blik op mezelf in de spiegel aan de achterkant van Syds slaapkamerdeur. Ik keek om te zien of de seks die we samen zouden hebben me

nu al veranderd had. Maar ik zag de bekende dingen. Ik kende mijn lichaam goed, was altijd net als Syd een spiegelfanaat geweest, maar vandaag drong het hele scala aan ontevredenheid met mezelf zich aan me op betekende het: Dit is alles wat je krijgt, wat je ook voor jezelf bedacht mocht hebben, meer wordt het niet. Onmogelijk brede heupen, slappe buik, ongelijke borsten, smalle schouders. Meer wordt het echt niet.

Ik holde terug naar Ronald en gooide mezelf op het bed, zodat de matras door mijn gewicht schaamteloos op en neer sprong.

We begonnen opnieuw, maar ik was ergens anders. De eerste vlammen van begeerte waren in Syds spiegel gedoofd. We kusten elkaar en Ronald ging zelfs bovenop me liggen, zo licht als een kussen, terwijl hij zijn aanhoudende, beleefde erectie in me duwde. Hij kromde naar links, nee, rechts, want ik lag tegenover hem. Hij stak zijn hand tussen mijn benen en toen hij voelde hoe droog het daar was, vroeg hij wat hij moest doen.

'Hoe bedoel je?'

Toen vroeg hij of ik mezelf weleens had gestreeld.

Ik schudde van nee.

Hij was verbaasd.

Ik was verbaasd. We hadden samen het vormsel gekregen. We hadden naast elkaar gezeten over zonde geleerd. Ik zei: 'En Zuster Geraldine zei...'

'Ze heeft zoveel gezegd, Alice, heel veel.'

Uiteindelijk voelde het meer als werk dan als plezier. Ronald wist genoeg, had genoeg gelezen om te wachten tot ik er klaar voor was. Hij kuste me teder en niet zo teder, hij verkende mijn lichaam met zijn handen en met zijn tong. Ik keek naar zijn gezicht – hij concentreerde zich, werkte plichtmatig alle onderdelen van het lijstje af. Ik ging op hem liggen en voelde aan zijn penis met mijn handen, en toen ik dat deed zag ik zijn oogleden trillen, zag hoe zijn rug zich kromde en hoe zijn ribbenkast omhoogkwam toen ik erover wreef. Ik likte aan de aderen. Keek hoe hij klaarkwam. Voelde de kleverige, gebroken-witte vloeistof op mijn dijbenen. Zag hem verschrompelen en weer opzwellen, voelde zijn geduld en zijn aandringen, en ging uiteindelijk achteroverliggen en spreidde mijn benen voor hem. Het brandde toen hij naar binnen ging, het deed geen pijn als bij een snee of krab, maar als wanneer je huid door de zon rood is verbrand. Ronalds ogen werden groot van ongeloof en opwinding en hij duwde zich nog verder naar binnen, steeds verder, plaatsmakend voor zichzelf, zover als hij kon, door zijn heupen bevallig te kantelen. En ik dacht: Het is gebeurd, ik ben niet zo'n gênante maagd meer. Zijn lichaam kreeg het ritme te pakken waarover we hadden gehoord en hij leek zich in die beweging te verliezen, zijn blik gericht op iets boven mijn schouder, maar ik kon alleen toekijken en voelde me lelijk en onhandig met mijn knieën naast mijn oren, terwijl mijn dijbenen wijd genoeg open waren om hem vast te houden, mijn pruimkleurige geslacht blootgesteld aan de middaglucht. Als een insekt dat indecent op zijn rug is gelegd, lag ik met mijn armen en benen te fladderen.

Die avond gingen we naar de film. Ik zat dankbaar in het donker al popcorn etend te kijken hoe Jill Clayburgh in *An Unmarried Woman* door haar man werd bedrogen, en dacht: Maar een vrouw kan helemaal niet worden bedrogen, niet op die manier, alleen mannen krijgen horentjes opgezet, kunnen door ontrouw worden onteerd. Op datzelfde moment voelde ik de fluwelen leegte mijn maag binnenkruipen, haar terrein uitbreiden als een overstromende rivier. Ik at onze bak popcorn leeg en ging er nog één halen. Aan het einde van die week vervielen Ronald en ik van moeizame gesprekken tot stilzwijgen. Twee weken later gingen we zonder iets te zeggen ieder naar een andere universiteit. Toen ik op de universiteit van Boston kwam woog ik eenenzestig kilo. Ik ging op mijn eerste dieet sinds de middelbare school. Toen ik met Kerstmis naar huis ging, woog ik drieënvijftig kilo.

# 25

WE NAMEN DE Route 139 en 53 naar het winkelcentrum van Hanover. Het was met de auto een rit van veertig minuten waar we door de regen een uur over deden. De ruiten waren beslagen en ik moest een stukje schoonvegen om iets te kunnen zien. Het was de tweede week van april maar het leek eerder februari, het gele gras kon nog niet overeind blijven staan. Op sommige plekken lag nog sneeuw, vreemd gevormde klompen die door grind en uitlaatgassen zwart waren geworden. De regen leek ze niet te kunnen smelten.

Je moest vijfenveertig kilo (of het juiste gewicht in verhouding tot je lengte) wegen en minimaal tien dagen op Zeezicht zijn voordat je naar het winkelcentrum mocht. En je mocht niet weg als je straf had. Maeve had straf, maar ze had de hulpverleners bepraat om toch te mogen gaan. De brandweerman en zij hadden allebei straf; ze waren betrapt toen de hulpverlener tegen wie ik had gelogen mij kwam zoeken. Maeve had de hele volgende dag in een spoedvergadering met haar behandelteam doorgebracht, en we waren ervan overtuigd geweest dat ze eruit zou vliegen. Louise was degene die ons verzekerde dat dat niet gebeuren zou; ze zei dat Zeezicht een bedrijf was, net als elk ander, en afhankelijk van zijn betalende klanten.

Maeve ging op de achterste bank van de minibus zitten. Ik ging naast haar zitten en legde mijn arm op de rugleuning. Louise en Gwen zaten aan de andere kant van het gangpad. Louise had zo'n plastic regenkapje op dat je in repen kunt opvouwen. Gwen droeg een glimmend gele regenjas.

Amy kwam niet bij ons zitten. Ze was met haar eigen groepje en zat voorin: Penny, koningin Victoria, een nieuw meisje met anorexia en Penny's sportvriendinnen. Ze fluisterden en giechelden in vlagen en sisten dan weer tegen elkaar dat ze stil moesten zijn. Amy keek steeds in onze richting.

Toen we twintig minuten gereden hadden, zei Maeve: 'Verhaaltjestijd.'

Ik voelde een huivering door mij heen naar Gwen en Louise gaan. We schoven heen en weer op onze bank. Wat zou ze ons nog meer kunnen laten doen?

'Hoe ben je dit keer in Zeezicht terechtgekomen, Louise?' vroeg Maeve.

Louise zat uit het raam te kijken, haar regenkapje met een strik onder haar kinnen vastgemaakt. Ze had vandaag twee keer gehuild, tijdens de meditatie en later nog eens in de eetgroep. Ze keek Maeve aan, haar gezicht nog steeds opgeblazen, en haalde haar schouders op.

'Ach, kom op nou,' zei Maeve. 'Het moet iets bijzonders zijn geweest dat je ouders voor de derde keer willen dokken.'

Louise maakte een snuivend geluid.

'We kunnen best een verhaal gebruiken,' zei Maeve. 'We moeten nog een heel eind.'

Louise kreeg een papieren zakdoekje van Gwen en snoot haar neus. Tussen het getoeter door zei ze: 'Ik wil iets heel anders vertellen. Ik wil de vraag wel beantwoorden die je eerder hebt gesteld. Over verliefd-zijn.'

'Oké,' zei Maeve. 'Ook goed.' Ze had graag de touwtjes in handen, zelfs van wat wij zeiden. 'Maar niet de GEB van Boston, Louise. Geen mannen die de telefoon komen repareren. Geen onzichtbare vriendjes. Ik bedoelde het het echte werk.'

'Het echte werk,' herhaalde Louise.

Maeve ging achterover zitten en kruiste haar armen. 'Laat maar horen.'

Louise deed haar regenkapje af en schudde de druppels eraf. Haar haren waaierden uit en krulden, waardoor haar gezicht kleiner leek. 'Ik was dertien en nog niet zo dik. Ik geloof dat ik nog geen negentig kilo woog.'

Maeve snoof verachtelijk.

Ik had haar nog nooit gemeen tegen Louise zien doen. Daar was ik blij om – het was een hele sensatie dat haar aandacht op mij werd gericht – maar het knaagde ook aan me. Ik wist wat het betekende. Ik wist dat mensen hun nieuwe vrienden uiteindelijk net zo behandelen als hun oude.

Louise zei: 'Hij heette Ray Johnson en was vijftien. De enige protestant in een volledig joodse nieuwbouwwijk. Hij maaide de gazons op zaterdag. Het onze deed hij het laatst en na afloop gingen we op de veranda zitten praten. Ik gaf hem tips over zijn natuurkundeproject.'

'Een intellectuele relatie, dus,' zei Maeve.

'Hij deed onderzoek naar zwarte gaten,' zei Louise.

Maeve snoof weer verachtelijk.

Ik probeerde in te schatten hoe lang ze zich kon concentreren, dat wil zeggen, hoe lang het duurde voordat Maeve zich begon te vervelen en haar kennis over jou tegen je ging gebruiken.

'Hij wilde aantonen dat ze zich voortdurend naar hun eigen kern bewegen,' zei Louise. 'Mijn moeder had haar doctoraalscriptie over zwarte gaten gemaakt, dus ik wist er alles van. Ray Johnson zei dat ik het slimste meisje was dat hij kende.'

Maeve boog zich voorover. 'Dus hij was verliefd op je geest.'

Louise begon haar regenkapje op de plooien op te vouwen. 'Hij fluisterde: "Vertel nog eens wat singulariteit is." Door zijn adem voelde mijn oor klam aan. Hij rook naar droge boombladeren. Dan zei ik: "Singulariteit is de kern van het zwarte gat. Het is het punt tot waarop een massieve ster ineenstort, het verpletterende gewicht dat volume en oneindig hoge dichtheid samenperst."'

We zwegen. Het leek of ze een gedicht opzei.

Louise ging verder: 'Ray Johnson vond mijn beschrijving van singulariteit prachtig. "Oneindig hoge dichtheid." Dat herhaalde hij steeds weer. En dan stopte hij mijn vingers in zijn mond.'

'Kom nou maar ter zake, Louise,' zei Maeve. 'Heeft hij jouw zwarte gat gevonden of niet?'

Ik schrok ervan. Ze wond er geen doekjes om.

Louises ja klonk als gesis. 'Twee weken voor de finale van de Jonge Onderzoekers heb ik een van mijn moeders schaalmo-

dellen voor hem gestolen om te kopiëren. Hij heeft me toen voor het eerst gekust en we gingen onder de veranda liggen. Ik mocht mijn kleren niet uitdoen van hem.'
 'Hoe is het afgelopen met hem?' vroeg Maeve.
 'Heeft hij ooit nog van jou gehouden?' vroeg Gwen.
 Louise zei: 'Hij kreeg de tweede prijs, kwam met zijn foto op de stadspagina van de *Boston Globe* en ik heb hem nooit meer teruggezien. Zijn zus kwam later de gazons maaien.'
 En toen kwamen de waterlanders.
 Gwens papieren zakdoekjes waren op.
 Heel even haatte ik Maeve.

# 26

De ziekenbroeder parkeerde het busje op een invalidenparkeerplaats. Hij liet de motor draaien voor de warmte en pakte een boek om te gaan lezen. Maeve zei dat we onze jassen in de bus moesten laten liggen. Het regende niet meer, maar het was koud. 'Later zijn jullie me dankbaar,' zei ze. Ik had niet gemerkt dat het koud was toen we bij Zeezicht in het busje stapten. Misschien kwam dat door de opwinding om buiten te zijn. Ik probeerde mijn adem in te houden totdat we binnen waren, maar dat lukte niet. Ik ademde in bij de stoeprand; de ijzig koude lucht deed pijn toen hij naar binnen ging.

We gingen het winkelcentrum van Hanover in via Jordan Marsh, een groot warenhuis. Wij twaalven verspreidden ons onmiddellijk, met onze vingers uitgestrekt alsof we blindemannetje speelden; we staken ze uit naar truien van grove wol, sieraden van bergkristal met scherpe randen, schoenen van krokodilleleer, wollige slippers, handgemaakte zeep en handtasjes van vinyl. In het ziekenhuis waren zo weinig verschillende structuren om te betasten. We moeten elke week gemakkelijk te herkennen zijn geweest, omdat we alles onderzochten.

Ik voelde me duizelig. De lucht was niet echt ijl, maar kunstmatig en gecontroleerd op een manier die anders was dan in Zeezicht. Ik rook de lucht van parfum, vloerwas en gebakken koekjes. De theorie achter deze wekelijkse uitstapjes, begreep ik, was om ons bloot te stellen aan verleidingen van de buitenwereld – onbeperkt voedsel en onbewaakte toiletten – maar toch nog binnen de context van de instelling, die door de andere patiënten belichaamd werd. Met andere woorden: als iemand in de fout ging, moest een van ons haar verlinken.

Nadat ik een half uur lang truien had betast – ik kon het nooit warm genoeg krijgen – kwam ik Maeve tegen bij de parfums. Een vrouw in een witte laboratoriumjas hield haar pols vast.

'*Avarice!*' zei Maeve. 'Ook even ruiken?'

Ik boog me over haar onderarm.

'Sean heeft me gevraagd een paar dingen voor hem mee te nemen.'

'Sean?'

'Mijn brandweervriendje.'

'O.' Onze afdeling was de enige die naar het winkelcentrum mocht. De verslaafden onderhandelden over hun boodschappen.

'Hij wil een luchtje en een twee-kilozak M&M's,' zei ze.

'Is dat niet voor vrouwen?' En ik wees op het hartvormige flesje.

Ze schokschouderde. 'Hij zei dat ik er een voor mezelf en een voor hem moest meenemen.'

'O.'

'Dat is zeker je lievelingswoord.'

'Wat?'

'*O.* Dat zeg je de hele tijd.'

'Echt waar?'

Maeve zei tegen de vrouw dat ze het flesje moest inpakken. 'Dat vind ik het ergste van afkicken.'

'Wat?'

'Dat ik niet naar mezelf ruik.'

Ik hield nog net een *o* in. Dat was juist wat ik er het fijnste aan vond. Gwen en Louise kwamen naar ons toe, Gwen langzaam lopend om Louise bij te houden.

Maeve pakte de tester en gaf ze allebei een scheut.

'Lekker,' zei Gwen.

Gekwetst kijkend snoof Louise er alleen een beetje aan. Ik vroeg me af hoelang ze boos zou blijven op Maeve. Dat leek zo zinloos.

'Het plan is als volgt,' zei Maeve.

Alledrie keken we Maeve aan: hier hadden we op gewacht. Stuk voor stuk hadden we hier op gewacht. We hadden wel gedacht dat ze een plan zou hebben.

'Het is nu half drie en we moeten om vijf uur terug zijn bij de bus. We gaan ieder onze eigen weg en spreken af, laten we zeggen over anderhalf uur, bij Friendly's of Brigham's. Er is hier vast wel een Brigham's.'
'Die is er ook,' zei ik, bijna ondanks mezelf. Syd en ik hadden hier weleens gewinkeld. 'Schuin tegenover Filene's.'
'Prima,' zei Maeve. 'Ik zie jullie daar om vier uur. Voor een banana-split.' Ze nam haar pakje van de parfumdame aan. 'Laten we onze horloges gelijkzetten.' Ze begon te brullen en we konden het golfijzeren rode dak van haar gehemelte zien. Zeezicht had onze horloges in beslag genomen. Dat maakte deel uit van hun liefde voor beheersing: ze zeiden dat we niet hoefden te weten hoe laat het was, alleen naar welke groep we moesten. Maeve ging ervandoor. Ze droeg een harembroek met een bijpassende lange blouse. We zagen haar tussen de rekken met kleren in de richting van de andere winkels door laveren.
Ik deed een stap naar voren. 'Dan zie ik jullie straks wel weer.' Ik voelde me vernederd doordat ik bij de anderen was achtergelaten. Alsof Maeve van ons allemaal hetzelfde vond.
'Veel plezier,' zei ik.
Louise deed een stapje naar Gwen toe.

## 27

HAASTIG BEWOGEN DE mensen, voornamelijk vrouwen, zich voort; vrouwen en kleine kinderen en gepensioneerden liepen zonder overtuiging haastig winkel in winkel uit, waarbij de vierkante papieren boodschappentassen tegen hun dijbenen sloegen. De meesten hadden Maeves raad niet opgevolgd en droegen hun zware wollen jassen of donzen parka's nog, de capuchon met een rand van imitatiebont, de rits open of de knopen los, daarmee hun bobbelige wintervormen tonend. Ze zweetten onder het gewicht van hun kleren. Gert had gezegd dat het de koudste maand april sinds jaren was. Een record.

Bij Kinderwereld zette een reusachtig paars konijn kinderen op zijn knie. Jonge vrouwen die als paaseieren waren verkleed, deelden snoepjes en waardebonnen uit aan mensen die in de rij stonden. Het gaf niet dat Pasen al voorbij was. Er waren ouders met kinderen met roodaangelopen gezichtjes van oververhitting door hun sneeuwpak. De chagrijnigsten huilden en liepen de rij uit, en wanneer hun ouders zich bukten om ze op te pakken, werden ze slap uit verzet, elk onderdeel van hun lichaampje verslapte van opstandigheid.

Ik herinnerde me dat ik, toen ik klein was en met longontsteking in een zuurstoftent in het ziekenhuis lag, op een nacht uit bed geslopen was om zelf op het toilet te gaan plassen in plaats van de verpleegster te bellen en de gevreesde ondersteek te moeten gebruiken. Toen ik de tent uitklom, werd ik licht in mijn hoofd, elk oppervlak was nieuw, mijn handpalmen voelden koel en vochtig aan. En hoewel ik pas zeven was – ik zat in de eerste klas – vroeg ik me af of die onverwachte, ongefilterde lucht me in leven zou kunnen houden, mijn zieke longen kon helpen me dat hele eind over de koude vloer naar de te-hoge-wc en weer terug te brengen. Ik denk dat ik de hele weg mijn adem heb ingehouden. In het winkelcentrum van Hanover rondlopen was net zoiets. Ik voelde me onbeschermd en had de neiging me voortdurend ergens aan vast te houden.

Filene's was het warenhuis op de eerste verdieping waar Syd het liefst heen ging. Daar ging ik naartoe omdat alle filialen hetzelfde worden ingericht en dus in elk geval vertrouwd waren. En natuurlijk omdat Filene's dichtbij Brigham's was. Ik nam de roltrap naar de eerste verdieping. Op de jeugdafdeling kwam ik in een zee van vliegenierskleding terecht. Tegen een rek met vliegeniersjacks hing een uitvergrote foto van Amelia Earhart, waarop ze grijnzend op het punt stond in een vliegtuig te stappen. Naast de vliegeniersjacks hingen eendelige denim overalls.

Ik bedacht dat Maeve misschien nu al haar belangstelling voor onze vriendschap had verloren, dat haar aandacht, hoewel die in de bus mijn kant leek uit te gaan, tegelijkertijd tanende was. Tenslotte had ze ons alledrie tegelijk gedumpt.

Hoe moest ik de resterende anderhalf uur doorbrengen? Ik had me de hele week op het uitstapje verheugd en Maeve had het verpest, gemaakt dat de tijd voortkroop in plaats van voortsnelde. Ik had zin om te huilen: voor de derde keer in evenveel dagen. Alweer een record. Mijn knokkels staken spierwit af tegen de kleding in de rekken. Ik dacht aan eten. Ik probeerde me te herinneren waar je in dit winkelcentrum wat eten kon. Er was één goed restaurant: Charley's Nog Wat. Of Nog Wat Charley's. Daar lagen de pindadoppen op de vloer bij de bar. Ik haalde me het zwaarste pastagerecht voor de geest: *tortellini con quatro formaggio*, met meer kaas dan ik in een heel jaar gegeten had. Het zou een doffe dreun geven. Ik kwam bij een rek met suède blouses; Maeve droeg er een in de kleur bosgroen. Ik wist dat ik niet te lang aan die pasta moest denken: als ik er te veel over nadacht, kreeg hij me in zijn greep.

Maar anderhalf uur! Misschien kon ik een boek kopen en bij de ziekenbroeder in de bus gaan zitten, maar ik had de laatste tijd moeite met lezen. Ik kwam bij een boutique met geruite kleding: minirokken en kilts met reusachtige veiligheidsspelden. Kon iemand er daarin goed uitzien? Amy wel, vermoedde ik. Als ik eerlijk tegen mezelf was – en als ons iets werd geleerd in Zeezicht, dan was het om eerlijk tegen onszelf te zijn – dan wilde ik het liefst iets voor Maeve kopen.

Ze had voor zichzelf parfum gekocht. Wat bleef er dan voor mij over: lipstick? Oogschaduw? Een haarborstel? Ik moest iets voor haar lichaam kopen, dat wist ik wel. Kousen? Een nachtjapon? Toen wist ik het: een nieuwe beha. Degene die ik had gezien was bij de naden ingescheurd. Onderweg naar de roltrap kwam ik langs geruite stretchbroeken, houthakkersjacks, sokken en baretten met Schotse ruiten. Toen ik mijn voet op de omhoogkomende metalen plaat zette, bedacht ik dat het vreemd zou zijn als ik een beha voor Maeve kocht. Wat zouden Louise en Gwen wel niet denken. Ik pakte de rubber handrail beet. De metalen platen vormden een trap onder mijn voeten en mijn zwarte loafers staken over de rand heen. 'Je bent zeker verliefd op Maeve,' zei ik hardop en werd aangestaard door twee tieners die de andere kant uitgingen.

Ik kwam langs de afdeling lingerie en verliet de roltrap op de afdeling speelgoed en huishoudelijke voorwerpen. Aan alle muren hingen klokken. Nog geen drie uur; ruim een uur te gaan. Ik bleef doorlopen en kwam bij een enorme uitstalling van Barbies. Mattel vierde haar vijfentwintigste verjaardag. Ze hadden zwarte Barbie, Chinese Barbie, Malibu Barbie, turnster Barbie. En alle mogelijke onderkomens: Barbies supermarkt, haar Gouden Droom Camper en haar slaapkamer. Er was zelfs een Barbie Paard.

Ik probeerde me de verliefdheden te herinneren die ik op meisjes had gehad, want Maeve was niet de eerste. Meisjes werden soms verliefd op meisjes, dat wist iedereen. Het kwam vaak voor, het was net zoiets als bang zijn in het donker. Ik herinnerde me dat Syd me had geplaagd met de leraressen op de basisschool op wie ik dol was geweest. Juffrouw Clooney. Juffrouw Gleason. En mijn favoriet, mevrouw Powers. Toen ik haar op een dag samen met haar man op Old Silver Beach zag, heb ik gehuild. Vroeger had ze juffrouw Flemings geheten: ik had nota genomen van de verandering, maar niet van het hoe of waarom. Hij was helemaal begroeid met haar, iets wat ik nooit eerder gezien had. Alex had 'mooie trui' gezegd toen haar man langskwam. Na de lunch was ze naar onze plaid toegekomen om gedag te zeggen, maar ik had haar niet kunnen aankijken.

Waar iedereen bij was, zei Syd dat ik me aanstelde. Ik deed preuts, zei ze. Het was de eerste keer dat ik dat woord hoorde. Het was een onomatopee: preuts klonk precies zoals ik me voelde.

Ik besloot om ook voor Gwen en Louise een cadeautje te kopen.

# 28

HET MEISJE VAN Filene's was druk bezig aan de kassa. Maar Mattel had tegelijk met de uitstalling een vertegenwoordigster van Barbie gestuurd. Ze was jong genoeg om met Barbie gespeeld te hebben, maar oud genoeg om moeder te zijn. Ik vermoedde dat haar dochtertje net naar school was gegaan en dit haar eerste baantje na de bevalling was. Ik zag haar een oudere man wat accessoires verkopen: zes paar plastic schoentjes met hoge hakken – in pastelkleuren. Ze was enthousiast en goed opgeleid. Toen ik naderbij kwam vroeg ze of ik als kind met Barbie had gespeeld.

Ik schudde van nee. 'Maar mijn vriendin wel.' Ik nam aan dat Louise als kind te dik was geweest om met meisjesdingen te spelen. Waarom zou je oefenen voor iets wat je toch nooit kunt worden: alles wat het betekent om een meisje te zijn. En dat begint met de herkenbaarheid van je lichaam.

De Mattel-vertegenwoordigster keek me aan op de manier van een hulpverlener als iemand zegt: 'Ik heb een vriendin met dit probleem.' Haar lippen gingen uiteen en ze pakte een gewone Barbie uit een rij identieke exemplaren. Ze waren allemaal verschillend gekleed. Ze maakte de doos open en zei: 'De meeste vrouwen van in de twintig hebben het liefst het origineel.' Ze knipoogde zonder dat haar wang bewoog, alleen haar ooglid ging naar beneden. Ze bedoelde dat de Barbies van andere rassen toch niet helemaal hetzelfde waren, ze waren niet het ideaal. Ze had natuurlijk gelijk: het voorbeeld van volmaaktheid is per definitie uniek. Het gaf me alleen wel een ongemakkelijk gevoel. Om wat het inhield.

'Zijn ze allemaal hetzelfde?' vroeg ik.

'Ik weet niet wat u vindt,' zei ze terwijl ze de pop omhoog hield, 'maar ik vind dat elk gezicht weer anders is. De gezichtsuitdrukking van deze is... hoe zeg je dat... ironisch.' Ik keek naar de vertrouwde, lege starende blik, de kinderneus.
Ze maakte een andere doos open. 'Of deze. Zij heeft een bedroefd trekje om haar mond.'
Ik staarde naar de kersrood geverfde lippen.
De vertegenwoordigster maakte nog drie Barbies open, waarbij ze de lege dozen aan onze voeten liet vallen en de poppen rechtop terugzette op de plank tot ze alle vijf op een rij stonden, als Missen in een schoonheidswedstrijd. Ze somde hun verschillen op.
'Wat is uw favoriet?' vroeg ik.
Ze fronste haar wenkbrauwen terwijl ze nadacht. 'Mm. Ik zou deze nemen.' Ze wees naar Barbie als strandwacht, die een feloranje badpak droeg en een fluitje om haar hals had. 'Ze doet me denken aan mijn jongere zusje. Een beetje een wildebras, maar toch vrouwelijk.'
Ik glimlachte. 'Die neem ik.'
'Prachtig.' Ze bukte zich om een doos te pakken.
Wat me aan liegen opviel, was dat het een praktische manier was om je minachting te tonen. Het gaf een kick. Ik wees op de laatste pop links in de rij. 'Die avondjurk herinner ik me nog.'
'En ik dacht dat u zei dat u geen Barbie had gehad?'
'Het meisje verderop in de straat speelde met Barbie. En met van die schoenen met hoge hakken. Die zonder achterkant.'
'Muiltjes.'
Ik knikte en gaf haar Syds American Express Card.
Op de benedenverdieping ging ik naar de afdeling cosmetica. Ik begon me al beter te voelen. Minder onlogisch. Ik wilde iets voor Gwens piekerige haar hebben. Een mooie kam. Van schildpad. Of een haarspeld om het bij elkaar te houden. Het had er de laatste tijd nogal onhandelbaar uitgezien.
Ik bleef bij elke toonbank staan: Lancôme, Clinique, Revlon. Steeds kwamen er vrouwen in witte laboratoriumjassen naar me toe. Of ze me konden helpen? Ze hadden harde maar wonderbaarlijke gezichten, met een huid die over een onzichtbaar

draadraster gespannen en ergens achter hun oren was vastgemaakt. Al hun namen, die duidelijk zichtbaar op een naamplaatje van Filene's waren aangebracht, eindigden op een klinker: Bobbi, Veronica, Mindi. De vrouw achter de toonbank met haarverzorgingsprodukten heette Zoë.

'Ik zoek een cadeautje voor een vriendin met vreselijk fijn haar. Van uw lengte. Iets waarmee ze het bij elkaar kan houden.'

Zoë knikte en begon een stapel van mogelijkheden te vormen. Haar eigen haar was nogal saai en had een kunstmatige magentakleur. Ze hield het met twee ivoren schuifjes uit haar vierkante, platte gezicht. Ze had iets van: met-mij-valt-niet-te-spotten. Ze had haar eigen wenkbrauwen bijgetekend.

Ze maakte een stapel van kammen met dunne tanden, van het soort waarin een half hoofd met haar achterblijft, haarbanden van plastic en stof, veelkleurige haarspelden die eruit zagen als grote paperclips, en ouderwetse ivoren hoedespelden die vrouwen door hun haarknot steken. Het laatste artikel was een hoofdband met tanden. Hij was van imitatieschildpad, een reep van twee centimeter breed met het hoekige en puntige van een accordeon. Zoë zei dat je hem als een gewone hoofdband kon dragen, vlak achter de slapen, of dubbelgevouwen voor een paardestaart. Het voornaamste was dat de zigzag-tanden je haar vasthielden.

'Perfect,' zei ik. 'Kan ik een paar andere kleuren zien?'

'Het is hoofdzakelijk allemaal schildpad.'

'Maar er zijn wel verschillen?'

Zoë knipperde met haar ogen en haalde er een stuk of zes te voorschijn.

De verschillen waren subtiel. Chaotische kronkels van rood, beige en donkerbruin. Ik vroeg om nog meer. Zoë leek echt verbaasd. Ze liet de eerste zes op de toonbank liggen. Ik sloeg de volgende vier die ze me aanbood af en zei: 'Ik heb iets heel speciaals in mijn hoofd.'

'Kennelijk.'

De vijfde accepteerde ik, het donkerste bruin dat ze me had laten zien. Zoë griste hem bijna uit mijn hand. Toen ze zich omdraaide naar de kassa, stopte ik stiekem nog een band in mijn mouw.

Het gebeurde totaal onverwacht. Ik was het niet van plan geweest.

'Betaalt u contant of op rekening?' vroeg ze.

'Op rekening,' zei ik en begon zogenaamd in mijn kleren te zoeken. 'Ik moet mijn klantenkaart ergens hebben.'

Ze zuchtte nog voordat ze zich omdraaide. 'Ik heb het nu al aangeslagen.'

'Het spijt me vreselijk.'

Ze draaide zich om. 'Als u naar boven naar de klantenservice gaat, krijgt u een tijdelijke kaart die u vandaag kunt gebruiken. Als u tenminste kaarthouder bent.'

'Dat ben ik.'

'Ik zal deze voor u vasthouden. Maar u moet wel direct terugkomen.'

Dat beloofde ik. 'Op welke verdieping is de klantenservice?'

Zoë stak drie vingers omhoog.

Als klein meisje was ik bang geweest voor roltrappen, vooral om er op en af te stappen. Syd ging tekeer over de gevaren van losse schoenveters, maar zelfs als ik mijn mooiste lakschoentjes met enkelband droeg, dacht ik dat de roltrap me zou opzuigen, te beginnen bij mijn tenen. Ik zag het voor me hoe ik plat gedrukt werd tussen de metalen platen, steeds weer verdwijnend en te voorschijn komend. Nu dacht ik aan vergelding. Zuster Geraldine had gezegd dat geen enkele zonde ongestraft bleef. Ik vroeg me af wanneer Zoë de hoofdbanden zou tellen. Ik had iets gestolen! Dat was een twee keer zo grote kick als liegen – zoiets als drie of vier dagen achter elkaar niet eten, alleen versneld. Het had zijn eigen voorwaartse beweging. Maeve zou het prachtig vinden dat ik op deze manier aan haar cadeau gekomen was.

Bij de lingerie pakte ik alle 95-D beha's met zwarte kant die ik kon vinden. Ik stopte er twee achter in mijn broek en gaf de resterende acht aan het meisje bij de paskamer. Ze was jong, slank en onopvallend: een middelbare-schoolleerlinge met een bijbaantje. Ik was vreemd genoeg niet bang om gepakt te worden; er stonden vele jaren van goed gedrag op mijn gezicht geschreven, ze waren gegrift in de manier waarop ik me bewoog. Het meisje telde de beha's en gaf me een klein plastic cijfer acht.

Haar handen waren rood en vol kloofjes, met tot op het leven afgebeten nagels. Ze keek steeds van de berg zwarte beha's naar de platte borsten in mijn trui. Ik nam het allerlaatste pashokje. Mijn ademhaling ging zwaar.

In het pashokje haalde ik de hoofdband uit mijn mouw en maakte de Barbie-doos open. Ik stopte de band onder Barbies voeten en de doos terug in de grote Filene's-tas. Toen bedacht ik me en haalde Barbie weer uit de doos. Ze was aan een stuk karton vastgemaakt. Ik beet de witte draad om haar armen en benen door en kreeg de vertrouwde smaak van plastic in mijn mond. Ik had meer dan eens tegen juffrouw Mattel gelogen: als klein meisje had ik Barbie, Julia en de kleine Skipper gehad, van wie je de haarlengte kon veranderen door op een knop op haar rug te drukken en het aardbeikleurige haar uit haar hoofd te trekken.

Ik trok Barbies badpak naar beneden. Dat hadden we als meisjes elke dag gedaan: onze poppen voor schut zetten. De haar- en tepelloze borsten waren vreemd genoeg geruststellend. Altijd stevig. Ik spreidde haar benen en streek met mijn vinger over het liploze kruis. Wie had dit voor ons bedacht? Ik trok het badpak omhoog, zette Barbie op de bank naast Maeves beha's en trok mijn trui en overhemd uit.

De eerste van de acht beha's prikte, een zwarte Dior met dunne zijden bandjes. Ik kon de gesp op mijn rug niet dichtmaken; ik moest het aan de voorkant doen en daarna de beha ronddraaien. De schouderbandjes hingen losjes over mijn schouders. Ik streek over mijn borsten op de manier zoals ik Maeve had zien doen. De onderkant van de beugel voelde aan als een extra rib. Ik deed de resterende negen beha's aan, de een over de ander. Daarna mijn overhemd, alleen om te kijken. Mezelf zo voor te stellen.

Wat me opviel was hoe ver ze van elkaar stonden, alsof ze niet bij elkaar hoorden. Ik kon er een vuist tussen leggen. Ik dacht aan mevrouw Wallach, de verkoopster van Innuendos, waar Syd me mee naartoe had genomen om mijn eerste beha te kopen. Mevrouw Wallach had een boezem, geen borsten, een geheel dat uitstak van haar gedrongen lichaam. Ik trok het overhemd uit en deed alle beha's uit op één na, de Dior, die de meeste versieringen had, met stukjes kant in de vorm van rozeblaadjes. En die het minst gemakkelijk zat. Ik stak mijn hand onder de beugel en duwde mijn borsten omhoog. Mijn handen voelden koel aan tegen de prikkende stof. Het was het soort ongemak waarmee je kon leven; je wist waar alles zat. Deze beha zou ik voor Maeve stelen. Mijn tepels waren zo hard als bonen.

Ik kleedde me weer aan. Gewoon overhemd en trui met nauwe hals over de beha. Ik stopte een beha achterin mijn broek en graaide de rest bij elkaar. Barbie stopte ik weer in haar doos. Het middelbare-schoolmeisje nam mijn plastic nummer acht aan en telde de beha's zonder op te kijken.

'Weet u hoe laat het is?' vroeg ik.

Ze hield me haar horloge voor. Het was vijf minuten over vier. Een van haar nagelriemen was gaan bloeden.

'Ik ben te laat,' zei ik en ze knikte. Ik kon zien dat ze het liefst had willen verdwijnen. Je kon je haar gemakkelijk voorstellen in Zeezicht over een jaar of twee. Onderweg naar buiten haalde ik de laatste beha achter uit mijn broek en legde hem op een uitverkooptoonbank. Ik nam de roltrap naar beneden naar het winkelcentrum, zodat ik Zoë niet zou tegenkomen.

## 29

'Ik heb cadeautjes voor jullie,' zei ik. De andere drie zaten er al, samengeperst in een hokje met gecapitonneerde vinyl bekleding bij Brigham's. Ik wilde ze alles vertellen, zelfs over de verkoopsters.

'Je bent te laat,' zei Maeve gepikeerd.

'Tien minuutjes maar,' zei ik. 'Trouwens, ik heb de cadeaus voor jullie gestolen.'

'Gestolen?' zeiden ze tegelijk.

'Nou ja, twee van de drie,' zei ik.

'Waarom?' vroeg Louise.

'Ik weet het niet. Het ging vanzelf.'

Maeve glimlachte en vroeg: 'Waar is de poet?'

Ik haalde Barbie uit de kartonnen doos. Iedereen hield haar adem in. Ik ging naast Maeve zitten. Louise zat schuin tegenover me, in een hoek geperst. Gwen had minder dan een halve zitplaats. Ik gaf de pop aan Louise. 'Ik dacht dat je deze wel leuk zou vinden.'

Ze hield Barbie bij haar nek vast. 'Ik heb er nooit één gehad.' Ze leek niet erg blij.

'Ze is vijfentwintig jaar. Even oud als ik,' zei ik.

Louise zat er alleen naar te staren, zonder blijk van waardering, zonder dank-je-wel. Het verbaasde me hoeveel ik daardoor gekwetst was.

'Mag ik even kijken?' vroeg Gwen. Ze hield Barbie vast als een stuk glas, haar spichtige vingers om het middel geklemd. 'Ik maakte vroeger al haar kleren zelf,' zei ze, boog Barbies heupen en knieën en zette haar op tafel.

Louise bedierf mijn verrassing. Ik was kwaad dat ze het niet kon opbrengen wat aardiger te zijn.

'Laat de rest eens zien,' zei Maeve.
Ik haalde de hoofdband uit de doos.
Gwen wist direct dat hij voor haar bedoeld was. 'Die vind ik het allermooist,' zei ze terwijl haar handen over tafel schoten. 'Ik wist het niet zeker,' zei ik.
Gwen voelde aan de harmonikapunten. 'Die zijn het beste voor alle kanten uitvliegend haar.'
'Doe eens in,' zei Maeve.
Gwen schudde van nee. 'Niet hier.' Ze voelde aan haar vlecht. Er kwam een serveerster naar ons toe, die vier papieren placemats neerlegde. Ik vroeg om water.
Maeve duwde me de bank af en ging staan. 'Waarom niet, verdomme? Dan doe ik het wel.'
'Dit is een restaurant,' zei Gwen. 'Er is hier eten.'
Maeve griste de hoofdband uit Gwens handen. 'Dit is een ijssalon,' zei ze. 'Dit is Brigham's.'
Gwen had niet méér op een vogel kunnen lijken. Haar nek en schouders vouwden in elkaar. Ze was lichaam en hoofd, zonder bleekwitte hals, zonder broze sleutelbeenderen. Ze bedekte haar haar met allebei haar handen.
'Kom op nou,' zei Maeve. 'Denk aan alle moeite die Alice ervoor heeft gedaan.' Ze trok Gwens handen weg en begon de ingewikkeld gevlochten vlecht los te maken. Gwen sloot haar ogen. Louise en ik keken hoe Maeve bezig was.
De serveerster kwam terug met bestek en Maeve bestelde twee banana-splits. 'Waar blijft het water?' vroeg ik.
'Wat heb je met je haar gedaan, Maeve?' vroeg Louise.
Ik keek op. Louise had gelijk; Maeve had er iets mee gedaan.
'Ik heb het gewoon laten knippen,' zei Maeve en haalde haar vingers door Gwens melkwitte haar.
Maar er was meer. Maeve droeg andere make-up. Haar tanden leken witter. 'En wat nog meer?' vroeg ik.
'Ze hadden een alles-in-één aanbod bij Lord and Taylor. Gezichtsmassage, manicure, pedicure. Vreselijk luxe. Ik vind het heerlijk als ze die watjes tussen je tenen door trekken.'
Nu Gwens haar van de vlecht was bevrijd, stond het alle kanten uit.
'Ik dacht dat het één lengte had,' zei Maeve.

'Laat me nou maar,' zei Gwen.
'Waarom heeft het van die plukken?'
'Alsjeblieft,' zei Gwen.
'Ook goed,' zei Maeve en ging weer zitten, waarbij ze mij wat verder de bank induwde. Ik zat nu tegenover Louise. Gwen verdween haastig naar het toilet.
'Het zag er altijd zo netjes uit in die vlecht, maar eigenlijk is het gewoon een rotzooitje,' zei Maeve.
'Dat moet een fortuin gekost hebben,' zei ik.
'Wat?'
'Die alles-in-één behandeling.'
'Sean trakteert. Ik heb ook nog tien minuten op de zonnebank gelegen.'
'Je weet toch dat je daar kanker van krijgt,' zei Louise.
Maeve haalde haar schouders op. 'Wie mooi wil zijn, moet pijn lijden.'
Zo vond ik haar helemaal niet aardig en ik zei: 'Heeft Sean een schoonheidsbehandeling voor jou tegelijk met zijn M&M's besteld?'
'Sean vindt me al mooi genoeg,' zei Maeve. 'Zoiets zou hij nooit doen.'
'Wie is Sean?' vroeg Louise.
Voordat Maeve antwoord kon geven, kwam de serveerster met twee banana-splits: een met chocolade- en de ander met vanilleijs. Ze zette ze midden op tafel en legde er vier lange, zilveren lepels naast. Louise zette Barbie tegen de muur.
'Neem me niet kwalijk,' zei ik, 'maar ik heb om water gevraagd.'
De serveerster veegde haar handen af aan haar met bruine en roze vlekken bedekte schort. Haar blik viel op de plekken die niet door mijn kleren werden bedekt – mijn geaderde polsen en hals – en ze zei: 'Water. Goed, hoor. Komt eraan.'
Ik kon me de laatste keer niet herinneren dat ik zo dicht bij een banana-split had gezeten. De kers kleurde de slagroom rood. De nootjes stroomden over. Het rook allemaal vaag chemisch.
'Wie wil die met chocola met me delen?' vroeg Maeve.
Louise en ik keken elkaar aan.

'Gwen houdt vast alleen van vanille,' zei Maeve en ze stak haar lepel in het bootvormige schaaltje met chocoladeijs.
Op dat moment kwam Gwen terug. Haar haar zat weer in de bekende vlecht en ze hield de nieuwe hoofdband nog steeds in haar hand. 'Ik heb gewoon niet genoeg tijd, Alice. Morgen zal ik hem dragen. Dat beloof ik.'
'Je hoeft het niet te doen,' zei ik. 'Ik dacht alleen...'
'Maar ik vind hem prachtig,' zei ze terwijl ze naast me kwam zitten. 'Echt waar.' Ze gaf een zacht klopje op mijn hand.
'Ik ook,' zei Louise. 'Dank je wel, bedoel ik. Bedankt voor Barbie. Bedankt dat je aan me hebt gedacht.'
Ik keek Louise aan. 'Graag gedaan.' Iets binnenin me begon los te komen. Ik glimlachte. Ze glimlachte terug en ik vroeg: 'En wat hebben jullie vanmiddag gedaan?'
Louise en Gwen keken elkaar aan.
'Het ijs smelt,' zei Maeve.
Louise staarde naar de banana-split en zei: 'Ik ben op een bank in het midden van het winkelcentrum gaan zitten om te zorgen dat ik niet ging eten.'
Ik had nooit medelijden met dikke mensen gehad. Ze maakten keuzes, net als ik. Maar ik kon het gebrek aan zelfbeheersing van Louise totaal niet begrijpen. Het leek een leven dat van elk pleziertje verstoken was. Zelfverloochening vermomd als onmatigheid. Ik werd er triest van en vroeg: 'Dus jullie hebben niet gewinkeld?'
Louise knikte. 'Dat wel. Dat hebben we eerst gedaan. Daarna zijn we gaan zitten.' Ze wees naar twee grote tassen onder de tafel. 'Van Hickory Farms.'
Eindelijk kwam de serveerster met vier glazen helder water tegen haar borst gedrukt. Ze moest diep voorover buigen om ze neer te zetten en we konden het schamele gleufje tussen haar borsten zien. Ik dronk twee glazen leeg.
Maeve keek onder de tafel en vroeg aan Louise: 'Wat zit er in die tassen?'
'Varkensvlees.'
Maeve likte haar lepel af. 'Maak het nou.'
'Gekookte worst. Gerookte ham met honing. Bacon,' zei Louise.

'Louise, jij bent joods. Vind je dat spul eigenlijk wel lekker?' vroeg Maeve.

'Niet echt. Daarom heb ik het ook gekocht.'

We bleven zitten zwijgen. Gwen, Louise en ik deelden de twee overgebleven glazen water terwijl Maeve de banana-split met chocoladeijs opat. Ik had niet gedacht dat het mogelijk was om luidruchtig ijs te eten, maar zij deed het. Die met vanilleijs stond te smelten, waardoor een roodgekleurde gele plas rond de zilveren boot ontstond. De serveerster veegde hem weg en moest twee keer terug om haar doekje schoon te spoelen, waarbij ze elke keer een van ons aankeek.

Toen we weg wilden gaan, vroeg Maeve aan mij: 'En waar is het mijne?' Ze zei het met een soort vertrouwen dat betekende dat ze begreep dat ik het beste voor het laatst had bewaard.

Ik dacht erover om te doen alsof ik geen cadeautje voor haar had. Maar terwijl ik dat dacht, keek ze naar mijn gezicht en glimlachte. 'Doe je ogen dicht,' zei ik.

Ze bedekte ze met één hand.

Ik deed mijn handen op mijn rug om de beste-voor-het-laatst Dior los te maken. Louise en Gwen keken vragend. Ik stak mijn hand in mijn mouw tot ik een schouderbandje vond. Wanneer was de laatste keer dat ik op deze manier een beha stiekem had uitgedaan? Ik trok de eerste schouderband over mijn pols en bevrijdde ook de andere. 'Doe ze nu maar open.'

Eerst zei Maeve niets. Toen alleen: 'Alice.' Ze hield het kant met twee vingers vast.

'Vind je hem mooi?' vroeg ik.

Maeve maakte de gesp op de rug vast en hield hem omhoog zodat iedereen hem kon zien. Hij behield zijn vorm, stijf als hij was door de beugel en de stevige kant.

Gwen zei zachtjes: '*Prachtig.*' Louise knikte.

Ik keek hoe de onzichtbare boezem zich draaide en boog.

Weer zei ze: 'Alice,' en boog zich toen over de tafel om me een kus op mijn lippen te geven. Geen kus tussen zusjes. Ik proefde chocola.

'We moeten weg.' Ik stond op.

'We hebben geen rekening gekregen,' zei Maeve.

'Ik ga hem wel halen,' zei ik en Gwen stond op om me eruit te laten.

Ik vond de serveerster bij een gezin met drie kinderen. Ze waren bezig cheeseburgers met bacon en cola light te bestellen. Het irriteerde haar ik dat haar onderbrak en ze liet me wachten tot ze alle variaties van medium tot rare had genoteerd. Ik wilde zeggen: *Het maakt niks uit, ze doen toch wat ze zelf willen*, maar deed het niet. Het gezin staarde me aan. Ze hadden allemaal sproeten op hun gezicht. Het kleinste jongetje vroeg fluisterend iets aan zijn moeder; nog steeds naar mij kijkend, fluisterde ze iets terug. Toen de serveerster eindelijk onze rekening van haar blocnote haalde, scheurde hij in tweeën en ik liep uit mezelf naar de caissière voor plakband. De hele weg naar de voorkant van het restaurant haalde ik diep adem en vond de vettige lucht helemaal niet erg: op dat moment was lucht gewoon lucht.

Het drong tot me door dat het niet lichamelijk was wat ik van Maeve wilde. Ik verlangde er niet naar haar aan te raken. Ik dacht niet de hele dag aan haar geslachtsdelen – haar lippen of borsten of achterste. En ik fantaseerde niet over bepaalde dingen doen, zoals kussen of betasten. Mijn verlangen naar Maeve leek meer op een jurk die je per se wilt hebben. Het gaat niet om het ding zelf, maar om wat het voor je kan doen. Ik verlangde naar wat zij voor mij deed.

Het was een opluchting dat ik dat wist.

Toen ik weer bij het tafeltje kwam, zei ze dat we nog één ding moesten doen.

'Hoe laat is het? Het is vast al laat,' zei ik.

Maeve trok Louises tassen onder de tafel vandaan en gaf er één aan mij. 'Wees maar niet bang. Het duurt niet lang.'

Louise betaalde de rekening. Zij was de enige die contant geld bij zich had.

## 30

MAEVE DROEG DE zwaarste tas. In de mijne zaten voornamelijk dingen die bij het vlees hoorden – crackers, brood, potjes minimaïs. Desondanks voelde ik het gewicht ervan aan mijn ellebogen trekken en ik drukte de tas met allebei mijn armen tegen mijn borst. We liepen snel door. Het was een eind lopen geweest voor één dag en ik was moe. Mijn knieën deden pijn. In de verte stond Lord and Taylor er vierkant en wit bij; ik nam aan dat we daar naartoe gingen. Maeve zou, op een bescheiden maar veelbetekenende manier, ons uiterlijk gaan verbeteren. We kwamen langs de Paashaas. Gwen bleef bij Louise die het tempo niet kon bijhouden. Het winkelcentrum was minder deprimerend met Maeve erbij. We passeerden een imitatie Big Ben-klok. Het was vijf over half vijf.

'We missen de bus,' zei ik.

Maeve lachte. 'Die wacht wel. Wat moet de klootzak anders, weggaan zonder ons?'

'En als hij het toch doet?'

Maeve sloeg haar vrije arm om me heen. Ze was een aanraakster, het deed er niet toe wie er in de buurt was. 'Dan is hij zijn baantje kwijt. Kalm nou maar.'

Gwen kwam naar ons toe hollen. 'Louise zegt dat ze hoopt dat we niet naar de zonnebank gaan. Ze zegt dat ze gauw verbrandt.'

'Dat geloof ik graag,' zei Maeve.

'Ik ook,' zei Gwen. 'Ik verbrand ook zo snel.'

'Verbaast me niks. Moet je horen, maak je nou maar niet druk, want we gaan niet naar de zonnebank.'

'Waar gaan we dan heen?' vroeg ik.

'We gaan een cadeautje voor jou halen. Iedereen heeft er een gehad, dus we kunnen niet weg voordat we iets voor jou gevonden hebben. Dat zou niet eerlijk zijn.'
Gwen bleef achter om Louise in te lichten. Uiteindelijk gingen we niet naar Lord and Taylor, maar naar de winkel ernaast, een bruidsboutique: Nell's of Boston. Maeve kneep in mijn arm. Mijn mond bleef openstaan. Ik was vergeten dat er ook een filiaal in het winkelcentrum van Hanover was. Gwen en Louise hadden ons ingehaald en tussen twee ademteugen door vroeg Louise: 'Hier?'
In de etalages van de winkel stonden ouderwetse paspoppen die in een huwelijkstafereeltje waren opgesteld. Op de vloer binnen lag hoogpolig donkerrood tapijt en er zaten spiegels op twee muren. Omdat het muren tegenover elkaar waren, werd elk spiegelbeeld verdubbeld en ik keek hoe ons viertal zich vermenigvuldigde. In alle versies bleven onze lichamen precies hetzelfde en was ik nog steeds het magerst.
Er kwam onmiddellijk een verkoopster naar ons toe. Ze droeg een chique beige cocktailjurk. Haar blik viel op onze boodschappentassen met eten. Ik wenste dat we ze niet bij ons hadden gehad. Ze wees met beide handen op haar eigen elegante lichaam en zei: 'Voor een informele bruiloft 's avonds, voor de moeder van de bruid of een belangrijke gaste.' Ze kwam me bekend voor en ik probeerde me te herinneren of Syd en ik weleens in deze winkel waren geweest. 'Wat kan ik voor u doen?' Ze kon haar ogen niet van het eten afhouden. 'U bent geen moeders van de bruid,' zei ze lachend.
Maeve lachte met haar mee en zette haar boodschappentas neer. 'Nee, dat zijn we niet.'
De vrouw legde haar handen tegen elkaar, waardoor een soort kerkkoepel ontstond. 'Wie van u is het bruidje?'
Maeve pakte de boodschappentas van Hickory Farms van me aan en zette hem op het hoogpolige tapijt naast de hare. Toen duwde ze me naar voren. 'Alice is de bruid. Ik ben haar getuige en zij tweeën,' en ze wees naar Gwen en Louise die hun best deden Maeves leugen niet op hun geschrokken gezicht te laten zien, 'zijn de bruidsmeisjes. Het wordt een sneeuwbalbruiloft.'

De verkoopster luisterde aandachtig.

Maeve ging verder: 'We willen allemaal een decolleté. We zullen ze wat bloot laten zien. Iets gewaagds voor Alice, niet zo'n jurk die alle bruiden dragen. Er mag niks op de grond komen. Geen sluier, geen sleep, geen petticoats. We willen haar kunnen zien.'

'Ik begrijp wat u bedoelt,' zei de vrouw. 'En dat kan natuurlijk ook,' voegde ze er glimlachend aan toe, 'maar vandaag kunnen we alleen een afspraak maken. U kunt alleen japonnen passen op afspraak.'

Ik draaide me om en wilde weggaan maar Maeve hield me tegen. 'Waarom is dat?'

De vrouw glimlachte nog breder; ze boog de vingers van haar koepeltje. 'We beginnen met de onderkleding, de foundation het eerst. Daarna werken we naar buiten toe tot aan de eigenlijke japon. Juffrouw... eh, de bruid moet ook een aangepaste brassière krijgen. Je koopt een bruidsjapon niet alsof het een spijkerbroek is.'

'Natuurlijk niet,' zei Maeve met een stralende en innemende glimlach. 'Kan ik u even onder vier ogen spreken?' Ze liepen samen naar de andere kant van de winkel, waar Maeve haar arm om de schouders van de verkoopster legde. Louise, Gwen en ik keken naar ze in de spiegels. Ik herinnerde me haar weer, zij was een van de weinige verkoopsters die Syd niet had gemogen. Ze had mijn moeder te veeleisend gevonden.

Toen ze terugkwamen, was de uitdrukking op het gezicht van de vrouw zachter geworden. 'Als u nu alleen een eerste indruk wilt krijgen,' zei ze, 'zie ik niet in waarom dat niet zou kunnen.'

De paskamers waren groot en er was genoeg ruimte voor stoelen. Maeve en ik konden met gemak in de ene, en Louise en Gwen in de andere. Zij werden door iemand anders geholpen, terwijl de beige vrouw Maeve jurken aangaf, die ze weer doorgaf aan mij.

'Wat heb je tegen haar gezegd?' fluisterde ik.

Maeve haalde haar schouders op. 'Gewoon. Dat het erg belangrijk was.'

'Kom nou.'

'Ik heb gezegd dat het een kwestie van leven en dood was.'
'Wiens leven?'
'Dat doet er niet toe. Je bent hier nu toch? Kom op, trek die kleren uit.'
'Maeve hielp me alles aan en uit te trekken. Ik moest steeds denken aan het legertje verkoopsters dat de andere kant had uitgekeken als ik voor Syd jurken paste. Ze bevalen altijd een hooggesloten hals aan. We werden het eens over de vijfde, een strapless jurk met jaren-veertiglook, strak maar niet te strak en met driekwart lengte. De rok liep vanaf de knieën wijd uit. De jurk had iets spannends, niet het lieve kleine meisje image. Maeve zei: 'Dit is hem,' voordat ze de rits dichttrok.
'Ik geloof het ook,' zei ik.
'Laat me eens kijken.'
Glimlachend draaide ik me om.
Ze deed een stap achteruit. 'Fantastisch. Blijf draaien.'
Ik zag mezelf ronddraaien in de paskamerspiegel. Ik zag er gelukkig uit en dat zag Maeve ook. Toen ik tegenover haar stond, trok ze me naar zich toe. Ik kon de hardheid van mijn botten tegen haar lichaam voelen. Ze was enorm en weelderig. Ik voelde een pijnscheut tussen mijn benen. Alsof ze opengingen.
Ik ging wat achteruit en zei: 'Ik geloof dat je het niet begrijpt.'
'Wat begrijp ik niet?'
'Het is geen lichamelijk verlangen. Ik ben niet... ik bedoel, ik vind het fijn wat je voor me doet. Bedenken dat ik misschien een jurk wil die goed bij mijn kleur past.'
'Jij hebt geen kleur waar iets bij past, Alice.'
'Je weet wel wat ik bedoel.'
'Leg het dan nog eens uit.'
'Ik weet niet hoe ik het anders moet zeggen. Ik vind het fijn wat je voor me doet. Wat je allemaal laat gebeuren.'
'En wat laat ik dan allemaal gebeuren?'
'Ik weet het niet. Alles. Dit. Dat we hier zijn. Een ander leven dan ik had gedacht.'
Haar greep verslapte wat en zei: 'Dan je had gedacht?'
'Ik kan het niet goed uitleggen. Het is meer dat ik bedacht

had wat ik níet wil dan wat ik doe. Het is een kwestie van elimineren geweest.'

Maeve liet me nu helemaal los. 'Jezus, Alice. Ben je van plan dat je hele leven te houden?'

'Hoe bedoel je?'

'Die seksuele anorexia.'

'Wat betekent dat nu weer?'

'Jij hebt met mensen eenzelfde soort relatie als met eten.'

De verkoopster klopte op de deur. 'Hoe staat het ermee?'

'Prima,' schreeuwde ik bijna. 'Nog heel even.'

Tegen Maeve zei ik: 'Ben jij biseksueel?'

'Eigenlijk niet.'

'O, nee?'

'Het komt gewoon doordat ik alles in mijn mond stop wat ik te pakken krijg.'

Ik wist niet goed wat ik hiermee opschoot.

'Maar maak je niet druk,' zei ze. 'Ik slaap alleen met meisjes met grotere tieten dan de mijne.'

'Nou, dan blijven er niet veel over,' zei ik.

'Krijg nou wat,' zei ze en we begonnen allebei te lachen.

Ik voelde me opgelucht.

'Vooruit,' zei ze terwijl ze me een duw gaf. 'Smeer 'm. Ga hem aan de anderen showen.'

Ik strompelde naar buiten. In de winkel weerkaatste mijn spiegelbeeld tegen de muren. Er zaten paarse vlekken op mijn gezicht en hals. Gwen en Louise stonden te kijken met satijnen jurken met lage rug over hun arm. Het verbaasde me dat ze er zover in meegingen; zij konden niet weten waar het over ging. Gwen kwam naar me toe en voelde aan de stof van mijn jurk. *Prachtig*, zei ze geluidloos.

'Jullie zijn sportieve meiden,' zei ik.

Gwen zei dat ze niets hadden gepast: de jurken voor bruidsmeisjes kon Louise niet aan. Daarom hadden ze ze voor hun lichaam gehouden en waren het eens geworden over een jurk van gebroken witte satijn met een diep uitgesneden rug en een reusachtige strik vlak boven de billen. Iets wat ze geen van beiden ooit zouden dragen.

'Ze zijn geweldig,' zei ik.

Maeve kwam met veel poeha de paskamer uit in dezelfde jurk in haar eigen maat. De beige vrouw moest hem haar hebben gegeven en ze liep opgewonden achter Maeve aan. Na al die vreselijke trouwpartijen was hier eindelijk iemand die een jurk kon dragen! Ze pakte een stel kammetjes van een bediende aan en stak snel Maeves haar op. De spiegel weerkaatste het beeld van de roomwitte v van haar rug, de kromming van haar ruggegraat, de flauw zichtbare ribben; de holte boven haar uitstekende stuitbeen vlak boven de gleuf van haar voluptueuze achterste; en toen ze zich omdraaide, haar zijkanten, de scherpe omtrek van haar borsten. Maeve liep naar Louise toe en pakte haar hand. We gingen naast elkaar voor een van de spiegelwanden staan. Het was net een echt huwelijksfeest.

Het was ongelooflijk hoe fijn dat was. Zoals wij vieren elkaar stonden te bewonderen. Ons voorstellen hoe een normaal leven was. Daarmee ging ik de mist in, verdween ik in Maeves visioen, in wat er allemaal mogelijk was.

En toen gebeurde er iets heel vreemds: Gwen viel, zonder dat we konden zien waarom. Ze struikelde niet over haar jurk; ze had zich niet verstapt. Het ene moment glimlachte ze tegen ons in de spiegel en het volgende lag ze op de grond. En ze viel niet voor- of achterover; ze viel ook niet opzij. Ze viel recht naar beneden. Als een gebouw dat instort, zo zakte ze in elkaar.

# DEEL V

# 31

DE MEESTEN VAN ons begonnen beter te worden na ons uitstapje naar het winkelcentrum, dat in mijn herinnering aan Zeezicht een legende werd en waarbij elk voorval werd ingedeeld vóór en ná de tocht naar Hanover. We kregen straf, officieel omdat we te laat terug waren voor de bus, onofficieel voor de scène in Nell's. Maeve kreeg twee keer zoveel straf. De nieuwe straffen waren niet echt duidelijk. We mochten voornamelijk geen dingen die verboden waren maar oogluikend werden toegestaan: roken, bij elkaar in de kamer op bezoek gaan, lezen na tien uur 's avonds. Maeve mocht niet meer zonder begeleiding onze verdieping af.

We gingen het allemaal wat kalmer aan doen. Louise at mijn eten of dat van iemand anders niet meer op. Ze deed lang over haar eigen maaltijden en was meestal de laatste die de kantine verliet. Als ze dan eindelijk opstond om haar lege bord weg te brengen, kon je zien hoe triest ze was. Niet meer de tranen van vroeger die zo gemakkelijk vloeiden, maar een schraal, overjarig verdriet waardoor haar gezicht werd samengeknepen. Maeve gaf minder vaak over. Ze zei dat ze het alleen niet meer deed omdat ze vaker werd betrapt, maar ze leek echt genoeg te krijgen van het achterbakse gedoe en de verpeste handtassen. Ze gaf nog wel over voordat de grote gemengde bijeenkomst op vrijdagavond begon. Ze wilde zich leeg voelen voor de jongens, zei ze.

Ik begon meer te eten. Kauwde elke hap tweeëndertig keer. Ik had er eigenlijk zo genoeg van om tegen de stroom in te zwemmen. Mijn achterdocht tegenover hen begon minder te worden: Gerts flauwe glimlachje, het zelfvertrouwen van de kantinedames, het bravo-geroep als ik mijn broodje opat. Mijn zelfopgelegde taak was te heldhaftig om mee door te blijven gaan. Ik zei tegen mezelf dat het niet gaf: uiteindelijk zou ik weggaan en kon dan mijn geloof in ontbering opnieuw versterken.

De eerste keer dat ik mijn bord leeg at, deden Maeve en Louise alsof ze niets opviel. Ze bleven een belachelijk geanimeerd gesprek voeren over een ex-vriendje van Maeve dat Louise in het vorige behandelcentrum had ontmoet. Maeve boog zich steeds ver over tafel om Louise aan te raken, het gebruikelijke geruk en getrek, en streek daarbij per ongeluk met haar borst over de aardappelpuree. Ik had mijn eten al helemaal opgegeten en bedekte mijn lege bord met een papieren servet. Het avondeten had uit een ovenschotel met kip bestaan en de geelbruine jus vormde adertjes op het porseleinen bord. Er lag nog een eenzame champignon, plat en paars, met zwarte randjes omgekruld als menselijke huid. Ik bracht alles naar het inleverloket; het leek net zo'n droom waarin de hokjes van een openbaar toilet geen deuren hebben.

Gwen had botontkalking. Dat werd ons twee dagen na het winkelcentrum verteld. Ze was met een ambulance naar de verpleegafdeling gebracht en ik had het *déjà vu* dat je krijgt als je je een ervaring herinnert die je alleen door iemand anders beschreven is. (Niet ik maar Syd had een hartaanval gekregen.) Ze zeiden dat Gwen de botten van een veel oudere vrouw had. Haar linkerheup was in tweeën gebroken, omdat het gewicht van haar magere lichaam te veel was geweest voor het poreuze skelet. Dat was moeilijk te bevatten en ze moesten het ons twee keer vertellen. Er werd een vergadering belegd met alle drie verdiepingen plus de verpleegsters, psychiaters en twee artsen van de verpleegafdeling. We dromden de aula in. Een van de artsen, een vrouw met onverwacht gele tanden, legde met diagrammen uit hoe het komt dat de botten van vrouwen brozer worden als de menstruatie opgehouden is. Dat herinnerde ik me nog van Syds vroegtijdige menopauze, toen ze bij de maaltijden melk dronk. Het gevaar voor oudere vrouwen, legde de dokter van Zeezicht uit, was niet dat ze vielen en dan een heup braken, maar dat ze eerst een heup braken en dan vielen. Gwens zeven jaar zonder menstruatie hadden zeven jaar van kalkgebrek betekend. Haar botten waren net door zon en droogte broos geworden stokjes.

Louise vroeg of we haar mochten bezoeken, maar Gert zei nee. Er werd zwak tegengesputterd, handen opgestoken, protesterend gemompeld. Maar in feite waren we bang om te gaan. Tegelijk met Gwens ouders werd Hank gevraagd te komen praten over intensievere behandelingsmethoden. Ze hadden op een vrijdagmiddag op de benedenverdieping een gesprek met Gwens behandelteam. Onderweg naar de sportzaal zagen we hem. Hank had beloofd op bezoek te komen maar het nooit gedaan. Hij was niet slordig of mager, zoals ik me een hoboïst had voorgesteld, maar keurig verzorgd en atletisch. Maeve zei dat hij het type leek dat andere vrouwen versierde maar nooit werd betrapt omdat hij er zo netjes uitzag. Hij leek helemaal niet muzikaal. Maar Louise zei dat ze hem aardig vond. Ze waren elkaar die dag in de gang tegengekomen. Hank had Louise uit Gwens brieven herkend en ze hadden wat gepraat. Toen ze hem vroeg hoe het met Gwen was, was hij in huilen uitgebarsten.

De volgende dag kregen we een briefje van Gwen, dat persoonlijk werd bezorgd door Zuster die hem speciaal vanaf de verpleegafdeling was komen brengen. Op de kaart stonden jonge katjes die met een bolletje rode wol speelden en op de achterkant was geschreven: 'Voor iedereen – Intraveneus eten en hormonen in overvloed. Elk uur een heerlijk glas melk. Lekker uitrusten met mijn nieuwe heup. Mis jullie allemaal. Niet piekeren. Lief zijn – Gwendolyn.'

Wat me dwarszat was dat de dokter had gezegd dat het ontbrekende kalk in het bot niet kon worden aangevuld als het, ondanks onze dagelijkse dosis kalktabletten, eenmaal was verdwenen: je kon alleen zorgen dat er niet nog meer verloren ging.

Het leven ging gewoon verder in Zeezicht, al wilden we allemaal dat het ophield, het verlies van Gwen tot ons laten doordringen. Maar de therapeuten wilden, of konden, hun meedogenloze doorvorsing van ons intieme leven niet onderbreken. Ze lieten ons over Gwen praten, alleen niet te lang. Ik kon wel begrijpen dat ze moeite hadden met Maeve; Gwen was het eerste over wie ze echt bleef doorgaan. Na de eerste paar dagen braken ze haar monologen over botontkalking af en probeerden het gesprek weer op Maeve zelf te brengen. Dat maakte haar woest.

Ondanks dat we ons in het winkelcentrum hadden misdragen, had mijn behandelteam het over het opheffen van de ban op Syd en de mogelijkheid van gezinstherapie. Ik woog ruim negenenveertig kilo. Louises hooggeleerde ouders hadden erin toegestemd voor gezinstherapie te komen en ze was bijna dertien kilo afgevallen. Koningin Victoria mocht weg; we zagen haar kleinkinderen in de auto zitten op de dag dat haar familie haar kwam ophalen en we mochten haar van Cass in de groepsruimte uitzwaaien. Amy zei dat ze dinsdag over veertien dagen naar huis mocht, maar niemand geloofde haar. Om de paar dagen kwamen er nieuwe gezichten. Ik deed geen moeite meer ze te leren kennen.

Maeve stortte zich in een romance met Sean. Ze kreeg twee officiële waarschuwingen; nog één, zeiden ze, en ze vloog eruit. Het leek haar niet te kunnen schelen, waardoor ik me begon af te vragen wie er eigenlijk voor haar opname betaalde. Ze had het nooit over haar familie, zelfs niet tijdens groepstherapie. De romance was een vrij tamme aangelegenheid en bestond voornamelijk uit briefjes uitwisselen en elkaars hand vasthouden tijdens de bijeenkomsten op vrijdagavond. Zodra de aandacht van de hulpverleners verslapte, sloegen Maeve en Sean aan het vrijen. Dan hadden ze tenminste iets te doen. De hulpverleners hadden besloten ze te negeren. Omdat Maeve niet zonder begeleiding de afdeling af mocht, was ik de voornaamste koerier van de briefjes. En zo wilde ik het graag: Maeves aandacht krijgen zonder zelf onder druk te staan. Op die manier was ik niet voortdurend bezig met het tellen van alle meisjes en jongens tegen wie ik ooit had geglimlacht. Ik maakte me geen zorgen over mijn gevoelens voor haar of over onze omhelzing in de paskamer van Nell's. Dat deed Maeve kennelijk ook niet. Mensen verleiden was nu eenmaal haar manier om met mensen om te gaan: ze bedoelde er niet echt iets mee. Mijn eigen verliefdheid veranderde zoals gebruikelijk langzaam in vriendschap. We kregen wel commentaar op hoe intiem we met elkaar waren. Gert zei dat we twee handen op een buik waren. Ik voelde me enorm opgelucht.

We zochten naar manieren om de tijd aan af te meten. De dagen leken allemaal op elkaar, vooral omdat we niet meer naar het winkelcentrum mochten, en zelfs de weekends waren hetzelfde als altijd. De creatieve therapie was de plek waar we echt konden zien hoe we vooruitgingen, of anders hoelang we er al mee bezig waren. Louise was het eerst klaar, hoewel Cass haar werk afwees. Louise had haar tekening ingekleurd: helemaal zwart. Ze had alle zwarte krijtjes opgebruikt. Cass zei dat hij niet af was.

'Maar ik wil er verder niets meer aan doen,' zei Louise op redelijke toon, alsof het een simpele kwestie van esthetiek was.

'Niemand bestaat uit een plat vlak, lieverd,' zei Cass. 'Er horen contouren in, structuur. Ik wil hem niet meer zien totdat hij voller is, meer lagen heeft. Probeer het maar. Laat je fantasie de vrije loop.'

Eerst staarde Louise alleen maar naar de omtrek van haar lichaam, net zoals ze naar het eten op haar bord zat te staren. Toen vroeg ze Cass op een dag om een stuiver en begon een patroon in het zwarte krijt te krassen. Ze wilde niemand vertellen wat ze van plan was. Ze had genoeg gewicht verloren om gemakkelijk op de grond te kunnen werken. Ze bedekte driekwart van haar zwart gemaakte lichaamsomtrek met een tweede vel papier en werkte aan een kwart deel tegelijk, waarbij ze bovenop de tekening ging liggen. Op die manier konden we niet zien wat ze aan het doen was, en ook beschermde ze daardoor haar kleren tegen de alomtegenwoordige zwarte-krijtkrullen.

Maeve was het minst vergevorderd met haar tekening. Ze gebruikte papier-maché om een realistisch, hoewel overdreven, kopie van haar lichaam te maken. Die had iets kermisachtigs. Woeste kleuren voor het vlees: rood, paars, groen. Ze werkte aan een lichaamsdeel tegelijk en modelleerde eerst een stuk papier-maché, dat ze vervolgens verfde. Ik zou eerst alle papiermaché gedaan hebben en op het allerlaatst zijn gaan verven. Maar Maeve wilde per se zien hoe elk deel eruit zag voordat ze verderging, alsof haar het vertrouwen in het geheel ontbrak en ze bevestiging bij elke stap nodig had voordat ze in de rest investeerde. Stukje bij beetje ontstond het geheel.

Nadat ik dagenlang niets had gedaan, besloot ik een zo nauwkeurig mogelijke weergave van mijn lichaam te maken, zonder de huid. Cass had mijn eerste poging verworpen – een opeenstapeling van nimbus, cirrus en cumulus wolken. Ik had net de omtrek van mijn eerste wolk geschetst, een doorzichtige cirrus op de plek van mijn gezicht, toen Cass het nodig vond over een vroegere leerlinge te beginnen die heel veel succes met wolken had gehad. Ze zei het op een manier alsof het gewoon een stukje informatie was dat geen indruk op me hoorde te maken, helemaal niet zo uniek was. Ik kon er dagenlang niet van werken. Daarna kreeg ik wat Cass 'een doorbraak' noemde. Ik vroeg of ik een anatomieboek van de verpleegafdeling mocht lenen, maar ze zei dat ze de voorkeur gaf aan verbeeldingskracht boven accuratesse. Ik concentreerde me op de bloedsomloop. Als ik mijn ogen dichtdeed, kon ik de grafieken van de hartafdeling voor me zien, het duidelijk zichtbare roze hart en de kilometers lange rode draden. Ik vroeg om verf en kwasten.

En elke nacht droomde ik dat ik Gwen zag vallen.

# 32

SEAN WERD ONTSLAGEN, wat nogal een verrassing was. Hij had achtentwintig dagen moeten blijven, maar op het laatste moment trok zijn verzekeringsmaatschappij zich terug (die al voor eerdere opnames had betaald) en moest hij onmiddellijk vertrekken, terwijl hij er pas eenentwintig dagen was. Hij vertelde het aan een vriend die het aan mij vertelde toen ik met Maeves volgende briefje kwam. Toen ik Maeve het nieuws vertelde, had hij al vijf uur daarvoor het gebouw verlaten. Eerst leek het haar voornamelijk dwars te zitten dat het nieuws haar had verrast. De aarde had niet gebeefd toen hij Zeezicht verliet en dat vond ze gênant. Alsof wij, haar publiek, telepathie van haar hadden verwacht. Maar in de dagen daarna leek ze Sean zelf te missen. Wat ik vreemd vond. Ze hadden elke week niet meer dan negentig minuten samen doorgebracht en dan nog onder supervisie. Haar verdriet, dat hoofdzakelijk uit een somber gebrek aan belangstelling voor onze levens bestond, voelde groter dan het verlies zelf.

Een week na Seans vertrek kwam er een brief voor Maeve. Ze had hem de hele dag bij zich en las hem in elke pauze, ook onder de lunch en het avondeten. We kregen er genoeg van haar te vragen wat erin stond: ze gaf toch nooit antwoord. De volgende dag had ze een langdurige bijeenkomst met haar behandelteam, zogenaamd om haar dubbele straf te bespreken. We zagen haar pas weer na het avondeten. Toen we haar vroegen hoe het ervoor stond, zei ze dat alles prima in orde was.

Die avond, een vol uur nadat het licht uit moest, klopte Maeve op mijn deur. Het was niet echt kloppen, ze tikte er zachtjes tegenaan. Ik stond op en bond mijn kamerjas dicht, een lange van flanel die Syd me cadeau had gedaan. Ze hadden geen verbod op het geven van cadeaus kunnen uitvaardigen en ze had een hele reeks troostrijke dingen gestuurd – badstoffen handdoeken, heerlijk geurende zeep, kasjmieren sokken en een groen met zwart gestreepte kamerjas. Ik deed de deur op een kier open en Maeve kwam binnen.

'Kleed je aan,' zei ze.

Ik tastte naar het lichtknopje en kneep toen mijn ogen halfdicht.

'We gaan uit,' zei ze. 'Opschieten.'

Ze had zich helemaal opgetut: een strak jurkje van kunststof en schoenen met hoge hakken. 'Hou je dat aan?' vroeg ik.

'Is het niet mooi soms?'

Maeve zwaaide met Seans brief. Ze las drie lange, onsamenhangende alinea's voor over hoe hij niet zonder haar leven kon. Ik begreep dat ze er geheimzinnig over had gedaan om onze belangstelling voor zijn knusse geschrijf nog te vergroten. Bij Maeve was terughoudendheid altijd een inleiding voor groot vertoon: hoe kon ik dat vergeten? In de laatste alinea noemde Sean de naam van een bar in de buurt, de Remise, ongeveer anderhalve kilometer van Zeezicht vandaan. Hij zei dat hij daar elke avond heen ging.

'Dus hij drinkt weer,' zei ik.

'Alleen gemberbier.'

'O,' zei ik.

'Je doet het weer.' Maeve liep naar mijn ladenkast. 'Steeds "o" zeggen.' Ze haalde de helft van mijn topjes te voorschijn en gooide ze op het bed. 'Heb je helemaal niets leuks?'

Ik begon de weggeworpen kleren weer op te vouwen. Ik heb een speciale manier van opvouwen; niemand anders kan het goed doen. 'En hoe moeten we daar komen?'

'Sean komt ons halen.'

'Ben je vergeten dat ze 's nachts de deuren op slot doen?' vroeg ik.

Ze hield drie sleutels omhoog.

'Hoe kom je daaraan?'

'Seans broer is beveiligingsspecialist.'

'Hij is wat?'

'Slotenmaker. Ze hebben deze drie sleutels opgestuurd.'
'Ze? Dus dit is een afspraakje met z'n vieren?'
'In jezusnaam, Alice, doe me een lol, wil je? Je kunt me toch wel een keer een lol doen, verdomme? Ik heb anders genoeg voor jou gedaan.'
'Dus ik moet die duffe broer zoet houden terwijl jij de hele avond in de mannenplee met Sean gaat neuken?'
'Alice, zoiets zou ik nooit doen.'
'Natuurlijk wel! Dat heb je hier ook gedaan, verdorie.'
'Best, al goed, je hebt gelijk, maar ik zal het niet doen, dat beloof ik. We gaan pool spelen, oké? Daar ben ik erg goed in. De meiden tegen de jongens. Twee potjes en dan gaan we naar huis. Nee, drie. Drie potjes, hoogstens. Godallemachtig, ik zal je hand wel de hele avond vasthouden, als je dat wilt. Dat zullen de jongens ook leuk vinden.'
'Maeve!'
'Alsjeblieft, Alice.' Ze ging er zelfs voor op haar knieën. En dat was niet gemakkelijk in dat strakke jurkje; ze moest zich aan het bed vasthouden en zich op een knie tegelijk laten zakken.
'Je moet me niet zo dwingen,' zei ik.
'Ga nou mee, alsjeblieft,' zei ze.
'Je hoeft niet net zo tegen mij te doen als tegen de anderen. Sta op.'
'Ik durf niet alleen te gaan.'
'Sta op!'
'En ik wil er zo graag naartoe.'
'Jij bent nergens bang voor.'
'Natuurlijk wel.'
'Waarvoor dan?'
'Nou, je weet wel. Hoe zeg je dat? Dat ik niet gezien word,' zei ze.
'Ze zien je heus wel! Iedereen ziet je! Mijn God, wie ziet jou niet?'
'De therapeuten, bijvoorbeeld.'
'Alsjeblieft, zeg. Wat zien die nou?'
'Nou, goed, jij dan. Jij ziet me niet.'
'Natuurlijk zie ik je. Ik zie je hier op je knieën voor me liggen. Sta alsjeblieft op.'

'Als je me echt zag, zou je zien hoe graag ik ernaar toe wil.'
'Ben je dan zo gek op Sean?'
'Nee.'
'Wat is het dan?'
Ze kwam overeind op een niet erg gracieuze manier. Haar enkels wiebelden in haar schoenen. 'Ik kan gewoon geen minuut langer in deze klotetent blijven.'
'Waarom niet?'
'Dat kan ik gewoon niet.'
'Maar waarom dan? Hoe komt dat zo opeens?'
'Gwen.'
Dat maakte dat ik kalmeerde. Ik staarde naar mijn twee maten te grote kaki broek en we zeiden een tijdje niets meer.
Toen zei ze langs haar neus weg: 'Heb je gemerkt hoe ironisch het is dat we de hulpverleners hier therapeuten noemen? Ik weet wel dat iedereen dat tegenwoordig zegt: begeleider is hetzelfde als therapeut, begeleiding betekent therapie. Maar dat is gewoon de bedoeling hier, weet je. Het is de bedoeling dat ze ons ergens vanaf helpen.'
'Mij niet.'
'Jou ook.'
'Wat bedoel je?'
'Van dat grote ego van je.'
Ik knipperde met mijn ogen en kon nauwelijks geloven dat ze dat had gezegd.
Ze zette haar handen in haar zij. 'Jullie meiden met anorexia zijn zo verrekte gek op jezelf.'

# 33

HET WAS EEN reusachtige parkeerplaats, een grijze zee met honderden keurig rechte gele strepen. Grote letters gaven de verschillende vakken aan, van R tot en met Z; we stonden waarschijnlijk op het achterste gedeelte. Het terrein was leeg afgezien van drie enorme afvalcontainers die met open mond in de verste hoek stonden, elk met een andere primaire kleur. Maeve zei dat haar lievelingskleur rood was. Ze liet er ons een uitkiezen, zoals kinderen doen, alsof ze door te kiezen van ons werden. Ik koos blauw. Voor Sean bleef geel over. Hij vertelde dat de containers een kleurcode hadden voor verschillende soorten medisch afval. Hij zei dat hij graag op zijn bureau klom om door het raampje in zijn kamer naar de ziekenbroeders te kijken als ze de verschillende zakken met toxisch afval naar buiten reden. Het verbaasde me dat hij het woord toxisch kende, tot ik me herinnerde dat hij brandweerman was.

Het regende buiten. Dikke, vette druppels die we konden horen landen. We hadden geen jas aangetrokken: we wilden lichtbepakt zijn. Seans broer Pat had zijn auto achter de afvalcontainers geparkeerd – ze waren bang gezien te worden – en we moesten door de regen ploeteren. Maeve kon nauwelijks een stap verzetten op haar schoenen. Sean legde zijn satijnen jack van Red Sox over haar schouders en een arm om haar middel. Maeve hield mijn hand vast. Ik rilde. Zo liepen we onhandig voort, als een driespan in onze eigen vijfbeenswedstrijd.

Maeve had niets leuks in mijn klerenkast kunnen vinden. Ze was net van plan terug te gaan om een blouse van haarzelf te halen toen Sean arriveerde. Hij gooide een kiezelsteentje tegen mijn raam op de eerste verdieping, dat zo'n halve meter in het vierkant was. Maeve vlocht haar vingers in elkaar om me omhoog te hijsen naar de dubbele glasruit en ik zwaaide. Pas toen we de trap waren afgeslopen naar de nooduitgang naast de sportzaal drong het tot me door hoezeer ze op mijn toestemming had gerekend: ze had Sean gezegd naar mijn raam te komen en niet naar het hare.

De grote stalen deur was bewaakt, wat inhield dat hij niet op slot was en wel open kon, maar er dan een alarm afging, waardoor er niet alleen artsen en verpleegsters maar ook politie en brandweer kwamen opdagen. De tweede van de drie sleutels deed het en Sean stond al te wachten toen we de zware deur openduwden. Trots zei hij dat Pat had verteld dat het bewakingssysteem nogal 'inbraakgevoelig' was. Ik zei bij mezelf dat ze in elk geval wat dure woorden kenden. Sean plakte een stukje isolatietape over de klink zodat we weer terug konden.

De broer was een duf uitziende versie van Sean. Hetzelfde rode gezicht en haar, dezelfde Clark Kent-uitstraling, alleen slap in plaats van robuust. Zijn lichaam was dikker en zachter. Hij had een open gezicht. In tegenstelling tot zijn broer was Pat niet aan de cocaïne. Hij opende het portier van hun pick-up truck. Dat was een oude Chevrolet met één brede, opgelapte zitting in plaats van kuipstoelen. Het dunne versnellingspookje stond te trillen op de metalen vloer en er puilden bosjes vergeelde vulling uit gaten in de bekleding. De bank voorin was weliswaar niet echt groot genoeg voor ons allevier, maar we klommen toch allemaal naar binnen, Pat achter het stuur, met zijn grote, slome hand als een klauw op de bal van de versnellingspook, daarna perste ik me op een zo klein mogelijk plekje, waarna Maeve zich, zoals te verwachten was, op Seans schoot nestelde. De hele rit lang zorgde ik dat mijn knieën de versnellingspook niet raakten, terwijl Pat het verontschuldigend en zonder onderbreking over de sjofele staat van de auto had met een stem die boven het ratelende metaal uitkwam. Ik kon merken hoe we allevier ons best deden niet te letten op hoe Maeve steeds zorgvuldig op Seans schoot ging verzitten; niet dat we zijn erectie konden zien, maar we wisten dat hij die had; we konden de aanwezigheid ervan in de cabine van de vrachtauto voelen, bijna alsof het een persoon was voor wie we plaatsmaakten, nog iemand die naar Pats schuldbewuste stem aan het luisteren was.

De Remise was schuin tegenover de Greyhound-bushalte, een lang plat gebouw dat beschilderd was als een treinwagon. Er stond een echt wisselsein van een echte spoorweg bij de ingang. Er stonden verschillende grote Amerikaanse auto's en andere, nieuwere pick-up trucks voor de deur geparkeerd. Pat liep vast vooruit om de deur open te doen. Sean hield zijn jack als een reusachtige paraplu boven ons hoofd. Ik raakte Maeves elleboog aan. 'Drie spelletjes, oké, en dan gaan we naar huis.'

'Kalm nou maar,' zei ze terwijl ze haar jurk naar beneden trok, die tijdens de rit omhooggekropen was. 'En noem het niet je huis.'

'Ze gooien ons eruit,' fluisterde ik.

'Ik ben toch al bijna weg.'

'Míj gooien ze eruit.'

Ze bleef staan, draaide zich om en keek me aan. Haar ogen hadden hun groene kleur weer verloren, de pupillen waren zo groot en plat als kwartjes.

'Jou niet. Ze willen je maar wat graag genezen, Alice. Kijk maar hoe goed ze je al hebben vetgemest.'

Het was de eerste keer dat ze opzettelijk gemeen tegen me deed.

Sean spoorde ons aan door te lopen door zachtjes met zijn elleboog te porren. Toen we binnen waren hield de herrie in de bar even op: het geklots van de poolballen, de muziek uit de jukebox, de stemmen van de mannen, het gerinkel van bierflesjes. Pat en Sean bewogen zich voort alsof ze op het footballveld waren, met Pat voorop, die ons door de rook en tussen de in denim gehulde lichamen door loodste, terwijl Sean achteraan liep. We veroorzaakten een golf van draaiende hoofden en gedempte gesprekken; de enige andere vrouwen in de bar leken afgeleefd op hun dertigste. Er stonden drie goed onderhouden pooltafels achterin, van glimmend hout met heldergroen laken.

We vonden een paar lege stoelen en de jongens legden hun jassen erop om aan te geven dat ze bezet waren. Maeve stuurde Pat naar de bar om drankjes te halen, een Tom Collins voor haar, een Shirley Temple voor mij, en liet Sean een pooltafel bespreken. Er waren regels om mee te mogen doen en bovendien was er een wachtlijst. Maeve beweerde dat de mannen die in de rij stonden om te spelen zich vast wel lieten vermurwen en dat gebeurde ook – Sean gaf ze geld. Terwijl hij de laatste voorbereidingen trof, begon Maeve een oefenrondje en pakte de eerste de beste keu die haar werd aangeboden. Ze had maar een paar seconden nodig om te richten en de ballen te raken. Die maakten een geluid als geweervuur, als de naar zwavel ruikende klappertjes uit mijn jeugd.

'Je kunt dus echt goed pool spelen,' zei ik.

Ze glimlachte en draaide de punt van haar keu in zo'n klein blauw krijtpotje dat me aan oogschaduw deed denken. 'Het is ook een vak,' zei ze. Ze bewoog zich zelfverzekerd tussen twee stoten door, haar ogen op de glimmende harde ballen gericht, in een poging zich hun baan voor te stellen. Ze schoot er zelfs een in: de witte bal raakte een, twee, drie vilten banden voordat hij tegen een blauwe bal aankwam en hem een pocket inschoof. Er was iets veranderd aan haar manier van bewegen.

'Pool spelen is toch niet jouw vak?' vroeg ik en lachte nerveus. Ha, ha.

'Nee,' zei ze.

We glimlachten allebei. Ha, ha, lachte ik weer.

'Maar dit moet je onthouden, Alice: als mannen pool spelen, mogen ze de eerste paar potjes verliezen, maar vrouwen die spelen, moeten van begin af aan winnen. Anders worden ze niet serieus genomen en komen niet aan de bak.'

Ik voelde me heel, heel erg koud worden.

Ze pakte de bus talkpoeder die onder de tafel stond en schudde er wat uit op de keu. Ze bepoederde haar handen. Haar polsen en vingers waren erg losjes.

Ik kon maar niet begrijpen hoe ze plotseling zo vreselijk vreemd geworden was. 'Mag ik je iets vragen?'

'Tuurlijk.'

'Jij bent geen bibliothecaresse, hè?'

Ze schudde van nee.

De ballen rolden razendsnel de pockets in, stilletjes na het eerste getik, heimelijk over het laken glijdend. Ze miste twee keer.

Toen alleen de witte bal nog op tafel lag, vroeg ik: 'Waarom zei je dan dat je bibliothecaresse was?'
'Omdat ik wilde dat jullie me aardig vonden. Mensen zijn dol op wat ze kennen.'
'Weet nog iemand op Zeezicht dat je geen bibliothecaresse bent?'
'Alleen Louise.'
'Weet Louise alles van je?'
'Meer dan de meesten.'
'Waarom Louise?'
Maeve schokschouderde. 'Ze stelt geen eisen.'
Pat bracht de drankjes, alle vier in zijn linkerhand. Er waren twee Shirley Temples, een voor mij en een voor Sean, allebei met een schijfje sinaasappel en een kers erin. 'We zijn nog niet aan elkaar voorgesteld,' zei hij en stak zijn reusachtige rechterhand uit. 'Pat Donovan.'
'Alice Forrester.'
En ik zei onmiddellijk bij mezelf: Wat een ontzettend aardige man. Maar ik wist dat het er niet toe deed. We waren te ver gegaan. Ik in elk geval. We hadden zonder toestemming Zeezicht verlaten. Syd zou me vermoorden – vanwege het geld dat het haar had gekost. Gestrand in een bar. Maeve in die belachelijke jurk. Totaal afhankelijk van de goede bedoelingen van twee mannen die, hoe aardig ook, waarschijnlijk op een vorm van vergoeding rekenden. Een van hen was verslaafd, misschien wel allebei, wie zou het zeggen? En dan Maeve, onherkenbaar in haar begeerte. Ik dacht aan alle dingen die ik zo zorgvuldig opgegeven had: honger, verlangen, afhankelijkheid van wat dan ook. Hoe was het mogelijk dat ze me zo'n rad voor ogen had kunnen draaien? Hoe was het haar gelukt me hierheen mee naartoe te nemen, zo ver weg van alle veiligheid? Ik voelde me volkomen alleen. Niet alleen in de zin van opgesloten-zijn binnenin mezelf, maar van kwetsbaar-zijn, weerloos. Meer dan wat ook verlangde ik ernaar een bekend gezicht te zien. En dat gebeurde plotseling ook.
Ik voelde de opluchting in mijn borst stromen, een soort lichtheid. Ik liet Pats hand los en deed een stapje in de richting van de persoon die ik kende. Wie was het? Een man. Het ge-

zicht liet niet direct een belletje rinkelen. Een kennis van de universiteit? Het duurde even. Toen kwam hij dichterbij. Het was dokter Paul.

Alles in het hele universum kromp in elkaar.

'Dag, juffrouw Forrester,' zei hij. 'Dag, juffrouw Sullivan. Wat een vreselijk aangename verrassing.'

## 34

TOT MIJN ONGELOOF kwam hij bij ons zitten en zei dat hij graag een spelletje pool wilde spelen. Hij schudde Sean de hand, vroeg hem naar zijn werk en zei: 'Ik hoop dat je weer kunt wennen.' Allemaal waren we doodsbang. Hij glimlachte tegen Maeve en mij, en zei met een buiging: 'Altijd tot uw dienst, dames.' Dat was zijn manier om ons te laten weten dat hij het grondig voor ons kon verpesten als hij wilde. 'Ik kan niet erg goed pool spelen,' biechtte hij op. 'Wie wil het me leren?' En hij keek ons onschuldig een voor een aan.

Maar hij was niet van plan het voor ons te verpesten: hij wilde iets anders. Wij wisten natuurlijk wat dat was.

'Dat wil ik best doen, hoor,' zei Maeve.

Sean nam Pat mee naar de bar om hem de situatie uit te leggen. Maeve en ik zagen dat ze ruzie kregen, al konden we ze niet verstaan, maar de boze gebaren begrepen we wel. Pat zette zijn glas met een klap op de bar neer. Sean maakte een sussend gebaar en begon met beide armen naar hem te zwaaien in een onbewust vrouwelijk gebaar, als een meisje dat de hoela danst. Uiteindelijk vertrok Pat, zijn broer vervloekend en tegen omstanders aan botsend op weg naar de uitgang van de Remise.

Maeve begon haar les aan Paul met de keu en het krijt. Ze pakte de bus talkpoeder. Ze wist instinctief alles van macht af: hoe je ermee omgaat, hoe je het krijgt. Het was net of een schijnwerper plotseling van een onbelangrijke acteur op de ster gericht werd die onverwacht uit de coulissen het toneel is komen oplopen. Op een rare manier leek ze het niet erg te vinden.

Dokter Paul was een serieuze leerling, die dichtbij haar bleef om geen woord te hoeven missen. Maeve boog zijn mollige vingers in de juiste stand om de punt van de keu doorheen te laten gaan. Ik zag de verrukte uitdrukking op zijn gezicht toen ze het dikke uiteinde van de keu vasthield om de punt tussen zijn vingers door te bewegen. Sean en ik keken als met stomheid geslagen toe. Er was zo veel zo snel veranderd. Maeve was nu met dokter Paul en ik met Sean. Zijn angst was omgeslagen in woede, maar zijn begeerte niet, die was als een blaar geworden, als een pijnlijk abces in zijn dijbeen. Met stijve benen liep hij om de pooltafel heen.

Dokter Pauls les duurde een tijdje. Toen hij zover was dat hij kon gaan spelen, raakte hij haar al doodgemoedereerd aan: haar vlezige bovenarmen, haar platte polsen vol sproeten. Hij legde zelfs een keer zijn hand op haar heup.

Zoals Maeve had beloofd speelden de jongens tegen de meisjes. Eightball. Zij was beter dan wij drieën samen.

Onze ploeg won het eerste spelletje vrij snel. Maeve miste geen bal tot haar vijfde stoot, waarna we om beurten speelden. Sean schoot twee ballen in, Paul en ik niet één. Toen Maeve weer aan de beurt was, schoot ze de rest in.

Dat begon de mannen in de bar op te vallen. Een paar vuurden Sean aan terwijl we speelden. Er begon zich een groepje toeschouwers rond onze pooltafel te vormen en ik hoorde dat er weddenschappen werden afgesloten.

We wonnen het tweede spelletje bijna net zo snel als het eerste. Dokter Paul schoot twee ballen in maar verpestte de derde. Ik richtte de keu en miste de bal, het leek net of de keu uit mijn handen sprong. Sean liet me zien hoe het moest en sloeg daarbij zijn kolossale armen om me heen. Dokter Paul stond te glimlachen en legde zijn hand op het onderste gedeelte van Maeves rug, blij dat de verdeling van de eigendommen was zoals hij gewild had. Hij fluisterde iets in haar oor.

Seans instructies waren goed, hoewel tijdelijk; mijn volgende stoot lukte en Maeve klapte in haar handen. Sean gaf me een goedbedoelde dreun op mijn rug en ik begon te hoesten en te proesten. Mijn volgende bal schoot over de tafel en joeg een van hun ballen een pocket in. Sean schoot er drie achter elkaar in; zij zes van de zeven. Maeve schoot onze laatste ballen in, plus de zwarte, de acht, allemaal in een enkele stoot. Een paar mannen begonnen te juichen.

Iemand in het publiek zei: 'Lekkere zachte handjes heeft die meid.'

Dokter Paul erkende met gespreide armen zijn nederlaag, een brede glimlach op zijn gezicht. Dat deed me denken aan Maeves eerste dag, waarop ik hem beneden samen met haar had gezien. Hij had zich toen ook zo onoprecht nederig opgesteld.

Maeve gaf hem haar keu en zei: 'We gaan ons opfrissen. Drinken we nog wat als we terugkomen?'

Het toilet was klein en smerig, zoals de meeste damestoiletten in bars met voornamelijk mannelijke klanten. Maeve nam me mee naar een groezelig hokje en liet me tegen de houten deur zonder slot leunen. Ze klapte het deksel van de bril naar beneden en ging zitten met haar handen in haar schoot. Het stonk in het toilet.

'Alles in orde met je?' vroeg ze.

'Het gaat wel. Ik schrok me dood.'

'Ik ook.'

'Jij hebt je handen wel vol, zeg,' zei ik.

'En ik doe het niet slecht, al zeg ik het zelf.'

'Je klinkt ontzettend trots.'

'Dat ben ik misschien ook wel.'

'Je hebt hier toch zeker geen lol in?'

Maeve vouwde haar handen voor haar borst. 'Ik heb eens een vriendje gehad die coach was op een middelbare school. Hij vertelde me dat het succes van een footballteam afhangt van hun vermogen zich aan te passen aan een plotselinge verandering. Meer is dit niet, Alice. Ik pas me aan de verandering aan.'

'Ik wil naar huis.'

Ze ging staan in het nauwe hokje. 'Het is je huis niet! Noem het niet je huis.' Ze schreeuwde het uit.

Ik kon voelen hoe de paniek opkwam. Gert zei dat verslaving allerlei vormen kon aannemen. Was dit er één van? Die voorkeur voor toestanden? Ik zei: 'Ik wil weg. Ik wil niet... ik mag er niet uitgetrapt worden.'

Ze ging weer zitten. 'Ik snap niet waarom je zo'n haast hebt om naar Zeezicht te gaan. Het is er straks ook nog wel, geloof me maar. Bovendien zijn we maar net begonnen.'
'Wat bedoel je daar nu weer mee?'
Ze opende haar gebalde vuisten. Er lag een glazen medicijnflesje in de vlezige handpalm. Het was donkerbruin, net niet helemaal doorzichtig.
'Is dat wat ik denk dat het is?'
'Nou en of.'
Ik had nog nooit cocaïne gebruikt. Of welke drug dan ook. Met al dat gehonger van mij leek dat ook overdreven. 'Ik dacht dat je zei dat Sean clean was.'
Ze hield het flesje tegen het gore licht van het toilet. 'Dat is hij ook. Dit heb ik van die aardige dokter gekregen.'
'Dat meen je niet.'
'Hij wil gewoon dat we plezier hebben.'
'Hoe bedoel je?'
'Hij wil met me neuken.'
'Jezus.'
'Kalm nou maar, Alice. Wees niet zo'n angsthaas. Zo zijn mannen nu eenmaal. Vooral de minkukels. Zo gaat het al eeuwen, godskolere, waar heb jij gezeten? En al zolang als mannen vrouwen cocaïne hebben gegeven om met ze te neuken, hebben vrouwen cocaïne gebruikt zonder dat te doen. Rustig maar. Ik kan hem wel aan. Ik heb ergere gehad, geloof me. Dit onderdeurtje stelt niks voor.'
Maeve schroefde de dop eraf. Daar was een dun stukje metaal aan vastgemaakt. Ze gebruikte het zilveren stok-lepeltje om in de poeder te roeren. Het leek net of ze een minuscule maaltijd aan het bereiden was en ik probeerde me de piepkleine schotel voor te stellen die het resultaat zou zijn. Ze legde een bergje cocaïne op het ronde uiteinde van het lepeltje; dat bracht ze naar haar rechterneusgat, wachtte even en snoof toen. Het witte spul verdween en leek haar een schok te geven. Ze deed haar linkeroog dicht en kneep in allebei haar neusvleugels. Ze snoof nog een paar keer, zoals je doet wanneer je een loopneus hebt. Dit was de eerste volkomen onelegante handeling die ik haar had zien verrichten. Ze deed de dop weer op

het flesje: 'Jouw beurt,' en bood hem mij aan.
Ik bewoog me niet.
'Wat is er nou?' vroeg Maeve.
Ik haalde mijn schouders op.
'Je wilt me toch niet vertellen dat je dit nooit eerder hebt gedaan?'
Ik schudde van nee.
'Alice, wat heb je dan wél gedaan de afgelopen tien jaar?'
'Calorieën geteld,' zei ik. 'Echt, daar heb je dagwerk aan.'
Ze lachte. Heel even zag ik de Maeve die ik kende. Ze glimlachte, stond op, begon weer te roeren en zei: 'Je moet heel langzaam door je neus uitademen. Als al je adem eruit is, hou je vast, ik duw de lepel onder je neus en je ademt heel diep in. Je neemt een snuif, zeg maar. Leg je duim op de andere neusvleugel.' Haar stem klonk belerend. Ze had me kunnen laten zien hoe je diamanten bewerkt, zo zorgvuldig deed ze het.
Ik deed precies wat Maeve zei, uitademen en een neusvleugel dichtdrukken, maar toen ze bij mijn neus kwam, raakte ik in paniek, ademde in en toen de andere kant op, waardoor de cocaïne in Maeves haar en op haar jurk terechtkwam.
'Shit,' zei ze. Ze keek naar beneden, likte haar vingers af en probeerde de cocaïne van haar jurk te vegen. Die gleed van de kunststof op de grond. Ze keek omhoog en zei: 'Kom hier.'
'Wat?' Ik kon nergens heen. Maeve stond recht tegenover me.
'Hier komen.'
Ik deed een stapje vooruit en stond direct op haar tenen. 'Zie je nou,' zei ik.
Ze legde een klein bergje op het lepeltje en deed de dop op het flesje. Ze likte aan haar vinger en doopte hem in het witte spul. De cocaïne bleef eraan plakken. 'Mond open,' zei ze.
Voordat ik kon tegensputteren sloeg Maeve een arm om mijn hals, stopte haar natte vinger in mijn mond en wreef de cocaïne op het tandvlees aan de bovenkant. Het smaakte bitter, metalig, naar oude stuivers. Weer maakte ze het flesje open; dat ging moeilijk omdat ze mijn hoofd tegen haar schouder had gedrukt. Ik bewoog me niet. Ze bracht nog een laagje aan, langs de rand van mijn tanden. Mijn tandvlees begon gevoelloos te

worden, alsof het verdoofd was. Ik keek Maeve aan. Er lag een vreemde uitdrukking op haar gezicht: een mengeling van tevredenheid en pijn. Ze bracht haar gezicht vlakbij het mijne. Eerst dacht ik dat ze haar werk wilde controleren, naar sporen van wit poeder zocht. Maar in plaats van mijn mond te inspecteren, gaf ze me een kus.

Een echte kus: met lippen, tong, tanden, whisky-smaak en al. Haar tong was groter dan ik had gedacht. Het leek of hij mijn hele mond vulde – met zijn punt, dooraderde onderkant en zijkanten. En zijn bovenkant met ruwe smaakpapillen. Ze streek ermee langs mijn tanden, over het gevoelloze tandvlees.

Ze ging wat achteruit en keek me aan. Haar ogen stonden wazig en haar bovenlip was omgekruld, een heel klein beetje maar, als in een grijns. Heel even dacht ik: Weet ze nog wel wie ik ben? Toen kuste ze me weer. Dit keer kon ik de verschillende onderdelen van mijn mond niet voelen, alleen dat ze in me was. Ze duwde haar tong met kracht naar binnen en buiten, waardoor onze tanden elkaar raakten. Dat voelde vreemd aan en ik wilde dat ze ophield. Ze legde haar hand achterop mijn hoofd en trok aan mijn haar. 'Weet je wat ik aan het doen ben?' vroeg ze.

Ik schudde van nee, maar ze trok nog harder aan mijn haar en ik moest mijn hoofd stilhouden.

'Ik neuk je in je mond,' zei ze.

Het voelde alsof de achterkant van mijn hoofd zou loslaten. Ik sloot mijn ogen en ze ging er nog een tijdje mee door.

# 35

NA HET DERDE spelletje verkondigde Maeve dat we moesten gaan. Het leek of dokter Paul hiermee instemde toen hij op zijn Cartier-horloge keek. Er werd afgesproken dat hij, niet Sean, ons terug zou brengen. Alleen Sean leek vertwijfeld. Voor het eerst die avond had ik het gevoel dat ik adem kon halen. Misschien zou het toch niet allemaal zo slecht aflopen. Misschien had Zuster Geraldine het bij het verkeerde eind gehad: misschien werden sommige zonden, zoals stommiteit, niet gestraft. Terwijl dokter Paul probeerde te bedenken op welke ballen hij moest richten, die met of zonder strepen, glimlachte Maeve tegen Sean. Zijn verlangen was intens. Maeve miste haar eerste stoot met opzet. Dat deed Sean ook. Dokter Paul en ik speelden geconcentreerd – we wilden allebei graag weg – maar begeerte maakte ons spel niet beter. Dokter Paul schoot de witte bal van tafel en hij maakte een ratelend geluid op de houten plankenvloer. Na een paar beurten had ik nog maar twee ballen ingeschoten.

De cocaïne leek niet veel invloed op me te hebben, behalve dan dat ik er stil van werd en mijn lippen, tong en tandvlees aanvoelden als rubber. Niet dat ik iets te zeggen had. En Maeve leek zich net zo te voelen. Ze was niet luidruchtiger of uitbundiger dan anders. Waar was cocaïne anders goed voor, als je er niet door veranderde? Voor de hoge janktoon achter mijn oren? Dat mijn oogleden wijd open stonden en weigerden dicht te gaan? Er lagen pluisjes op het groene laken van de tafel die ik daarvoor niet had gezien. Ging alle opwinding daarover: dat je scherper kon zien? Misschien had ik niet genoeg genomen. Ik kon best begrijpen dat mensen meer wilden. Ik keek naar Maeve.

Tot mijn verwondering had niemand iets gezien toen we de dames-wc waren uitgekomen. Misschien was dat de ironische rush van cocaïne-gebruiken: dat je kon zien wat niemand anders zag. Niemand zei iets over onze roodaangelopen gezichten, of Maeves glinsterende ogen. Ik maakte me zorgen toen we uiteindelijk struikelend naar buiten kwamen: wat zouden ze kunnen zien? Maar de mannen leken niet te weten wat we hadden gedaan.

En wat hadden we dan gedaan?

Maeve had me gekust.

Nee, we hadden elkaar gekust.

Want eerlijk gezegd had ik haar teruggekust. Mijn tong had de hare gezocht.

Het was niet eens fijn geweest, zoals toen ik Ronald op de middelbare school had gezoend. Het was gedreven, dwingend, heftig geweest. Het had eerder noodzakelijk dan prettig gevoeld. Alsof het een lichaamsfunctie was.

Ik had altijd gedacht dat zoiets als dit direct aan je te merken zou zijn. Toen ik het toilet uitkwam, lag het woord *lesbo* tussen de platte kant van mijn tong en de onderkant van de voortanden in mijn onderkaak – de plek waar de *l* begon als je het woord zou uitspreken. Ik was bang dat het eruit zou vallen als antwoord op een onschuldige vraag: 'Heb je ooit eerder pool gespeeld?'

'Lesbo,' zou ik dan zeggen.

Niet *lesbienne* of *homoseksueel*.

'Nog een Shirley Temple?'

'Lesbo.' Alweer dat woord.

Een woord van de basisschool. Niet de woorden die ik op de universiteit had geleerd voor seksuele voorkeur en andere leefstijlen en vrouwen die van vrouwen houden. Geen volwassen woorden.

Van alle dingen die ik ooit over mezelf had gedacht, had ik me dit nooit voorgesteld. Maar toen opeens wist ik het. Ik hield niet van vrouwen; ik hield van Maeve.

Was daar een woord voor?

Ik dacht het niet.

Dat maakte het wel gemakkelijker.

Het kon me niet schelen dat het verschil misschien maar klein was.

Ik klampte me eraan vast. Uiteindelijk won Maeve. Ik zuchtte opgelucht; we zouden naar huis gaan.

'Afgelopen?'

'Afgelopen,' knikte Maeve. Ze gaf haar keu aan Paul. 'We moeten er nu vandoor.'

Ik overhandigde hem mijn keu. Hij was ook opgelucht. Hij had genoeg van biljarten en verlangde naar wat erna zou komen. Hij bracht de drie keus naar het dichtstbijzijnde rek aan de muur. Toen Paul zijn arm uitstak om ze op hun plaats te zetten, greep Sean Maeve om haar middel en trok haar mee door de menigte. Ze gingen weg. Hun hoofden dobberden boven een veld van werkhemden. Mijn hart ging als een razende tekeer in mijn borst en ik dacht: Ik ga dood. Ze waren al bijna bij de deur. Ik bracht mijn hand naar mijn mond en er borrelde met kersen gezoet gemberbier omhoog, bittere stuivers. Ik voelde een pijnscheut in mijn borst. Ik zou niet zomaar sterven; dokter Paul zou me vermoorden.

Maar ze gingen niet weg. Ze bleven links van de buitendeur van de Remise staan. Er was daar iets. Ik rekte mijn nek uit. De jukebox. Maeve en Sean bogen zich over de lijst met liedjes. Ik baande me een weg erheen; ik moest het zien. Sean duwde kwartjes door de gleuf. Maeve liet haar hand over de glazen voorkant glijden en drukte toen wat nummers in. De muziek had de hele avond een en hetzelfde liedje geleken: het gekrijs van glas op metaal.

Er was nauwelijks een dansvloer, net genoeg ruimte om te staan en liedjes uit te zoeken. Ze had een mooie, oude Motown-song gevonden, waarschijnlijk de enige in de jukebox. Sean sloeg zijn armen om haar heen, zijn vingers gespreid tegen haar ribben aan. Ze begonnen op de plaats heen en weer te wiegen, echt dansen kon je het niet noemen. Ik vond het moeilijk om naar ze te kijken. Dokter Paul niet. Hij kwam door de menigte naar me toe en ging naast me staan, zijn handen op zijn heupen, zijn blik op ze gericht. Hij verschoof zijn gewicht van zijn ene op zijn andere been. Ik wilde hem niet aankijken.

Maeve danste met haar ogen dicht en haar mond een stukje open. Voelde jaloezie net als walging? Is dat wat dit was? Ik kon dokter Pauls woede naast me voelen. Wij haatten elkaar. Allebei afdankertjes.

Toen het liedje was afgelopen, liet Maeve Sean los en ging dokter Paul naar haar toe. Het lukte Maeve de mannen elkaar een hand te laten geven, als de goedgemutste ooms van de bruid. Dokter Paul liep samen met haar in de richting van de deur. Ik ging ze achterna, over mijn schouder naar Sean kijkend. Ik was geen deskundige in dit soort zaken, maar ik meende wanhoop te bespeuren.

De lucht buiten voelde prettig, verfrissend aan. Het was kouder geworden; de aprilregen was in sneeuwdruppels veranderd – geen echte vlokken – die vochtig als regen op de grond belandden. Ik begon zachtjes te tellen: hoelang zou het duren tot we veilig in Zeezicht in bed lagen? Ik was bij negenendertig. *Veertig. Eenenveertig. Tweeënveertig.* Maeve neuriede zachtjes.

Dokter Paul had zijn auto aan de achterkant van de Remise geparkeerd, waardoor we hem niet hadden gezien toen we aankwamen, anders was hij ons wel opgevallen. Hij was lichtblauw, half zo groot en half zo vulgair als een Corvette, maar met eenzelfde soort motorkap. Maeve kende het merk van de auto en sprak hem goedkeurend hardop uit, maar het was te laat. Dokter Paul hield het portier aan de passagierskant open tot ik achterin was gaan zitten en Maeve voorin. Ze stak haar hand uit en deed het portier aan zijn kant van het slot. Toen hij zelf zat, zei hij geen woord, maar gebaarde dat ze haar gordel moest vastmaken. Er hing een zure lucht in de auto. Ik dacht dat hij misschien zweette, maar het kon ook het regenvocht van onze kleren zijn. Vanwaar ik zat, kon ik zijn kruin zien glinsteren.

De woede en teleurstelling waren aan elk gebaar van dokter Paul af te zien. Zijn vlezige hand bewoog de versnellingspook op een ritmische manier, die me naar Sean en Pats lompe truck deed verlangen. Maeve deed alsof er niets aan de hand was. Ze draaide het raampje naar beneden en stak haar hoofd naar buiten. De nachthemel zag er gelig uit door de sneeuw. Ze zoog grote hoeveelheden lucht naar binnen en liet de sneeuw in haar gezicht spatten. Dokter Paul liet de motor warm draaien. Ik keek hoe hij zijn hand van het stuurwiel naar de versnellingspook verplaatste en vroeg me af hoe vaak hij ze per dag waste. Zelfs onder zijn vingernagels was het spierwit. Hij zei dat Maeve het raampje dicht moest doen. Ik telde verder. *Zevenentachtig. Achtentachtig. Negenentachtig. Negentig.* Toen gingen we op weg.

Hij reed heel snel en de auto trok goed op. Hij liet de versnellingspook niet los en schakelde steeds naar de hoogst mogelijke versnelling. Het zou minder werk zijn geweest als hij in een lagere versnelling was blijven rijden; we waren in een buitenwijk en het sneeuwde tenslotte. Maar hij was voortdurend aan het schakelen en je kon wel zien dat hij het graag deed.

We parkeerden bij dezelfde nooduitgang als daarvoor. Toen Maeve het portier opendeed om uit te stappen, pakte dokter Paul haar beet. 'Wacht even,' zei hij. 'Ik wil met je praten.' En hij hield haar pols stevig vast.

Maeve leunde achterover, het portier half open. Er kwam natte sneeuw naar binnen. 'Zeg het maar,' zei ze.

'Alleen.'

Maeve zuchtte. 'Alice,' zei ze en ze klonk vermoeid, 'zou je Paul en mij even alleen willen laten?'

'Maeve...' zei ik.

'Het duurt maar even, denk ik. Ja toch, Paul?'

Hij staarde haar aan. 'Hoogstens twee minuten,' zei hij.

'Ik vind het niet zo'n goed idee,' zei ik. *Driehonderdzeventien. Driehonderdachttien.*

Maeve wrong zich los uit dokter Pauls greep en draaide zich om. 'Stap uit,' zei ze tegen me. 'Heel even maar.'

Ik schudde van nee.

'Hoe eerder je uitstapt, hoe vlugger we weer binnen zijn.'

'Het bevalt me niks.'

'Het vermogen je aan te passen aan een plotselinge verandering,' fluisterde ze.

Ik begon te huilen.

Ze trok haar rugleuning naar voren om me te laten uitstappen.

Ik vatte kou zodra ik buiten was. De sneeuw viel in natte klompen, alsof er twee en drie sneeuwvlokken tegelijk naar beneden kwamen. Dokter Paul stak zijn hand uit en trok het portier aan Maeves kant achter me dicht. Ik hoorde hoe hij het op slot deed. *Driehonderdtweeëndertig. Driehonderddrieëndertig.* Hij zette de auto in de eerste versnelling en racete weg. Ik hield op met tellen.

Het leek net een miniatuurautootje zoals hij zigzaggend over de parkeerplaats reed, een mooi hemelsblauw autootje dat achter de afvalcontainers langs ging, eerst langs die met Maeves lievelingskleur, de rode, toen langs de mijne, die een donkerder kleur blauw dan de auto had. Hij stopte achter de container die Sean in Maeves spelletje gekregen had. Dokter Paul had vast een andere gekozen als hij dat had geweten. Hij was kanariegeel, heel fel, dezelfde kleur als die Gwen in creatieve therapie voor haar haren gekozen had. De drie containers stonden schuin achter elkaar en de gele stond het verst weg. Die van Maeve was het dichtst bij, felrood en vol gevaar. Rood was voor besmettelijk afval, had Sean verteld.

Het leek of ze een halve kilometer ver weg waren.

Ik had in jaren niet hard gelopen en het voelde afschuwelijk. De botten in mijn benen bonsden tegen mijn huid aan, alsof ze niet tegelijk bewogen maar verschillende kanten uitgingen. Mijn spieren trilden, gelatineachtig, losjes. Hadden ze losgelaten van het bot? Mijn knieën en enkels kraakten. Ik moest halverwege stoppen om op adem te komen. De pijn in mijn zij was vreselijk; het leek of mijn maag in mijn keel zat. Ik liep en holde, liep en holde. Mijn tenen in mijn loafers deden pijn.

'Shit,' zei ik. 'Shit, shit, shit.'

Van dichtbij waren de afvalcontainers twee keer zo groot als ik. Monden van monsters uit een futuristische actiefilm. Toen ik bij Pauls blauwe autootje kwam, was ik door en door nat. Het uitlaatgas kwam in bolle witte wolkjes achter uit de auto; de ramen waren beslagen. Ik gaf over, iets wat ik in jaren niet had gedaan. Met cocktailkersen gezoet gemberbier en sinaasappelpulp. Alleen de smaak van stuivers bleef achter. Ik boog me voorover met mijn handen op mijn knieën en braakte nog meer op. Alleen nog gal, dat tussen mijn voeten op de grond belandde. Het spatte op mijn schoenen. Voor het eerst van mijn leven had ik graag heel groot willen zijn. Als een reuzin zo groot. Zo groot als een afvalcontainer, zo groot als drie Seans bovenop elkaar; ik wilde groot genoeg zijn om de auto op te tillen en over het parkeerterrein te smijten. Ik wilde op Paul kunnen gaan zitten om hem te verpletteren onder mijn gewicht. Ik wilde horen hoe zijn borst inzakte. Ik veegde mijn mond aan mijn mouw af en liep naar de auto. Ik kon niet naar binnen kijken. Met mijn vuist bonkte ik op het raampje aan Maeves kant tot mijn knokkels begonnen te bloeden. Toen holde ik naar de andere kant en bonkte daar tegen het raampje met de muis van mijn hand. Ik had nergens kracht in mijn lichaam. Hoe had ik dit kunnen laten gebeuren? Waarom had ik er nooit aan gedacht dat ik weleens sterk zou moeten zijn? Al was het maar voor iemand anders? Ik trok een schoen uit en terwijl ik op een voet bleef staan, sloeg ik ermee tegen Pauls raampje. Ik dacht binnen een geluid te horen. Ik deed mijn schoen over mijn soppende sok aan en trok mezelf omhoog op de motorkap, hoofd en bovenlichaam eerst, terwijl ik me met mijn rode handen aan de ruitewissers vasthield. De motorkap was te glad om op te staan en ik ging op de voorruit liggen, mijn gezicht tegen het glas. Misschien kon ik hem dwingen uit schaamte op te houden. Er klonk een luid, onmiskenbaar geluid vanuit de auto en ik dacht dat ik weer moest overgeven. Er ging een minuut voorbij. Toen ging het portier aan de passagierskant open en werden Maeves voeten en daarna haar benen naar buiten gestoken. Ze bukte zich om haar schoenen aan te trekken. Toen ze met trillende dijbenen was gaan staan, veegde ze haar knieën af. Ze sloot het portier zonder achterom te kijken. Ik klom van de motorkap.

Ze leek zich te verbazen over mij, de afvalcontainers, de koude lucht. Ze schrok van de sneeuwvlokken. Haar hele uiterlijk, maar vooral haar gezicht, leek gekrompen. Ze hield iets in haar hand waar ze verwonderd naar keek. Door de klonterige sneeuw kon ik niet zien wat het was. Ze stond te wankelen op haar schoenen. De auto reed achteruit. Dokter Paul had haast en racete weg.

Ik begon hardop te snikken. Maeve deed haar mond open en duwde haar vingers in haar keel. Ze hoefde zich niet eens te bukken. Ze kromde haar lichaam een beetje en de Tom Collinsen stroomden eruit. Heel even leek ze zelfs op een echte fontein; op het standbeeld uit *Pygmalion* dat weer in steen verandert. Maar toen zag ze er weer uit zoals ze werkelijk was: koud, nat, gesloopt. Ze braakte voor de tweede keer, toen voor de derde. Ik snikte het uit in de sneeuwregen.

Toen ze klaar was met overgeven, kwam Maeve naar me toe. Ik huilde zo hard dat ik bijna geen adem kon halen. Mijn hart klopte hevig, mijn slapen bonsden. Ze liet me zien wat ze in haar handen hield: twee symmetrische rijen met tanden en kiezen. Ze deed ze weer in haar mond en glimlachte. Haar prachtige gebit dat niet de aanslag van een bulimia-patiënte leek te hebben, was nep geweest. Ze maakte een kommetje van haar handen en hield dat voor mijn mond. Haar vingers roken naar braaksel, maar ik kwam op adem door de kleine, warme holte die ze met haar handen had gemaakt. Ze legde een arm om mijn middel en trok me mee naar het ziekenhuis.

# 36

Onze voetstappen galmden in de lege gang. Maeve zei dat we onze schoenen moesten uitdoen. 'Wat is er gebeurd?' Ik leunde tegen haar aan terwijl ik een schoen uittrok. 'Ik dacht dat je zei dat je hem wel aan kon.'
'Ze hebben ons toch nog niet gepakt, of wel?'
Ik snoof. Het voelde goed om tegen Maeve te snuiven. 'Je weet best dat ik dat niet bedoel.'
'Hij had gewoon wat meer in zijn mars dan ik had gedacht.'
'Je zei dat je wel ergere hebt gehad.' Ik vond het vreselijk dat ze het bij het verkeerde eind had gehad.
'Hij zei dat hij ons zou verklikken. Sean ook. Als ik niet meewerkte. Hij heeft onze dossiers, hij zou contact kunnen opnemen met Seans werk.'
'Dus jij, jij...' Ik begon weer te huilen.
'Jezus Christus, Alice. Ik heb het half voor jou gedaan en half voor mezelf.'
'Dat had je niet moeten doen. Je had het niet voor mij moeten doen. Ik heb nog liever dat we eruit getrapt worden.'
'Je wordt bedankt. Dat je dat nu zegt. Nú,' zei ze woedend.
'Achteraf. Je kon nergens anders over praten in de Remise. Dat we er niet uitgetrapt moesten worden. Nou, nu ben je *thuis*.'
Maeve stopte mijn loafers en haar pumps onder een arm. Het leek wel of ik niet meer kon ophouden met huilen. Ze loodste me naar de douches op de benedenverdieping, die bij de sportzaal. Ze zei dat we vast niet zouden worden betrapt omdat er niemand op de benedenverdieping sliep, er geen verpleegsters waren. Een van de sleutels paste op de deur naar de vier met elkaar verbonden sportzalen. Ze zette me op de bank vlakbij

de douches in de kleedkamer en trok haar jurk met enige moeite uit over haar hoofd. Ze had er niets onder aan. Op haar tenen liep ze naakt, armen voor haar borst om zich warm te houden, naar de douches om ze aan te zetten. Ze regelde de temperatuur. Toen ze mij kwam halen, huilde ik nog steeds.

'Zo is het wel genoeg,' zei ze.
Ik snufte. 'Alles doet pijn.'
'Hoe komt dat?'
'Van het rennen.'
'Heb jij gerend?'
Ik knikte. 'Naar de auto. Maar ik kon je niet redden.'
Ze glimlachte. 'Dat had ik ook niet van je verwacht.'
'Ik wel.'
'O, Alice.'

Ze kleedde me uit. Onze kleren lagen op een kletsnatte stapel. Ik hoorde de douche sissen. Er kleefde stoom aan de tegelmuren. Maeve pakte mijn hand en trok me mee.

Het water was in het begin hard en prikte. Het stak in mijn huid en ik huiverde. Maeve verstelde de douchekoppen zodanig dat het water in zachte dikke druppels viel die geen pijn deden. Ze liep steeds heen en weer tussen de stralen van de twee douchekoppen.

'Ik wou dat we een echte sauna hadden,' zei ze.

Ik stond slapjes onder de eerste straal, zonder te huilen, naar haar te luisteren en te kijken. Er kringelde stoom naar het plafond.

'Die hadden we na vanavond wel verdiend.'

Ik had haar nooit helemaal naakt gezien, alleen de stukken die ze me had willen laten zien. Ze woog ruim twintig kilo meer dan ik – bijna de helft van wat ik woog. Ze had lange benen en een lang, mollig middel. Over haar buik lagen op rimpels lijkende strepen. Toen ze zich bukte om de zeep te pakken, veranderden de strepen in rollen vet. Ik telde er drie. Ze verdwenen als ze ging staan.

'Zeep?' En ze bood me het stuk aan.

Ik schudde van nee. Ik had geen puf me schoon te maken.

'Kom hier,' zei ze terwijl ze naar me toekwam. Alles trilde: borsten, buik, dijen. Ik kon de koorden van haar buikspieren zien.

Ze was niet wat ik verwacht had. Ze was niet onberispelijk. Ze duwde mijn hoofd onder de waterstraal, waardoor elk ander geluid werd buitengesloten. Ik rustte uit. Ze zeepte me in: oksels, achterste, tussen mijn benen. Alle stinkende delen. Het zeepsop spoelde weg zodra ze het had aanbracht.

Toen ik onder de straal uitstapte, wees ze naar mijn schaamhaar. 'Knip jij het nooit?' Ik keek naar beneden. Zwarte haartjes krulden tegen mijn dijbeen. Maeves haar was in een platte, keurige driehoek geknipt. Ik kon twee roze lippen zien. Mijn haar was wollig vergeleken met het hare. Het was nooit bij me opgekomen om het kort te knippen en ik voelde een hittegolf over mijn huid stromen.

'Nog even en je kunt net zo'n vlecht maken als Gwen.'

Maeve hield zich vast aan de achterkant van mijn dijbenen toen ze op haar hurken ging zitten om mijn benen in te zepen. Ze wreef kringetjes rond mijn knieën. Ze tilde beide voeten op en waste tussen mijn tenen. Ze masseerde de voetzolen met de knokkels van haar gebalde vuist.

Toen ze klaar was, ging ze op haar tenen onder een van de waterstralen staan. Terwijl ze zich zo lang mogelijk uitrekte, hield ze haar mond onder het water en ving de harde doucheregen op. Ze spoelde haar mond en spoog drie keer.

We hadden geen handdoeken. We gingen naar de houder met papieren handdoeken en trokken aan de hendel. We rilden en maakten plasjes op de vloer, maar we waren niet zo koud meer als daarvoor. Maeve duwde op de knop van handdroger. Mijn middenrif werd verwarmd terwijl zij haar haren droogde. De papieren handdoeken raakten doorweekt en vielen in onze handen uit elkaar. Keer op keer haalden we de hendel over.

Ik begon me beter te voelen, minder wanhopig, behoorlijk opgeknapt, en ik zei: 'Je weet toch dat we die natte kleren weer moeten aantrekken om naar boven te gaan.'

'Shit,' zei Maeve.

We keken naar de stapel.

'Misschien kunnen we ze droog föhnen,' zei ze.

'Ik ben bang dat je jurk smelt door de hitte,' zei ik.

'Krijg de klere,' zei ze lachend en we lachten allebei: voor het eerst sinds we uit de Remise weg waren. Het deed pijn aan mijn ribben maar voelde ook goed, als plassen nadat je het lange tijd hebt opgehouden.

'Dat deden we vroeger in de zwemploeg,' zei ik.

'Wat?'

'Met de handdroger ons lichaam droog föhnen.'

Ze keek naar haar droge buik. 'Dus jij kunt goed zwemmen?'

'Vrij goed.'

'Kun je een salto maken?'

'Jawel.'

'Dat kon ik vroeger nooit.'

'Het is ook moeilijk.'

'Laat maar eens zien.' Ze gooide een klont kletsnatte papieren handdoeken in de prullenbak en deed een stap achteruit. 'We gaan zwemmen.'

Op dat moment had ik voet bij stuk moeten houden. Ik had moeten zeggen: Laat nou maar, we moeten het niet nog erger maken. Je zou toch denken dat ik, na de avond die we hadden doorgemaakt, niet weer met haar mee zou gaan. Maar dat deed ik wel. Het kostte te veel moeite me tegen Maeve te verzetten. En ze was zo aardig geweest onder de douche. Ze had alle delen van mijn huid aangeraakt. Ik liep door de kleedkamer achter haar aan naar het zwembad. Aan de andere kant van de plexiglazen muur lag het vierkante zwarte meer, het oppervlak volkomen stil.

'Kijk eens hoe glad het is,' fluisterde ik. 'Ze zetten zeker de filters 's nachts af.'

Ze duwde de deur open. Het was warm in het zwembad, de lucht was vermengd met een mengsel van chloor en schimmel. Maeve zocht de muren af op zoek naar een schakelaar. Haar handen tastten over de tegels. Ze vond drie schakelaars en probeerde ze allemaal uit, om er toen maar één aan te laten: een spot aan het plafond die midden op het water viel. De hoeken en zijkanten bleven donker.

'Geen geweldige verlichting om een salto te demonstreren,' zei ik.

Ze ging op de rand van het zwembad zitten en liet zich zakken. Ze zakte op haar hurken tot het water tot boven haar bor-

sten kwam. Ik vroeg me af of je kon voelen dat je adrenalineklieren werkten. 'Kom erin,' zei ze. 'Het is warm.'
Ik wilde duiken. Het water was ondiep, hoogstens anderhalve meter. Een duik met een aanloop dan, vlak aan de oppervlakte. Ik wilde Maeve iets laten zien van wat ik kon.
Ik schoot vooruit, over het water, mijn lichaam zo plat als een aal. Op het laatste moment kromde ik me een beetje en dook met mijn vingers vooruit het zwartgroene water in. Het maakte weinig geluid en spetterde minder.
Maeve glimlachte toen ik bovenkwam. 'Bravo!'
Het water was donkergroen in het midden van het bad, waar het licht op scheen, en werd troebel en daarna zwart naar de randen toe. Ik zwom twee baantjes onder water. Maeves benen draaiden mijn richting uit als ik langskwam. Ik had nooit eerder naakt gezwommen en het voelde alsof ik een laagje huid kwijtraakte. Ik zag mijn schaamhaar opbollen en heen en weer zweven. 'Vroeger kon ik langer onder blijven,' zei ik toen ik bovenkwam. 'Aan het strand bleven Syd en ik zo lang onder dat pa en Alex het water in kwamen hollen.'
'Zwommen jij en je moeder veel samen?' vroeg Maeve.
Ik knikte en bedacht dat ik bijna niets van Maeve wist. Ik vroeg me af hoe het haar was gelukt zo lang in het midden van de belangstelling te staan terwijl ze zo weinig over zichzelf vertelde. 'En jouw moeder?' vroeg ik.
'Mijn moeder?'
'Ja, hoe is die?'
'Ze kan niet zwemmen, dat is zeker.'
'Wat dan wel? Wat doet ze?'
'Doen? Ze doet helemaal niks. Ze is gewoon moeder.'
Ik wist niet wat dat betekende. Ik kon me Maeves moeder niet voorstellen als het huishoudelijke type. 'Werkt ze dan niet?'
'Ze werkt wel.' Maeve maakte een gebaar alsof ze het onderwerp wilde afsluiten. 'Kom op, laat me die salto's eens zien.'
Ik maakte een paar salto's en toen wat gemakkelijker bewegingen die Syd me geleerd had, zoals de Eiffeltoren, de Mossel, een Vliegende Kameel, eindigend met een Zeemansdraai. Maeve was tevreden. Ik leerde haar hoe ze een eenvoudige kick

turn moest maken en deed toen voor hoe je salto's onder water maakt. Ze was paniekerig en stak steeds een been uit om de bodem te voelen. Het was moeilijk om iemand salto's te leren maken in ondiep water.

Maeve slikte wat water in en kwam hoestend boven. 'Laten we even uitrusten,' zei ik en keek hoe ze op adem kwam. Haar borsten gingen op en neer, de tepels bleven net onder water. Haar dikke haar was om haar hals gedraaid. Ze trok het achter haar oren en maakte er een grote streng van. Ik zag dat ze weer rustig geworden was. Ze dook onder water en zwom naar me toe. Ze leek steviger op de bodem van het zwembad, minder wiebelig. Ze pakte mijn enkels en trok zich tussen mijn benen door.

Toen ze weer bovenkwam, flapte ik eruit: 'Heb jij broers en zussen?'

Maeve veegde het haar uit haar gezicht. 'Wat heb jij opeens, Alice?'

'Nou ik... ik weet zo weinig van je. Dat is niet eerlijk.'

'Niet eerlijk voor wie?'

'Voor ons allebei.'

Hier dacht ze over na. 'Wil je soms weten of ik door mijn moeder in de steek gelaten ben of dat mijn vader me heeft misbruikt of dat ik geslagen ben door mijn broers? Wil je weten hoe ik zo geworden ben?'

'Ik wil gewoon meer over je weten. Jij weet dingen van mij.'

'Wat me niet bevalt aan die therapie-onzin is het idee dat als je het maar hardop zegt, de afschuwelijke dingen in je leven minder afschuwelijk worden. Dat al dat idiote opbiechten oplucht. En dat als je bijvoorbeeld weet dat mijn vader mijn moeder heeft verlaten toen ik tweeëneenhalf was en nog jarenlang met alle vrouwen neukte die hij bij ons in de stad krijgen kon, en mijn oudere broers hem een keer in een kast hebben opgesloten om te zorgen dat hij mij niet pakte en hij hun arm brak toen hij eruit kwam, je ten eerste begrijpt waarom ik doe wat ik doe en me ten tweede kunt uitleggen waarom. Alsof ik dat zelf niet kan.'

'Is dat waar?'

'Godskolere, Alice. Laten we nou maar gaan zwemmen.'

Ik dook onder en begon precies zo te zwemmen als zij had gedaan, heen en weer tussen haar benen. De informatie die ze me had gegeven raasde door mijn hoofd. Ik probeerde me haar ouders voor te stellen. Op de bodem van het bad zwom ik een acht, kronkelend rond haar benen. Toen ik halverwege de tweede keer was, schopte Maeve me. Ik keek omhoog. Haar gezicht trilde, vervormd door het water, maar was duidelijk veranderd. Er was iets aan de hand. Het zwembad werd plotseling fel verlicht en ik kwam boven. Alle lichten waren aan. De nachtzuster was er.

Ik had geen tijd me te schamen. We waren naakt aan het zwemmen. Ik dook tussen Maeves benen door. De nachtzuster was zakelijk, niet boos en gaf ons ieder twee handdoeken. Ze maakte niemand wakker toen ze ons naar onze kamers bracht. Ze zei dat we 's ochtends naar de meditatie moesten gaan, waarna we werden verwacht door onze behandelteams, die ons iets te vertellen hadden.

Toen ze ons ieder naar onze eigen kamer had gebracht, klopte Maeve op mijn deur.

Ik durfde niet goed open te doen, maar haar ook niet buiten te laten staan. Ik zei door het kiertje: 'Hou nou op. Ze vermoorden ons nog. Nadat ze ons eruit getrapt hebben, wurgen ze ons.'

Ze duwde de deur open en kwam binnen. 'Ik kan vannacht niet alleen slapen.' En ging in mijn eenpersoonsbed liggen. Waarna we in slaap vielen.

# 37

IK SCHROK WAKKER. Het was donker en ik wist niet of het nog uren of minuten zou duren voordat het licht werd. Maeve was diep in slaap en lag op haar buik, een arm buiten het bed met de knokkels op de vloer. Haar mond hing open en ik zag hoe zich een ketting van speekselkralen in haar mondhoek vormde. Het was snikheet. Ik trapte de dekens van mijn voeten en knoopte het jasje van mijn pyjama los. Mijn huid was klam van het zweet. Ik kon me niet meer herinneren wat ik gedroomd had.

Maeve droeg een T-shirt en slipje, dat maar net de bollen van haar kont bedekte. Ik stak mijn hand uit en raakte de huid vol sproeten aan. Dat was het woord dat ik sinds ik Maeve kende in gedachten gebruikte: *kont*. Vroeger zou ik *zitvlak*, *achterste* of *billen* hebben gezegd. Ze had stevig en soepel vlees alsof ze met water gevuld was. Ik legde mijn gekromde hand op de ronding en sprak het woord hardop uit: 'Kont,' omdat de klank me beviel. Maeve begon wakker te worden en ik herinnerde me mijn droom weer. Ik had iemand achterna gezeten.

Ik verschoof mijn hand naar haar slipje – een piepklein broekje van een string-bikini – en trok de stof omhoog tot het in de gleuf zat. Er waren dingen die ik van seks wist. Door die keer met Ronald. Door films. Door boeken die ik had gelezen. Maar ik dacht dat het nu anders zou zijn: twee vrouwen. Ik vroeg me af of er speciale lesbische handelingen bestonden. En zo ja, hoe kwam ik daar dan achter? En als ik erachter was gekomen, als ik ze wist, wat betekende dat dan? Ik fluisterde het woord lesbienne in Maeves ontwakende oor.

Ze draaide zich niet om, maar zei: 'Vertel je me dat, of vraag je het aan me?'

'Ik weet het niet.'
'Dan hoeven we ons er ook niet druk over te maken.'
'Ik maak me niet druk. Waarom zou ik?'
Ik bewoog mijn hand over haar achterste en trok het slipje opzij. Ik vond haar opening; ze was nat. Mijn vingers gleden heen en weer over de koele dikke lippen. Ze werd nog natter. Ik ging naar binnen en klom omhoog over de helling binnenin. Ik voelde de druk en het genot van haar weerstand en dacht: Dit is wat ik wil. Maeve kromde zich zo gespannen als een boog, terwijl ze zachtjes haar kont bewoog. Ik duwde harder naar binnen. Toen nog harder. De wanden waren dik en gespierd. Ze ging open; elke keer was er meer ruimte, als kamers die in elkaar lopen en waarvan de een na de ander opengaat. Ik kon het niet hard genoeg doen. Ik dacht: Dit heet van achteren binnendringen. Als het had gekund, zou ik mezelf helemaal naar binnen hebben geduwd. Toen ze klaarkwam, vouwde ze dubbel en haar hele lichaam trilde. Ik vroeg me af of het goed genoeg was geweest. Ik wilde meer dan wat ook dat het goed genoeg was geweest. Ik ging tegen haar aanliggen, mijn wang tegen haar sterke schouderbladen, mijn knieën in haar knieholten geduwd. Voordat ik in slaap viel dacht ik: Het vreemdste van seks is hoeveel je toch nog weet als je helemaal van niets weet.

Toen ik wakker werd lag ze bovenop me en had haar t-shirt en slipje uitgetrokken. Haar borsten waren veel te groot en slap om tijdschriftborsten te zijn. Ze trok mijn pyjamabroek naar beneden en ging zitten, haar vochtige geslacht open – ik kon het ruiken, dezelfde zachte geur hing aan mijn vingers – en drukte het tegen het mijne. Haar mollige buik glinsterde. Ze wreef tegen me aan – trok daardoor aan schaamhaartjes – gleed over de richel – ze was weer nat, of was ze het nog? – en terwijl ze zich boven mijn heupbeen manoeuvreerde – als een hond die zich in de modder wentelt – liet ze zich zakken, haar mond open, haar lippen gekruld in dezelfde lelijke grijns als toen ze me had gekust. De knobbels van mijn heupbeenderen staken uit als ouderwetse bedstijlen waar de dunne huid overheen gespannen was.

Ze liet zich voorover vallen en streek met haar zware borsten over mijn maag. Ze drukte een tepel in mijn navel, wat een schok in mijn hele lichaam gaf. Ze bracht haar borsten naar mijn gezicht en liet ze daar, bewoog zich niet meer. Ik werd zo stijf als een plank, terwijl mijn tenen naar het voeteneinde van het bed wezen, mijn nek gekromd, mijn kin naar het plafond. Ik wilde dat ze alles en niets deed. Ik had nooit eerder begeerte gevoeld en plotseling was het er, zo enorm, zo dwingend, zo spectaculair vitaal en intact, dat ik het wilde vasthouden en er alleen maar naar kijken. Maar dat liet Maeve niet toe. Ze trok haar tepels langzaam over mijn lippen en jukbeenderen, naar mijn oogkassen. Ik deed mijn mond zo wijd mogelijk open, maar ze bleef bewegen en liet ze me niet proeven, liet ze me niet aanraken, maar toonde alleen tergend langzaam tepels en borsten tot ik mijn hoofd met uitgestoken tong van het kussen tilde. Ze legde een hand stevig tegen mijn voorhoofd, duwde me naar beneden en hield me daar vast. Ze sloeg me in mijn gezicht met haar borsten. Ik duwde mijn hoofd ingespannen in hun richting tot ze me uiteindelijk toestond eraan te zuigen. En nog eens. En nog eens.

Later, toen ze in me was, dacht ik: Ik laat haar nooit meer gaan.

's Ochtends trof Gert ons samen in bed aan. Ze was totaal overstuur. Ze kuchte achter haar hand en terwijl we onze kleren aantrokken, zei ze zonder ons aan te kijken: 'Er is erg slecht nieuws.'

# 38

WE DACHTEN DAT het slechte nieuws over ons zou gaan. Maar met geen mogelijkheid, ontdekten we, zouden ze ons, wilden ze ons eruit trappen, onder geen enkele andere voorwaarde, schijnbaar, dan betalingsachterstand; er zouden nog veel meer besprekingen met het behandelteam volgen, meer gesprekken, meer groeps- en gezinstherapie. Ze zouden ons niet opgeven, zei Gert.

Het slechte nieuws was dat Gwen dood was. Ze was gestorven op de avond dat wij in de Remise waren. Terwijl Maeve aan het biljarten was. Terwijl ik Shirley Temples zat te drinken. Wat gestold bloed, een klein klontje cellen, had zich als bij melk die zuur wordt losgemaakt van tongrood weefsel en was naar boven gedreven terwijl Gwen sliep, was naar haar longen gereisd. Ze hadden gelogen over de breuk: het bot was niet normaal gebroken, maar ineengestort – Gwens heupbeen was onder haar ingezakt, als fijngestampt glas.

Maeve liep de gang door in haar te kleine T-shirt en slipje, kleedde zich aan in haar kamer, kwam terug om me een zoen op mijn mond te geven en vertrok uit het ziekenhuis. Ze liet haar blauwgroene koffers achter, al haar kleren, waaronder de jurk van kunststof en de schoenen met hoge hakken, haar indrukwekkende verzameling handtassen, twee sloffen sigaretten, en mij.

Die dag stopte ik met eten.

# DEEL VI

# 39

NA TWEE WEKEN brachten ze me terug naar de verpleegafdeling. Ik was steeds magerder geworden en ze waren bang dat ik weer een hartaanval kreeg. Ik kon ze praktisch het woord *levensgevaar* horen fluisteren. Ik werd op de special care-afdeling geplaatst: halverwege intensive care en de hartafdeling. Er stonden een heleboel instrumenten in mijn kamer. Ze waren op het ergste voorbereid, al was ik niet aan vaste machines verbonden, maar alleen aan een draagbare hartmonitor en het gewone infuus. De hartmonitor moest ik altijd bij me hebben. Hij was licht, zo groot als een bandrecorder, had een riem als bij een handtas en hing losjes onder mijn arm tegen mijn borstkas aan. Ik kon er overal in het ziekenhuis mee rondlopen, zeiden ze. Maar daar had ik geen zin in. Een verpleegster liet me tweemaal per dag opstaan om wat rond te lopen. De lichamelijke zwakte door niet te eten werd steeds groter. Ze waren bang voor longontsteking. Al die tijd had ik in bed gelegen. Ze lieten me aan een met de hand bediende plastic inhalator zuigen, om te zorgen dat mijn longen zich uitzetten. En ik kreeg TIV – totale intraveneuze voeding – troebel uitziend spul met suiker, vitaminen, elektrolyten en zout. De TIV bestond uit twee zakken, waarvan de ene tweemaal zo groot als van een gewoon infuus, een doorzichtige uier die zwaar boven mijn hoofd hing; de andere was een kleine zak met gifgele vetemulsies, die beurtelings met de eerste druppelde. Ik had het de vorige keer ook gehad. Gwen had het gehad. Syd had de naam mooi gevonden omdat hij gedegen klonk. Ze deden nu anders tegen me: of ik echt gek was. Ik kreeg een psychiater in plaats van een therapeut. Hij schreef recepten uit.

Louise kwam drie dagen na mijn overplaatsing op bezoek. Ze hadden spijt dat ze haar niet bij Gwen op bezoek hadden laten gaan. Ze stond onrustig bij het voeteneinde van mijn bed, niet wetend of ze moest gaan zitten of blijven staan. Mijn kamer was groter dan die op de psychiatrische afdeling, en de muur boven mijn hoofd een en al afschrikwekkende machines. Naast mijn bed stond een vierkante, imitatie-grenehouten stoel met gecapitonneerde zitting en platte armleuningen; aan de andere kant een ladenkastje met plastic toiletspullen erin. Uiteindelijk ging Louise op de rand van mijn bed zitten, door er elegant haar vermagerde maar nog steeds omvangrijke heup op te leggen. Ze zag eruit als een vrouw die een pak melk was gaan halen om toen ze terugkwam te ontdekken dat haar huis tot de grond toe was afgebrand.

'Ga alsjeblieft weer eten,' zei ze.

Ik haalde mijn schouders op.

Haar gewichtsverlies was steeds duidelijker te zien. Ze had minder onderkinnen en je kon haar gezicht gemakkelijker vinden. Nog een kilootje of twintig en ze zou een gewone, onopvallende dikke vrouw zijn.

'Amy is naar huis gestuurd,' vertelde ze.

'Echt waar?'

'Ze was wat aangekomen. Ik snap niet waarom wij dat niet hebben gezien.'

'Ik geloof er niks van.'

'Haar agent kwam haar ophalen in een Lincoln Towncar.'

'Dus ze heeft echt een agent?'

'Kennelijk.'

'Hoe komt het toch, Louise, dat de gekste mensen in feite heel gezond zijn, terwijl de gezondste mensen in feite knettergek zijn?'

'Is jou dat ook opgevallen?'

'Dus wat zijn wij dan?'

'Ik voel me zo eenzaam,' flapte ze eruit.

Ik wilde zeggen dat het me speet van Gwen. Ik wilde haar troosten. Maar ik had zelf verdriet. Ik kon alleen nog uitbrengen: 'Jullie waren ook erg bevriend.'

'Ik heb nooit eerder een vriendin gehad.' Ze zweeg even.

'Wist je dat ze haar haren uittrok?'
'Wat?'
Louise knikte. 'Ze ontdekten het toen ze aan haar heup geopereerd werd. Trichotillomanie heet dat.'
'Wie hebben dat ontdekt?'
'De zusters toen ze haar vlecht losmaakten. Haar schedel was helemaal opengekrabd. Hij zat onder de rauwe plekken.'
'Tricho-wat?'
'Trichotillomanie. Uittrekken van hoofdhaar. Niet te verwarren met trichofagie... het opeten van hoofdhaar. Allebei dwangmatig gedrag. Vooral vrouwen hebben er last van.'
'Vind je het gek.'
'Daarom droeg ze haar haar altijd in een vlecht. Om de kale plekken te verbergen.'
'Kale plekken?'
'Ze had kale plekken.'
'O.' Ik keek Louise gespannen aan. Ze zat uit het raam te kijken en ik vroeg: 'Wist jij ervan?'
'De therapeuten hebben het ons in de groep verteld. Ze wilden dat iedereen het wist zodat het niet nog eens onontdekt blijft.'
'Maar jij wist het al,' zei ik.
'Ja. Gwen heeft het me op mijn eerste dag verteld. Dat was niet de bedoeling. Ze flapte het eruit. Daarom zijn we ook vriendinnen geworden. We wisten de allerergste dingen van elkaar.'
Lange tijd zaten Louise en ik zwijgend bij elkaar. Ik moest steeds denken aan Gwens gladde, fijne haar. Ik dacht aan hoe Maeve in Brigham's had geprobeerd er de hoofdband omheen te doen die ik had gestolen. Ik vroeg me af wat Maeve zou vinden van een ziekte waarbij je je haren uittrok. Ze zou er vast een gevatte opmerking over hebben gemaakt. Ik keek naar Louise en kon zien hoe het verdriet op haar drukte als een extra gewicht.
'Ik had een hekel aan je,' zei ik. Het kwam er heel kalm uit, niet eens gemeen.
'Dat weet ik.'
'Jij vond mij ook niet leuk.'

'Nee, tot het winkelcentrum niet. Dat was aardig van je, die cadeautjes.'

'Daar wilde ik alleen maar mijn gevoelens voor Maeve mee verbergen.' En ik keek naar Louises gezicht. Ik wilde niet edeler lijken dan ik was geweest en zei: 'Het was camouflage. Ik was eerst niet van plan jou of Gwen iets te geven.'

'Dat weet ik. Dat wisten we allemáál, Alice. Toch was het aardig van je. Je had het ook anders kunnen doen. Je had Maeve apart iets kunnen geven. Maar dat heb je niet gedaan.'

'Wist iedereen het?'

'Ja.'

'Maeve ook?'

'Maeve weet altijd wie haar aardig vindt.'

'Hoe komt het toch dat jij zoveel over Maeve weet?'

Louise haalde haar schouders op. 'Dikke mensen hebben veel tijd om na te denken.'

'Dit gaat veel verder.'

Weer haalde ze haar schouders op. 'Sommige mensen omringen zich met magere vriendinnen, of met knappe. Dan voelen ze zich beter over zichzelf. Andere voelen zich er juist slechter door.' Ze staarde naar haar handen die in haar schoot lagen. 'Ik had niet zoveel mensen die bevriend met mij wilden zijn. En nu zijn ze er allebei niet meer.' Ze keek me aan. 'Jij bent nu nog de enige die ik aardig vind.'

'Weet je iets van Maeves familie?' vroeg ik.

'Niet veel.'

'Ze heeft me een keer verteld dat haar vader met andere vrouwen ging en dat hij een arm van een van haar broers heeft gebroken. Is dat waar?'

'Mij heeft ze verteld dat ze enig kind was. Dat ze haar vader nooit heeft gekend.'

Het was vernederend als er tegen je was gelogen. 'Waarom denk je dat ze zoveel liegt?'

'Ik denk dat ze niet meer weet hoe het anders moet.'

'Ik mis haar,' zei ik.

'Ik weet wat je bedoelt,' zei Louise. 'Ik mis Gwen.'

# 40

ER KWAMEN TWEE verpleegsters met een machine om me in bed te wegen: een reusachtige hangmat aan een metalen hijskraan. Ze reden hem naast mijn bed, rolden me op mijn zij, streken het canvas plat en rolden me toen terug. Ze draaiden aan een hendel en ik werd van het bed getild, nog geen twee centimeter, maar dat was voldoende. Ik vroeg me af waarom ze me niet op een gewone weegschaal hadden gezet – ik kon nog steeds uit bed komen en ze haalden me daar maar wat graag uit – toen Zuster kwam. Ik vroeg het aan haar. Ze zei dat de psychiater niet wilde dat ik wist hoeveel ik woog.

Later die middag begon ik na te denken over Maeve en of ik haar ooit nog terug zou zien en toen begon ik te hyperventileren. Mijn hele borstkas kneep samen en ik dacht: Dat krijg je ervan, een hartaanval, alleen begon de hartmonitor niet te piepen, zelfs niet nadat ik erop bonkte, dus in plaats van dat ik het liet begaan, zonder me te verzetten zoals ik van plan geweest was, drukte ik op de alarmknop voor de verpleging. Ik was doodsbang. Er kwam razendsnel een verpleger die direct zag wat er aan de hand was en zijn bleke, harige armen om me heensloeg. Er stonden bosjes zwarte haren tussen de knokkels op de handen die hij in een kommetje voor mijn mond hield. Ik vroeg me af of het wel vaker voorkwam dat mensen die een eind aan hun leven wilden maken, zich doodschrokken.

De verpleger was na afloop erg aardig en deed of hem ook weleens zoiets overkomen was, of mijn angst geen gebrek aan zelfvertrouwen, geen bewijs van wilszwakte was geweest. Hij bleef een paar minuten met me zitten praten (de verpleging van de afdeling special care ging anders nooit zitten) en hij was zo vriendelijk en geruststellend, dat ik niet zou hebben gedacht dat hij een verklikker was als mijn cardioloog, dokter Anderson, nog diezelfde middag niet onverwachts was langsgekomen; hij had zijn ochtendvisite al afgelegd.

'Ik zou jokken als ik niet toegaf dat ik me grote zorgen om je maak.' Dokter Anderson was even oud als mijn vader, maar kleiner en terughoudender, en had een uitstekende adamsappel op een lange, rimpelloze keel. Toen hij kuchte, danste de adamsappel woest op en neer. 'Er zijn complicaties met de TIV. We willen er zo snel mogelijk mee ophouden.'

'Wat voor complicaties?'

'Je lichaam kan al die glucose niet verwerken. Er zit veel te veel suiker in je bloed. Vandaag hebben we het in je urine gevonden.'

De adamsappel vormde een visuele begeleiding; aan het begin van een zin ging hij omhoog, in het midden naar beneden en aan het eind weer omhoog, iets hoger dan in het begin.

'We gaan je insuline geven, om je alvleesklier op gang te helpen. Om de zes uur wordt je bloed getest, en afhankelijk van je bloedsuikerspiegel krijg je dan een insuline-injectie.'

'En dat na al die jaren dat ik niet heb gesnoept.'

'We kunnen je niet eeuwig TIV geven. Je zult zelf moeten... nou ja... gaan eten.' Hij kuchte en zijn keel bewoog weer. 'Mag ik je iets vragen... het hoort wel niet, maar ik vraag het me gewoon af... ik ben tenslotte geen psychiater... ik heb al zoveel anorexia-patiënten behandeld, maar zelfs na al die jaren... wat ik graag zou willen weten is... waarom eet je eigenlijk niet?'

'Ik kan het niet.'

'Dat is geen antwoord.'

'Ja, toch wel. Ik heb geen trek meer.'

'Hoe zou je die terug kunnen krijgen?'

'Ik weet het niet, het is niet hetzelfde als je stem verliezen... dan kun je gewoon thee met honing drinken en wachten tot hij terugkomt. Dit is meer... een soort lichamelijk geheugenverlies. Dat is het, ja. Ik kan me niet eens meer herinneren hoe het voelt om honger te hebben. Het is alsof ik nooit honger heb gehad.'

'Neem me niet kwalijk,' zei hij, 'maar dat is klinkklare onzin.'

# 41

SYD KWAM LANGS — ze hielden haar nu niet meer bij me weg — en ze had haar breiwerk meegebracht. Ik had haar nooit eerder zien breien. Ze ging op de stoel naast mijn bed zitten en hield de pennen stijfjes vast. Haar lippen bewogen toen ze de steken van de laatste toer telde. Ze had wallen onder haar ogen.
'Ik hoor dat ze een herdenkingsdienst gaan houden voor dat meisje dat is gestorven.'
'Voor Gwen?'
'De familie heeft natuurlijk al een dienst gehouden. Maar ze willen hier ook iets doen. Voor jullie. En voor het personeel. Kennelijk heeft het personeel het heel erg gevonden.'
'Dat zal best.'
'Ik meen het.'
'Ik ook.'
'Hoe was ze eigenlijk?'
'Onopvallend. Oprecht.'
'Ik hoorde iemand zeggen dat ze best knap was.'
'Niet echt knap. Ze zag er een beetje ouderwets uit. Hoe zeg je dat ook weer?'
'Wil jij naar die herdenkingsdienst?'
'Liever niet.'
'Waarom niet?'
'Aristocratisch, dat is het woord. Niet zozeer knap.'
'Ik kan met je meegaan. Het is in de kapel beneden. Als je wilt, tenminste.'
'Syd, mag ik je iets vragen?'
'Natuurlijk.'
'Jij lijkt er helemaal niet zo van overstuur. Ik bedoel, dat ben

je natuurlijk wel, want je hebt gehuild. Maar ik had wat meer... drama verwacht. Een sluier of zo.'

'Je vader zei dat het míj niet overkwam maar jóu en dat ik me daarnaar moet gedragen.'

'Wat psychologisch van pa. Dus je hebt hem gesproken?'

'Ik had hem liever niet opgebeld, maar het moest wel. Hij is weer eens een weekend weg, alleen dit keer voor een week. Naar Spanje. Ze willen in Hemingway's voetspoor treden. Maar hij komt eerder terug.'

'Had hem nou maar niet gebeld.'

'En je psychiater is het met je vader eens.'

'Een totale idioot.'

'Hoezo?'

'Hij laat me elke dag door de verpleegsters wegen zonder dat ze mogen zeggen hoeveel ik weeg. Alsof ik veel te blij zou zijn met mijn gewicht.'

'Daar zal ik dan wel eens even voor zorgen.' Syd ging staan en legde haar breiwerk op de stoel. 'Wat belachelijk dat jij dat niet mag weten.' Ze struinde de kamer uit, haar schouders naar achteren getrokken, niet in staat zich dit moment van triomf te laten ontgaan. Ik sloot mijn ogen, ik was moe.

Toen ze terugkwam had ze een ziekenbroeder bij zich die een zware ziekenhuisweegschaal met zich meesleepte. Ze zei dat hij die naast mijn bed moest neerzetten.

'Syd...'

'Ik heb het aan de verpleegsters gevraagd. Ze zeiden dat je best zelf uit bed kunt komen.'

'Laat nou maar.'

'Sta op.'

'Ik schaam me.'

'Voor wie? We zijn hier alleen. Ik probeer je te redden van de afschuwelijke mogelijkheid nooit te weten te komen hoeveel je gekrompen bent.'

'Syd...'

'Het is net zoiets als een wedstrijd winnen zonder dat je de prijs krijgt.'

'Zo is het wel genoeg.'

*'Sta op, zei ik!'*

Ik duwde de dekens weg. Waarom vonden mensen altijd dat ze je een lesje moesten leren? Ik droeg twee ziekenhuishemden over elkaar, een met de voorkant naar achteren en een met de achterkant naar voren, zodat mijn achterste was bedekt. Mijn knieën leken net gebalde vuisten. De nagels van mijn tenen waren uitgegroeid. Ik ging op de weegschaal staan en voelde de schok van het metaal. Mijn benen waren bedekt met een nieuwe laag zwart haar. Syd speelde met de gewichten: negenendertigeneenhalve kilo. Minder dan ik had gedacht.

'Nou zeg, dat is een hele prestatie voor een meisje van een meter tachtig lang.'

'Een meter negenenzeventig.'

'Ik hoop dat je tevreden bent.'

'Wat heet.'

'Zou je je moeder willen vertellen wat je hiermee probeert te bewijzen?'

'Ik probeer helemaal niets te bewijzen.'

'Wat ik maar niet begrijp, Alice, is dat voor sommige meisjes dit het enige is wat ze kunnen... mager worden. Maar jij hebt altijd zoveel meer gehad... je bent knap, intelligent, je hebt persoonlijkheid.'

'Ik ben nooit knap geweest en waag het niet dat nog eens te zeggen. Het laatste wat ik wil is dat mensen op mijn herdenkingsdienst zeggen dat ik zo'n knap meisje was. En jij weet net zo goed als ik dat persoonlijkheid een troostprijs is: de vrucht van een onknap leven. Ik ben alleen maar slim geweest en kennelijk niet slim genoeg. Anders was ik er nu niet zo aan toe.'

'Dat narcisme van jou, echt waar, ik weet niet of ik daar nog veel langer tegen kan.'

'Mijn narcisme? Mijn narcisme!' Ik schreeuwde het uit. 'Hoe durf je me van narcisme te beschuldigen, uitgerekend jij.'

Er waren twee verpleegsters en een ziekenbroeder in de deuropening komen staan.

'Hoor eens, Alice, dat jij een hekel hebt aan hoe je eruit ziet, betekent nog niet dat je geen narcist bent. Je staat nog steeds de hele dag voor de spiegel. Je kijkt nog steeds voortdurend naar jezelf.'

## 42

GERT EN DANA nodigden me officieel uit mee te gaan naar Gwens herdenkingsdienst. Ze vroegen of ik iets wilde zeggen. Ik kon gewoon zien dat ze dachten: We moeten zorgen dat ze zich bezighoudt met iets in haar toekomst.
'En wat moet ik dan zeggen?'
'Wat je maar wilt,' zei Dana. 'Je liefste herinnering aan Gwen.'
'Ik heb geen liefste herinnering.'
'Dat klinkt niet zo aardig,' zei Gert.
'Jullie vergeten dat ik ook niet zo aardig ben.'
'Nee, dat ben je niet.' En Gert staarde me aan vanaf het voeteneinde waar ze stond.
Ik kon haar tevreden blik zien: ze had zich ingehouden.
Dana legde een hand op Gerts arm.
'Wie komen er nog meer?' vroeg ik.
'We hebben iedereen uitgenodigd.' Er lag een bepaalde klank in Dana's stem. Een haakje waarmee ze aan het vissen was.
'Wie is iedereen?'
'Alle meisjes van Gwens groep. Ook degenen die al weg zijn.'
Ik kon de kleur op mijn gezicht voelen branden.

# 43

IK VROEG ZUSTER of ze me ook zo vond stinken en werd in antwoord op mijn vraag voor de tweede keer in bed gewassen. Ze was in haar lunchpauze van de hartafdeling bij me op bezoek gekomen, en het ontroerde me dat ze in haar eigen tijd aanbood te werken. Ze zei dat ik helemaal nergens naar rook. Ze gebruikte een stuk grove lichtbruine zeep dat over mijn huid kraste en ik voelde hoe de dode cellen eraf werden geschraapt. Na afloop voelde ik me lichter. Ze depte me helemaal droog en gebruikte talkpoeder met een vertrouwd mannelijk geurtje dat de kwalijke dampen met succes maskeerde. Het herinnerde me aan de keer dat pa Alex en mij meenam naar de kapper om geknipt te worden. Toen hij klaar was, veegde de kapper met een borstel met houten steel en zachte, witte haren talkpoeder in onze nekken. Syd was woedend toen we alledrie met hetzelfde kapsel thuiskwamen.

Toen Zuster wegging, kwamen twee afdelingszusters mijn catheter inspecteren en schoonmaken. Dokter Anderson had hem de dag daarvoor in mijn borstkas aangebracht – een razendsnelle procedure onder plaatselijke verdoving, maar toch gevaarlijk genoeg om de operatiekamer te gebruiken. Dokter Anderson wilde de TIV daardoor toedienen. Hij zei dat dit de voorkeur had als het om langdurige intraveneuze toediening in grote hoeveelheden ging. Zo konden ze er direct bij en het gaf minder knoeiboel. De bloedpriksters waren opgetogen. Niet meer urenlang op de aderen in mijn polsen kloppen in de hoop dat ze omhoogkwamen. Geen schandalige maar beeldschone paars-met-geel-en-groene plekken meer. Maar het was een vreemd gevoel. Ik dacht: Voor de rest van mijn leven houd ik een gat in mijn borst, een functionele wond. Dat wilde ik aan Maeve vertellen. Ik wilde haar stem even horen.

Toen de verpleegsters klaar waren, zei ik dat ik zin had in een wandeling. Ze wisselden goedkeurende blikken en hielpen me met mijn Zeezicht-slippers – eindelijk had ik dan mijn eigen paar. Een verpleegster verplaatste de hartmonitor zodat hij niet in de weg zat onder het lopen, en bracht me toen naar de gang, haar hand boven de mijne op de stang van het infuus. Ze was het moederlijke type, een en al boezem en geruststellend gepraat. Toen de liften in zicht kwamen, zei ik: 'Ik kan het verder zelf wel.'

Ze leek te betwijfelen of ik in mijn eentje het infuus kon meetrekken, maar liet me toch alleen. Ze ging terug naar de verpleegstersbalie, die een paar meter achter ons was, waar ze ging zitten toekijken. Ik liep naar de telefoons, die rechts naast de liften waren.

Het was moeilijker om het infuus mee te nemen dan ik had gedacht. Mary Beth had gezegd dat als we al onze geestelijke energie op de spieren richtten die noodzakelijk waren voor een bepaalde oefening, we in staat waren sneller en verder te gaan. Ik deed mijn ogen dicht en legde het allerlaatste onsje kracht in mijn rechterarm. De stang sleepte achter me aan. Een van de telefoons was bezet door een dokter die net uit de operatiekamer kwam, er zaten nog van die rare blauwe papieren hoesjes om zijn schoenen. Ik nam de telefoon die het dichtst bij de liften was. Hij hing laag zodat mensen in rolstoelen er ook gemakkelijk bij konden en ik moest me bukken om het nummer te draaien. Ik vroeg Inlichtingen naar het nummer van Maeve Sullivan. In al die tijd dat we samen waren, had ik nooit ontdekt waar ze woonde.

'In welk stadsdeel?'

'Dat weet ik niet. Kunt u ze niet allemaal proberen?'

'Nee, mevrouw.'

'Probeert u dan het centrum van Boston maar.'

De naam Maeve Sullivan stond er niet in maar er waren dertien M. Sullivans. Ik probeerde me Seans achternaam te herinneren, in Zeezicht had hij alleen Sean D. geheten. Toen herinnerde ik me weer hoe zijn vriendelijke broer Pat zich had voorgesteld.

'Zou u Sean Donovan willen proberen?'
'In welk stadsdeel?'
Sean woonde vast in de buurt van de Remise als hij er elke avond heen ging. 'Marshfield, alstublieft.'
Ik belde een tweede keer om het nummer nog eens te horen zodat ik het in mijn geheugen kon prenten. Dat van Syds telefoonkaart kende ik uit mijn hoofd. Toen hij drie keer was overgegaan, nam iemand de hoorn op. Een vrouw.
'Maeve?' zei ik.
'Wie is daar?'
Ik liet de hoorn vallen. De verpleegster die had zitten kijken, stond op en boog zich over de balie. Ik kon de blikkerige stem van Maeve uit de bungelende hoorn horen komen. Mijn hart bonkte in mijn borstkas. Tijdens hun medische besprekingen hadden de artsen het een anorexiahart genoemd. Ik vroeg me af hoe ze zich dat voorstelden: een klein, miezerig hart dat zichzelf doodsloeg in mijn ingevallen borstkas, een kippehartje? Of een kikkerhart, zoals we die in de brugklas uit de verstijfde lijfjes hadden gehaald? Bloedeloos, teer. Maar dat was het niet. Ik hing de hoorn weer op de haak. Ik was buiten adem.
Dit keer ging het alarm van de hartmonitor af en kwamen ze allemaal aanrennen. Zes stuks of meer. Dikke, witte zolen daverden over de vloer. Er kwamen net mensen de lift uit, die geschrokken door de geluiden en de schreeuwende verpleegsters bleven stilstaan. Ik lag op een tafel; ik vloog door de gang; ik hing in de lucht en werd van de tafel op het bed gelegd.
Het ziekenhuishemd werd omhooggetrokken, zodat mijn gezicht en hals werden bedekt en mijn borstkas bloot kwam. Er werd met koude vingers en een nog koudere metalen stethoscoop naar mijn hartslag gezocht. Ik kon iemands haren ruiken.
'Ik heb hem, ik heb hem,' schreeuwde een vrouw.
Het ziekenhuishemd scheidde mijn hoofd van mijn lichaam. Er werd een katoenen prop in mijn open mond geduwd.
'Vals alarm!'
De hartmensen schreeuwden altijd, als leden van een ploeg die er zeker van willen zijn dat alle spelers de score horen. 'Tachycardie, geen hartstilstand,' riep de verpleegster. 'Paniek, geen hartstilstand.' De monitor was erg gevoelig en hij had

op mijn snelle hartslag gereageerd. 'Wat weegt ze? Wat is het precieze gewicht?'
Ze maakten ruzie over de juiste hoeveelheid kalmerend middel. Ik hoorde dokter Anderson met gedragen en vlakke stem de laatste opdracht geven. Toen ze het kalmerende middel inspoten, trok hij het ziekenhuishemd naar beneden om mijn borst te bedekken; hij ging op de rand van het bed zitten en bleef mijn hand vasthouden tot het middel werkte. Dokter Anderson vertelde dat zijn zoon wilde gaan studeren maar niet lang genoeg kon stilzitten om toelatingsexamen te doen. Mijn ogen voelden enorm groot in mijn hoofd en hoewel ik niet goed begreep wat hij zei, keek ik hoe zijn adamsappel op en neer ging.

## 44

IK DROOMDE DAT er iets in mijn keel werd geduwd. Iets diks en van plastic, te groot voor de smalle doorgang. Een reusachtig harmonikarietje. Twee mensen drukten op mijn schouders en een derde lag op het bed geknield en duwde het plastic ding er met beide handen in. 'Slik door, slik door,' zei degene die bovenop me zat. 'Goed zo, meisje, toe maar, slikken, slikken.' Toen ik wakker werd, hield ik mijn keel vast.
Er was een man in de kamer, een dokter of verpleger, dat wist ik niet precies. Hij stond in de schaduw van de deur, ik kon zijn silhouet tegen het licht uit de gang zien. Hij zei: 'Het was maar een droom, rustig maar. Gewoon maar een droom.'
'Er werd een grote plastic slang in mijn keel gestopt,' zei ik.
'Dat was van het ademhalingsapparaat, meer niet,' zei hij. 'Dat is wat je je herinnert. Het is geen droom, maar een herinnering. Na de hartaanval ben je vast op een ademhalingstoestel aangesloten.'
'Ja, dat klopt,' zei ik. Syd had me verteld dat dat was gebeurd.
'Zie je wel,' zei hij terwijl hij in zijn mollige handen wreef. Met zijn vingers in elkaar gestrengeld zag hij eruit als een kleine, eetbare vogel. Ik wist dat het dokter Paul was die zijn schaamte in de duisternis verborg.
Mijn mond was kurkdroog, maar ik zoog uit alle hoeken van mijn lichaam vocht op en spoog. Nu ga ik dood aan uitdroging, dacht ik. Maar hij ging wel weg.

# 45

LOUISE KWAM ONZE lichaamstekeningen bij mij aan de muur hangen: die van haar, mij, Gwen en Maeve. Ze zei dat ze toestemming had gevraagd op de dag dat ik vertrokken was en dat ze tot nu toe nodig hadden gehad om een besluit te nemen. De papierrollen waren lastig te hanteren en ze maakte rare danspasjes toen ze ze met plakband probeerde vast te maken. Uiteindelijk ging ze iemand halen en kwam terug met een verpleeghulp, een jong ding dat nog niet had geleerd haar laatdunkendheid te verbergen. Ze drukte een punt van Louises tekening tegen de muur en gaf Louise stukjes plakband aan. Louise zweette hevig toen ze zich bukte om de punten en zijkanten vast te maken. De jonge verpleeghulp keek van Louise naar de tekening en weer terug. Haar neusvleugels gingen wijd openstaan van ongeloof. Ik had haar graag een dreun op haar mond willen geven, haar wijsneus tot pulp willen slaan. Het was een pijnlijk half uurtje terwijl ik haar zag kijken hoe Louise puffend en steunend met de tekeningen bezig was. Eindelijk vertrok de verpleeghulp. De hele muur tegenover mijn bed hing vol.

'Dan voel je je niet zo alleen,' zei Louise.

'En jij dan?'

'Ik kom wel op bezoek.' Ze legde de achterkant van haar mollige hand tegen haar voorhoofd. 'Ik ga binnenkort weg, Alice.'

'Jij ook al?'

'Helaas wel.'

'Wanneer?'

'Vandaag over een week.'

Ze ging op de leunstoel naast mijn bed zitten. Ze paste er bijna in. Samen keken we naar de tekeningen, als toeschouwers naar een atletiekwedstrijd. Louise had het heelal in het zwarte krijt om haar lichaam gekrast. Hele sterrenbeelden: ik herkende Orion, Cassiopeia, de Melkweg, en de Kleine en Grote Beer. In het zwart waren ook andere kleuren te zien, voornamelijk groen en goud.

'Het innerlijke landschap is nogal somber, liefje,' zei ik. 'Het heelal is nogal eendimensionaal. Begrijp je wat ik met "innerlijk landschap" bedoel?'

We lachten harder dan betamelijk was. We lachten zo hard dat Louise me naar de badkamer moest helpen, we vouwden allebei dubbel. Zodra ik binnen was, brak de dam door en stroomde er kleurloze pis langs mijn benen. Louise sprong achteruit om haar schoenen niet te bevuilen. Waardoor we weer in lachen uitbarstten. We hielden allebei onze buik vast en ik moest nog harder plassen. Louise haalde een verpleegster om me schoon te maken. Toen ik de badkamer uitkwam, zat Louise weer in de stoel, met rode ogen, lang niet zo vrolijk meer. Ze keek naar de tekeningen en zei: 'Ik wou dat je ging eten.'

Gwens tekening was zoals ik me hem herinnerde: een en al hoofd en voeten. Een reusachtige haardos met kanariegele veren. En van isolatieband gemaakte lakleren schoenen. Er waren twee dingen die ik niet eerder had gezien. Ze had met lipstick een vuurrode mond gemaakt, niet met krijt of verf. Er zat een veeg in de hoek. Ik herkende de kleur als die van de lipstick die Janine op mijn eerste gemengde bijeenkomst had gedragen. Misschien was het wel een inrichtingslipstick die vertrekkende Zeezicht-patiënten aan anderen doorgaven. Haar mond leek er steviger door, resoluter dan hij was geweest. En onderaan het papier had ze met blokletters haar naam geschreven: GWENDOLYN.

Mijn eigen tekening was het minst geslaagd. Ik had geprobeerd mijn hart- en bloedvaten na te tekenen, maar de samenhang ontbrak. Er liepen alleen duistere lijntjes alle kanten op binnen de vage buitenste contouren. Ik was verbaasd over hoe saai mijn tekening was. Vooral vergeleken met die van

Maeve. Het was te verwachten dat de hare eruit sprong, ook al was hij niet af. Een warrige haardos met dikke paarse en gouden strengen. Rode schouders die uitliepen in blauwe armen en felroze handen. Het papier-maché was niet al te netjes gedaan; de stukken die ze af had – haar, armen, benen en één reusachtige borst – waren bonkig en driedimensionaal. Ik kreeg er een hol gevoel van en mijn gewrichten deden pijn. Die holte wilde ik opvullen.

Ik zei tegen Louise dat ik een wandelingetje wilde maken. We kwamen tot twee deuren voorbij de mijne. Toen zei ik dat ik liever alleen wilde zijn en ze bood aan me terug te brengen, maar ik zei dat ik dat wel alleen kon. Ze deed een stap naar voren en bleef staan; toen sloeg ze haar twee grote armen om me heen. Het voelde alsof ik mijn botten in haar omhelzing zou kunnen tellen. Toen ze losliet, gaf ik haar een zoen op haar wang. Ze zei: 'Ik zie je wel bij Gwens herdenkingsdienst.' Het was deels een opdracht, deels een smeekbede. Ik bewoog me niet tot ze in de lift verdwenen was.

De stang was sinds mijn vorige uitstapje zwaarder geworden. En de verpleegsters waren nooit ergens te bekennen als je iets bijzonders nodig had, iets persoonlijks. Al het gewicht hing onderaan de stang, een pomp in een metalen kastje, en ik moest hem met mijn voet voortduwen. Duw-stap-duw-stap-duw-stap. Vreemd dat ze zich niet druk maakten om de calorieën die ik verbrandde als ik aan de wandel was. Toen ik op mijn kamer kwam, zaten er zweetdruppels op mijn oogleden en bovenlip.

Louise had Maeves tekening het dichtst bij de deur gehangen. Maeve stond erop zoals ze in het echte leven was, voeten stevig op de grond, hoofd omhoog. Ik wilde de deur dichtdoen, zette zelfs mijn in slipper gehulde voet op de rubber deurstop, maar kon er geen beweging in krijgen. Met kleine pasjes ging ik tegenover haar staan, mijn ogen op haar kinhoogte. Ze had haar gezicht nog niet gedaan. Ik stelde me voor hoe de mond in een grijns vertrokken was. Ik liet de stang van het infuus los en boog me voorover, mijn hele lichaam uitstrekkend, zoals het hare zich eens naar mij had uitgestrekt, en liet me toen tegen het papier-maché aanvallen. Zo bleef ik staan en proefde het meel, het water en de lijm. Geen *Pluie* dit keer. En zonder de eronder verscholen donkere geur, zonder de door vocht mollige huid of zachte vetrollen om de klap van mijn harde botten op te vangen. Het was Maeve beslist niet, maar ik bleef er toch tegenaan staan, omdat het me kalmeerde.

Toen de verpleegsters me vonden, tilden ze me op en legden me in bed, waarna ze iets in mijn infuus spoten en ik in slaap viel.

# 46

TOEN IK WAKKER werd zat er een jongeman op de stoel naast mijn bed. Ik lag met mijn ogen half open naar hem te kijken. Hij zat te lezen. Het was Ronald Tillman en hij was anders dan ik me hem herinnerde. Dikker. Hij had een mannenlichaam. En een mannennek. Hij stond op en liep naar de tekeningen aan de muur. Ik overwoog of hij misschien een droom was.

'Je ziet er anders uit,' zei ik.

Hij draaide zich om. 'Jij ook.' Zijn haar was zo kort geknipt dat het bijna geschoren leek; door het kapsel kreeg hij een hoog, vierkant voorhoofd.

'Je bent ouder geworden,' zei ik.

'Acht jaar.'

'Heb ik je acht jaar niet gezien?'

'Ja, belachelijk, hè?'

'Hoe kom je hier?'

'Syd heeft me gebeld.'

'Dat spijt me.'

'Mij niet.'

'Ze was vast wanhopig.'

'Ik geloof het wel.'

Hij was geen droom. Ik slaagde erin te glimlachen. Het was zo fijn hem te zien. 'Vertel eens wat meer over jezelf,' zei ik.

Hij kwam haastig terug naar het bed. Hij bezat gratie en was stevig. Ik kon de spieren in zijn nek zien. Knapper dan ik. Was hij altijd geweest. Hij legde zijn boek op de grond – *De verschuiving van het continent* stond er op de omslag – en trok de stoel zo dichtbij dat hij het bed raakte. Ik liet mijn hand vallen en hij

pakte hem beet. Zijn handen waren sterk en soepel. Opeens vulden zijn ogen zich met tranen en hij boog zich voorover om in mijn oor te fluisteren: 'Je ziet er vreselijk uit.'
Ik knikte. Er klonk zo veel verwondering in zijn stem. Ik zei: 'Daar hebben we het later nog wel over. Vertel me nu maar hoe het de laatste acht jaar is geweest. Wat doe je nu? Hoe is het met je ouders?'
Hij vermande zich. 'Prima. Voor het eerst hebben ze het wat breder. Nu ze mijn collegegeld niet meer hoeven te betalen. Ze zijn op het ogenblik woest op me omdat ik een roman ben gaan schrijven in plaats van Engels te doceren nadat ik was afgestudeerd. Mijn moeder belt me eens per week om me te vertellen dat ik vast en zeker in de goot eindig.'
'Waar gaat die roman over, als ik vragen mag?'
'Zoiets mag je niet vragen.'
'Zelfs een oud vriendinnetje zoals ik niet?'
Zijn ogen schoten weer vol en hij legde zijn wang tegen de palm van mijn hand die plat op de rand van het bed lag. Zijn gezicht stak donker af tegen de ziekenhuislakens.
Ik fluisterde: 'Toe nou. Betekent Felicitas niet geluk of vreugde of zoiets?'
Hij zei zonder zijn hoofd op te tillen: 'In die tijd letten we ontzettend goed op elkaar.'
'Ik had anders nooit de middelbare school afgemaakt.'
'Hoe kwam het eigenlijk dat wij elkaar gevonden hebben?'
'Goddelijke interventie, dat kan niet anders. Gods enige vriendelijke daad in de puberteit.'
'Wist je dat Zuster Geraldine dood is?'
'Nee.'
Hij ging rechtop zitten. 'Een jaar geleden. Borstkanker.' Hij keek om zich heen naar een tissue. Er stond een doos op mijn kastje.
'Hoe oud was ze?'
'In de veertig.'
'Dus ze was een jaar of dertig toen ze ons lesgaf? Ze leek zo vreselijk oud.'
'Ik weet het.' Hij snoot zijn neus.
'Wat jammer.'

'Wat? Dat ze zo jong gestorven is?'
'Ja,' zei ik. 'Wat anders?'
'Ik weet het niet. Alles.'
'Hoezo alles?'
'Het lijkt zo oneerlijk dat ze borstkanker had. Na alles wat ze had opgegeven.'
'Je weet toch wat ze zeggen. Zelfopoffering kent zijn eigen beloning.'
We bleven zwijgend zitten. Hij masseerde zijn oogleden. Zijn vingers waren lang en de vliezen ertussen askleurig. Na een tijdje zei hij: 'Vertel eens wat jij hebt gedaan. Voordat dit gebeurde.'
'Ik ben archivaris aan de universiteit van Boston. Ik ben er begonnen vlak nadat ik was afgestudeerd.'
'Klinkt fantastisch.'
'Dat is het niet. Ik moet voornamelijk papieren sorteren.'
'Ben je gepromoveerd?'
'Daar ben ik nog mee bezig.'
Hij knikte.
'Ik heb het gevoel dat je alles al weet,' zei ik.
Hij aarzelde. 'Syd heeft het me verteld. We hebben koffie gedronken.'
'Echt? Waar?'
'Bij haar thuis.'
'Ik hoop dat je je schoenen mocht aanhouden.'
'Dat mocht.'
'Wat ruimdenkend van Syd.'
'Kom kom, Alice, zo slecht is ze niet. Ze heeft me altijd goed behandeld.'
'Alleen omdat je zo vreemd voor haar was.'
'Dat was ik ook voor jou, in het begin.'
'In het begin wel, ja.'
Ronald stond op en liep naar de lichaamstekeningen. We voelden ons allebei onhandig en boos. Hij bestudeerde de tekeningen. Hij raakte het krijt aan, de veren, het papier-maché. Hij ging er heel dichtbij staan en ging toen zo ver mogelijk achteruit. Heel even wenste ik dat ik alles anders had gedaan. Ik wenste dat ik hem meer had verteld op de middelbare school. Na

die keer dat we seks hadden gehad. Ik wenste dat ik niet had gewacht tot ik in Zeezicht was om over bepaalde gevoelens te praten of erover te horen praten, want zelfs op Zeezicht vermeed ik het om dingen te bespreken.

Plotseling kreeg ik de bijna overweldigende aandrang het hem nu te vertellen. Om uitgebreid te vertellen over de leegte – het hoofdthema van Zeezicht. Als iemand het zou kunnen begrijpen, dan was het Ronald wel. Niet op de manier zoals de therapeuten deden, die elk woord en elke daad ontleedden en blootlegden, de aandacht richtten op elk stuk van je leven tot het leek of alles betekenis had, er sprake was van oorzaak en gevolg. Ik wist dat Ronald het mysterie van wat ik voelde en had gedaan zou respecteren. Daarom had ik hem bijna verteld over de leegte die de overeters met onmogelijke hoeveelheden voedsel probeerden op te vullen, steeds weer opnieuw, en die de meisjes met bulimia probeerden uit te kotsen alsof er een kippebotje of broze groene viskiew in hun trillende keel was blijven steken, en die wij, de anorexia-patiënten, met onze superieure kennis en oefening probeerden in te perken, te verkleinen, door uithongering, probeerden uit te wissen met niets, met tijd, met gestaag dagelijks gewichtsverlies, die valkuil van leegte die ik instinctief wilde laten ineenstorten, al jaren voordat ik iets van Louises zwarte gaten wist, jaren voordat ik me het ontzagwekkende geraas kon voorstellen van niets dat niets opzuigt totdat alles in duigen valt, van onnoemelijk weinig waarde wordt, nul massa heeft, nul zwaartekracht. Verdwenen is.

Maar ik deed het niet. Ik liet het moment, zoals zo vaak, voorbijgaan. Ronald haalde een bekertje vers water voor me. Hij ging de gang op en toen hij terugkwam met een nieuw plastic bekertje en een lang rietje met harmonikaplooien, nam ik een slokje, mijn lippen als een vogelbekje om de punt. Ik kreeg een schok van de koude metaalsmaak van het water. Mijn lippen waren droog. Ik vroeg: 'Waar gaat die roman nou over?'

'Ik zei toch dat je dat niet hoort te vragen?'

'Moet je horen, als het zo doorgaat met mij, krijg ik hem niet eens te lezen.'

'Het is een verhaal over volwassen-worden.'

Ik kon het verzet in zijn stem horen en vroeg: 'Autobiografisch?'
'Ja en nee.'
'Kom ik erin voor?'
'Waarom is dat altijd het eerste wat mensen vragen?'
'Het was het tweede wat ik vroeg, en ik wil gewoon weten of ik net zo belangrijk voor jou was als jij voor mij.'
'In feite word jij waarschijnlijk het aardigste personage in het boek. Jij helpt de hoofdpersoon bij het zoeken naar zijn ware identiteit.'
'Meen je dat nou?'
'Je bent natuurlijk sterk vermomd, je hebt bijvoorbeeld blond in plaats van zwart haar.'
'Dan herkent vast niemand me.'
Hij lachte vrolijk.
'En wat is de ware identiteit van de hoofdpersoon?' vroeg ik.
'Ach, je weet wel.' En hij keek me aan.
'Kennelijk weet ik het niet.'
Hij zuchtte glimlachend. 'Zwarte flikker die opgroeit in witte voorstad.'
Dit was iets wat ik mijn hele leven had geweten, maar nooit en te nimmer tegen mezelf had gezegd. De omvang van mijn zelfbedrog begon tot me door te dringen en ik werd er droevig van. En ik schaamde me ook een beetje. Door wat ik allemaal had gemist. Wat ik mezelf allemaal had onthouden. 'Sinds wanneer?' vroeg ik.
'Altijd al.'
Ik probeerde te bedenken welke dingen ik altijd al over mezelf geweten had en zei: 'Als je het wist, waarom hebben we dan...?'
'Het was een soort bevestiging. Omdat ik zoveel van je hield, dacht ik dat als ik iets met meisjes wilde, het met jou goed zou gaan.'
Ik wist wel dat ik het me niet moest aantrekken, maar deed het toch. Ik zei: 'Nou, dat maakt dat ik me nogal... nou ja.. overbodig voel.'
Zijn gezicht leek kleiner, jonger. 'Dat hoeft niet. Ik bedoel, dat moet je niet doen. Jij bent nooit overbodig geweest, wat mij betreft.'

'Als iets meer dan eens gebeurt, betekent het dan iets? Ik heb met twee mensen geslapen en die zijn allebei daarna weggegaan.'
Hij haalde een papiertje uit zijn broekzak en vouwde het zorgvuldig open. Het was helemaal gekreukt. 'Hier. Ik heb het altijd bewaard.'
Het papier herkende ik: Syds dure roomkleurige postpapier. Dat mochten we nooit gebruiken. Ik had er de randen vanaf gescheurd zodat het eruit zag als handgeschept papier. Het voelde nog steeds dik aan. Er stond op:

Felicitas,
Ik heb ernstig over je voorstel nagedacht. Wat is onschuld anders dan onwetendheid? Zo niet onnozelheid? Een plechtige band die verbroken hoort te worden. Als we Eeuwig bang blijven onze onwetendheid te verliezen, zullen we altijd bang blijven voor het Leven zelf. Liever deel ik het afleggen van onze onschuldige onnozelheid met jou dan dat ik afhankelijk blijf van de vriendelijkheid van vreemden, zoals Tennessee Williams zei. Dit bijbelse Kennen kan onze kennis van ons eigen wezen alleen vergroten.
Perpetua

Het lezen van die brief maakte me aan het huilen. Mijn herinnering aan dat meisje, die stem, was zo vaag. Ik keek Ronald aan. Hij huilde ook en zijn gezicht leek nog jonger en kleiner. Ik herinnerde me dat hij tijdens de film die avond, nadat we hadden gevrijd, had gehuild toen Jill Clayburgh door haar man verlaten werd. Ik had de popcorn opgegeten, terwijl hij al onze servetjes als zakdoek had gebruikt.
Voordat hij wegging gaf hij me een kus op mijn wang en zei: 'Wie het ook is, ze is je absoluut niet waard.'

## 47

Ik had drie verschillende fantasieën voor als Maeve terugkwam. Scenario's eigenlijk, die ik zorgvuldig had opgebouwd en waaraan ik dag in dag uit details toevoegde tot ik ze in mijn geest als een film kon afspelen. In alle drie de scenario's kwam ze heel veelzeggend terug op de dag van of de avond voor Gwens herdenkingsdienst.

In het eerste droeg ze een verpleegstersuniform dat ze bij het Leger des Heils had gestolen of gekocht. Het zag er ouderwets uit, zoals vaak het geval is met uniformen, en het was te kort en had een brede rits over de hele lengte van de voorkant. Een jurk uit de jaren zeventig die haar een maat te klein was en een zo grote kraag had dat het bijna revers leken. Haar borsten waren te zien op de plekken waar de rits niet kwam; haar vlees perste tegen de naden aan. Ze was zwaarder geworden. Ze was helemaal gestopt met overgeven.

Het was avond en ze was stiekem de verpleegafdeling binnengekomen en naar mijn verdieping gegaan, niet met een dom verpleegsterskapje op maar wel met de verplichte witte kousen en schoenen aan. Als haar dijen tegen elkaar aan kwamen, kon ik het schuren van de nylons horen. Ze was gekomen om me mee te nemen. Het eerste wat ze zei was: 'Wat zie jij er klote uit.'

We ruzieden even als een stelletje dat weet dat ze het toch weer goedmaken.

'Waar bleef je nou?' vroeg ik.

'Ik moest kleren versieren,' zei ze.

'En beter dan dit kon je niet krijgen?'

'Mond houden en aankleden.'

Ze bracht me mijn kleren. Een zachte katoenen broek en een licht badstoffen topje dat prettig aanvoelde op mijn huid – ze vloekte toen ze de geelgroene plekken op mijn armen zag, ze vervloekte de doktoren namens mij. Maeve zocht de knop van mijn hartmonitor op de muur met machines achter mijn bed en zette hem af. Ik zette de monitor op het voeteneinde van mijn bed en wilde per se mijn Zeezicht-slippers dragen. Ze had een rolstoel meegenomen. Toen ze zich bukte om de voetsteunen neer te klappen, keek ik in de gapende diepte van haar decolleté en voelde een schok van begeerte tussen mijn benen. Ik stak mijn hand uit en raakte met een magere vinger een borst aan. Ik wilde de jurk openritsen; ik wilde dat haar borsten met een zware plof uit hun polyester omhulsel vielen, als meloenen van de laadbak van een vrachtwagen; ik wilde dat ze ze tegen mijn verschrompelde gezicht legde. In plaats daarvan ging ze staan, legde haar hand tegen mijn wang en volgde met haar vingers de scherpe lijn van mijn kaak toen ze hem wegtrok.

Ze stopte twee dekens om me heen en zette een honkbalpet op mijn hoofd, waarvan de klep direct over mijn ogen zakte. Voorzichtig maakte ze het infuus van mijn catheter los, zodat het suikerwater op mijn bed drupte en de lakens en de lamswollen onderlegger doorweekt raakten. Ze reed me langs de balie van de verpleging en de lift in. Op het parkeerterrein zag ik de gammele pick-up van Pat staan. Ze hielp me uit de stoel en de hoge tree van de vertrouwde cabine op. Ik vroeg haar niet hoe ze hem te pakken had gekregen en ook niet waar we heengingen. Ik zat te pulken aan de vergeelde vulling die uit de gaten in de bekleding kwam. Toen ze ook binnen was, trok ze de lelijke schoenen en witte panty uit en begon met blote voeten te rijden, waarbij haar tenen zich strekten en haar wreven zich kromden als ze van versnelling veranderde. Onder het rijden keek ik hoe de korte verpleegstersjurk langs haar dijbenen omhoogkroop.

In het tweede scenario kwam ze een uur voordat Gwens herdenkingsdienst begon, terwijl het nog licht was. Ze droeg dezelfde leren broek en angora trui met lage hals die ze had gedragen toen ik haar de eerste keer zag, alleen zat alles nu strakker. Ze was zwaarder geworden. 'Wat zie jij er klote uit,' was het eerste wat ze zei.

We ruzieden als een stelletje dat erop uit is elkaar pijn te doen.

'Je bent dik geworden,' zei ik.
'Ik ben helemaal gestopt met overgeven,' zei ze.
'Dus dik-zijn is beter?'
'Sean heeft een hele grote lul,' zei ze.
'Ja, dat zal best. Hij moet er branden mee blussen.'
'Hij steekt ze er juist mee aan.'
'Waarom doe je dit eigenlijk voor me?'
'Ik wil niet dat je je doodhongert om mij.'
'Dat zou je wel willen.'
'Ik ben het niet waard.'
'Zeg dat wel.'
'Je ziet eruit alsof je elk moment dood kunt gaan.'
'Zodat jullie nog lang en gelukkig kunnen leven samen?'
'Ik vind dat je mee moet naar Gwens herdenkingsdienst.'
'Ik vind dat jij beter weg kunt gaan.'

Toen ze inderdaad wegging, met haar kont net een watermeloen in haar te strakke broek, stond ik op en trok het infuus uit de catheter, zodat de glucosestroop op de grond drupte. Ik liep naar de muur met machines achter mijn bed en zocht de knop van mijn hartmonitor. Die zette ik af en ik liet de onschuldig uitziende monitor op mijn kussen staan, waarna ik ongehinderd en op blote voeten naar de lichaamstekeningen aan de muur liep. Ik trok ze er in lange repen af. Toen de verpleegsters me vonden, lag ik omringd door papier-maché bewusteloos op de vloer.

In het derde scenario kwam Maeve twee uur voordat Gwens herdenkingsdienst begon, toen het nog licht was. Ze droeg net zo'n verpleegstersuniform als in het eerste scenario, alleen was dit de jurk van Seans kleine zusje van toen ze in een bakkerij werkte. Maeve werkte nu zelf in een bakkerij. Ze was zwaarder geworden. Het eerste wat ze zei was: 'Wat zie jij er klote uit.'

We ruzieden als een stelletje dat niet weet waarom het ruzie maakt.
'Je benen zien eruit als boomstammen in die panty,' zei ik.
Maeve was gestopt met overgeven, maar ze zei dat het maar tijdelijk was. Seans pik had maatje medium tot small. Ze had een keer met Seans broer Pat in de cabine van de pick-up truck geneukt, waarbij ze vulling van de bekleding in haar haren had gekregen en ze door de harde randen van het gescheurde vinyl in haar huid gesneden was. Pats pik was beslist groter. Ze zou bij Sean blijven tot vlak voordat ze weer ging kotsen en dan bij Pat intrekken. De broers zouden nooit meer vrienden zijn. Ze zou het een maand of wat met Pat uithouden tot het kotsen weer begon. De eerste keer dat ze weer boven de toiletpot hing, zou ze bij hem weggaan.
'En ik dan?' vroeg ik.
Ze zei: 'Ik denk dat het verschil tussen neuken met een man en neuken met een vrouw is dat ik de man met wie ik neuk wil hébben en de vrouw wil zíjn. Snap je? Daarom heb ik nooit langere tijd met vrouwen kunnen gaan. Ik heb het gevoel van eigenwaarde nodig dat ik van Sean krijg. Als ik naar hem kijk, zie ik mezelf, precies zoals hij mij ziet. Simpel. Maar met vrouwen krijg ik er niet goed greep op... ik weet niet hoe ik het zeggen moet. De eerste keer was ik zestien. Die vrouw was kokkin in het restaurant waar ik bediende. Ik had het gevoel dat ik naar de andere kant was overgestapt. Het was een kick, net als wanneer je stoned bent, alsof je vanaf de maan naar de aarde kijkt. Maar toen raakte ik in paniek: als ik nu eens niet meer terug kon? Als ik er nu eens aan vastzat? Daarom begin ik er niet aan.'
'Ik ben niet *een* vrouw. Ik ben Alice,' zei ik.
'Maar toch,' zei ze.
'Ik wil je bovenop me voelen,' zei ik.
'Je zult van andere vrouwen gaan houden,' zei ze.
'Dat wil ik niet,' zei ik.
'Maar dat gebeurt heus wel.'
'Kom alsjeblieft op me liggen,' zei ik.
'Dan plet ik je. Dan stik je,' zei ze.
'Ja.'
Ze haalde de rubber deurstop weg en sloot de deur. Ze knip-

te het tl-licht aan het plafond uit, trok het gordijn dicht en deed haar schoenen uit. Er zaten gaten in de grote tenen van haar panty. Ze klom in bed vanaf de kant zonder infuus. Ik moest de hartmonitor verschuiven zodat hij op mijn borst lag in plaats van naast me. Het bed zakte door. Ze legde een in een witte kous gehuld been over allebei mijn benen en kromde haar lange lichaam tot het om me heen lag, haar hoofd onderaan mijn nek, de punt van haar neus tegen mijn sleutelbeen. Ik voelde de vochtige lucht in en uit haar neusgaten stromen. Ik zonk weg onder het gewicht van haar vlees, onder de hitte van haar borsten. Ik haalde adem alsof ik aan het mediteren was: korte oppervlakkige ademteugen die onverwacht voldoende bleken. Haar omvangrijke haardos lag over mijn lichaam gedrapeerd. Ik kon zien dat ze het geverfd had. Ik pakte een paar lokken die bij de catheter lagen en stak de uiteinden in mijn mond. Ik tilde het haar achterin haar nek omhoog en snoof de vochtigheid daar op. Zo bleven we precies een uur liggen: ik telde de minuten af op de klok aan de muur. Maeves ademhaling werd regelmatig en het was best mogelijk dat ze sliep. Ik bleef de hele tijd wakker. Toen het uur om was, ging ze weg.

Maar Maeve kwam niet. Ik wachtte zonder te eten. Er gingen dagen voorbij. Een hele week. Ik liet mezelf wegkwijnen tot de absolute essentie terwijl ik op haar wachtte. Ik maakte ruzie met Syd. Mijn vader belde vanaf het vliegveld in Madrid waar hij door vertraging moest wachten. Ik maakte hem aan het huilen. Ronald stuurde bloemen, de enige die eraan dacht dat te doen. Iedereen probeerde me aan het eten te krijgen, of tenminste naar de herdenkingsdienst voor Gwen te gaan, waar ze, vermoedde ik, aannamen dat ik de Kille Werkelijkheid van de Dood onder ogen zou moeten zien en tot inkeer zou komen. Maar ik bleef erop rekenen dat Maeve terugkwam. Het zou een hoogtepunt worden. Ze zou komen op de dag van Gwens herdenkingsdienst en me redden, of ze zou het laatste duwtje naar complete chaos zijn. Ik had ergens gelezen dat stervende mensen vaak wachten tot ze een persoonlijke kwestie hebben opgelost voordat ze eindelijk kunnen loslaten. Het sterven kent fases – de schok, de ontkenning, de woede, het op een akkoordje gooien, en de acceptatie. Maeve was mijn akkoordje: ik zou elk scenario accepteren als ze maar terugkwam. Ik was een beetje bang voor de chaos, maar ik was nog banger voor haar onverschilligheid.

Om half vijf op de dag van Gwens laatste afscheid, toen de dienst een half uur aan de gang was, was mijn angst in woede omgeslagen. Ik was het niet eens waard om afscheid van te nemen. Ik stelde me haar voor zoals ze naast Sean in de kapel beneden vroom om Gwen zat te treuren. Ik liet mijn benen over de rand van het bed bungelen. Het bloed in mijn aderen leek erg langzaam te stromen, mijn armen en benen voelden stijf aan. Ik voelde zelf hoe knokig ik was.

Ik bedacht dat alledrie mijn scenario's tegelijkertijd in een ander universum plaatsvonden. Alledrie plus deze, de echte, waarin ikzelf degene was die uit bed klom, de hartmonitor afzette en hem middenop de lamswollen onderlegger liet liggen, het infuus eruit trok omdat de stang te zwaar was om te duwen zodat de maaltijd onverrichterzake wegliep (en er niet uitstroomde, zoals ik me had voorgesteld) en op de vloer onder mijn bed druppelde. Er bestond een universum waarin alle mogelijke transformaties van het leven op hetzelfde moment plaatsvonden, een universum waarin Maeve me uit Zeezicht ontvoerde èn me verliet om het geluk te zoeken met een man èn me verliet om met verschillende mannen ongelukkig te worden, maar vooral met zichzelf. Maar in dat universum leefde ik niet, in een universum waarin verlaten worden tenminste zin had. Ik leefde daar waar Maeve me gewoon vergeten was.

Ik was woest, maar ik was het ook zat en voelde me eenzaam. Ik was het niet-eten zat en voelde me eenzaam door de leegte, die ik meestal onder controle hield door niet te eten maar die zich plotseling uitbreidde, aangewakkerd door mijn kwaadheid. Voor het eerst in weken wilde of kon ik niet meer alleen zijn. Van alle gevoelens was woede de enige die me nog een beetje goed kon doen. Daarom wakkerde ik die aan.

Ik bukte me om de slippers aan te trekken en viel bijna flauw door het hoogteverschil. Mijn knieën kraakten, een luid ploppend geluid als van een kurk. Ik pakte de kamerjas die ik van Syd had gekregen uit de kast en sloeg de ceintuur twee keer om me heen voordat ik hem strak dichtknoopte, waardoor het gat in mijn borst keurig netjes werd bedekt. Ik bleef in de deuropening staan wachten tot de kust veilig was en deed mijn best me niet duizelig te voelen.

Mijn dichtstbijzijnde buurman was een oudere man die een dubbele bypass had overleefd. Ik sloop naar zijn deur met mijn uitgemergelde rug tegen de muur gedrukt en zag binnen precies wat ik nodig had: een looprek. Dat zou me steun kunnen geven tot aan de lift. Hij lag te slapen. Toen ik mijn broodmagere vingers om de rubber handgrepen van zijn looprek klemde, hoorde ik een onverwacht geluid: aan de andere kant van de afdeling ging het alarm van iemands hartmonitor af. In de daaropvolgende tien minuten van koortsachtige activiteit baande ik me een weg naar de lift.

Op de benedenverdieping was ik een opvallende verschijning. Toen de liftdeuren opengingen, bleef ik even staan, geschrokken door de explosie van geluid waarmee ik werd begroet. Een jongeman hield beleefd de deur open, zijn hand over het rubber mechanisme dat tevergeefs heen en weer sprong in een poging open te gaan. Ik begreep niet waarom uitstappen zoveel langer duurde dan instappen, maar er ontstond een zee van mensen aan een kant toen ze mij hadden gezien. Ze droegen een heleboel kleren, zware truien en lichte jacks (het was eind april maar nog steeds geen lente) en hun wangen waren rozig door de kille buitenlucht. Ze wachtten zwijgend toen eerst het looprek en daarna ik naar buiten kwam. Hun blik volgde een lijn van de metalen poten naar mijn magere armen en ruggegraat. Ik kon het gewicht van mijn huid voelen.

Ik probeerde niet naar links of naar rechts te kijken, maar concentreerde me op het bord dat aan het einde van de korte gang aan het plafond hing, een vierkant wit, elektrisch verlicht bord met de rode letters UITGANG. Links van het bord en ik-wist- niet-hoeveel meter verderop was de automatische glazen deur. Voordat ik daar was, zou ik langs de bezoekersbalie en de cadeauwinkel komen. Daar recht tegenover was de kapel. Toen ik het bord met 'uitgang' erop passeerde, hoorde ik het gezoem van de automatische deur en kon voelen hoe de kou van buiten

in de vloer drong. De Zeezicht-slippers waren dun en ik kromde de botjes van mijn voeten, strekte mijn tenen. Ik wist niet goed wat ik tegen Maeve of de anderen zou moeten zeggen. De leegte leek zich uit te breiden terwijl ik zo goed en zo kwaad als het ging haastig de hoek om liep. Ik kon het parkeerterrein ruiken. Twee koepelvormige deuren vormden de ingang van de kapel. Ze waren viereneenhalve meter hoog en hadden elk een grote, antieke deurknop waarvoor je twee handen nodig had om hem open te draaien. Ik bleef met mijn looprek staan wachten tot er iemand naar buiten kwam. Het geluid binnen klonk gedempt, maar ik kon het droge gedreun van de gastpriester horen die de enige mis had opgedragen die ik had bijgewoond. Dat leek jaren geleden. Ik herinnerde me nog het tumult dat was ontstaan toen ik toestemming vroeg; ik herinnerde me Gwens woede toen ze langs mijn kamer liep op weg naar het ontbijt, haar witte hoofd oplichtend; en ik herinnerde me Louise die, altijd even diplomatiek, haar massieve lichaam gebruikte om Gwen af te schermen tegen mijn even massieve superioriteit en inhaligheid. Ik huiverde.
    Er kwam een vrouw naar me toe. Ze droeg een geplastificeerd naamplaatje met foto en de tekst: *Mijn naam is* EVELYN *en ik ben* GASTVROUW *in Zeezicht. Kan ik u helpen?* Ze had naar me staan kijken bij de bezoekersbalie. Zonder me in de ogen te kijken pakte Evelyn de reusachtige deurknop met beide handen vast en deed de deur zo ver mogelijk open. Ze bleef erachter staan, zodat de mensen binnen als eerste het looprek zagen. Tegen de tijd dat ze mij in het oog kregen, hadden de kerkgangers die in hun banken stonden zich omgedraaid en was de priester, de oudgediende, opgehouden met spreken.
    Het was vol in de kleine kapel, alle zes banken aan beide kanten waren gevuld. Hoewel ik het meestal vermeed om aan collectieve blikken te worden blootgesteld, vond ik het dit keer niet erg – er was niets meer wat ik erg vond. Terwijl ik even uitrustte, staarde ik terug. Het was een opluchting vertrouwde gezichten te zien, daardoor voelde ik me direct minder eenzaam. Links van me stonden de mensen van Zeezicht; rechts Gwens familie en vrienden. Onverwachts bleek Syd er ook te

zijn, in de allereerste bank naast Louise, die er totaal kapot uitzag. Gert en Dana stonden in de bank achter hen.

Ik zag Hank vooraan rechts staan, met naar ik aannam Gwens ouders, haar moeder met een uit een flesje afkomstige versie van Gwens lichtblonde haar. Ze hield haar schouders gekromd in een vogelhouding die zo karakteristiek voor Gwen was geweest dat ik me afvroeg of ze die altijd al had gehad of dat ze hem op een of andere manier na Gwens dood van haar had geërfd, het omgekeerde van de gebruikelijke manier waarop genetische kenmerken van de ene generatie op de andere overgaan. Ook zij was mager. De vader had de verbijsterde gezichtsuitdrukking van iemand die plotseling niet meer praten kon, de verwarde, niet meer alles begrijpende blik van een vroege Alzheimerpatiënt. De vrienden waren het gebruikelijke samenraapsel. Hobospelers vermoedde ik, goedbedoelende rijkeluiskinderen en kamergenoten van de universiteit die er helemaal niets van begrepen. Er was een vrouw met donkere bril en een stok die haar oor, niet haar ogen, in de richting van het geluid bij de ingang wendde. Waarschijnlijk de blinde vrouw die Gwen elke week had voorgelezen voordat ze naar Zeezicht was gebracht.

Ze stonden allemaal op mij te wachten.

Het was Gwens herdenkingsdienst, wist ik, Gwens moment, maar ik voelde dat ik op het punt stond de show te stelen. Syd huilde; ik hoefde haar niet te zien om dat te weten.

Ik keek weer naar de Zeezicht-kant. Amy stond naast koningin Victoria die er gezond en als een echte oma uitzag; de oranje gloed van de laxeermiddelen was verdwenen. Penny en haar vriendinnen, de besnorde gewichtshefster en de triathlonatlete, stonden allemaal in dezelfde bank als Mary Beth die stilletjes haar lippen in een Zen-gebed bewoog. Maeve zag ik niet. Maar ze was er vast wel. Ik begon te lopen: gekraak en geratel. Het was alsof er schroefjes en moertjes in de metalen holten van het looprek rondrolden; ze bewogen met elke stap en vormden een eentonige begeleiding.

De oude priester stapte van het altaar en kwam naar me toe. Hij was hetzelfde gekleed als daarvoor, hij droeg geen kazuifel maar alleen een albe en stola over een zwarte broek, samen met het eeuwige witte kraagje. De vriendelijke blik op zijn gezicht was me niet eerder opgevallen, maar hij was nu goed te zien, een zachtheid in de diepe groeven waardoor zijn gezicht in een religieuze frons bevroren was. Hij liep voorzichtig om de kleine rechthoekige tafel heen die in het midden van de verhoging stond, waarop niet de offergaven van de mis stonden, zoals in het Kostbaar Bloed, niet de kelk met hosties, maar een stuk of zes foto's van Gwen en een zilveren urn. Ik hoorde aan beide kanten mensen snikken en dacht bij mezelf: Ze kan niet lang in de verbrandingsoven gelegen hebben, haar botten waren al gedeeltelijk van as.

De oude priester legde zijn afgeleefde, met levervlekken bedekte hand tegen mijn elleboog en drong eropaan dat ik het looprek losliet. Ik voelde de hitte uit zijn vingertoppen stromen. Hij zette het looprek vlak achter de tafel met Gwens letterlijke en figuurlijke resten, zó dat er ruimte overbleef om te passeren. Sommige foto's van Gwen waren genomen voordat ze anorexia had. Een ervan met Hank. De priester kneep zachtjes in mijn elleboog en ik keek hem aan: hij glimlachte.

Opeens realiseerde ik me dat hij het ziekenhuiswerk niet toegewezen gekregen had, zoals ik tijdens mijn eerste bezoek had gedacht: hij had ervoor gekozen. Hij was niet op non-actief gesteld, was niet aangewezen op het minst hoopvolle, meest deprimerende deel van het priesterleven. Deze oudgediende kwam elke dag naar Zeezicht omdat hij dat wilde. Ik dacht aan de zachte, dikke olie van het heilig oliesel op zijn duim. Hij was ervaren en van de oude school, dol op rituelen; die duim streek over oogleden, daarna neusvleugels, lippen, handpalmen en zolen van gekromde voeten. Hij had zich niet neergelegd bij het nieuwe, gemakkelijke en onpersoonlijke: hij maakte geen kruisteken op voorhoofden om er vanaf te zijn. Hij nam het op zich om de laatste intieme daad van het leven te verrichten. En dat schonk hem voldoening.

Daar was ik blij om. Dat er in elk geval een persoon was die voldoening vond.

Voor in de kerk liet hij me achter bij Louises bank. Syd was een rij naar achteren gegaan en Louise gleed opzij om plaats te maken. Ik ging zitten en de priester, die weer bij het altaar was, knikte de aanwezigen toe dat ze ook konden gaan zitten. De priester hief zijn handen boven zijn hoofd en bleef zo een volle minuut staan.

Er was geen heilige communie. Het was een herdenkingsdienst, geen rouwmis. En bovendien niet katholiek omdat Gwen niet katholiek was geweest. De priester deed gewoon zijn oecumenische best. Ik had de eerste drie kwartier gemist, met de getuigenissen waarin de positieve invloed van Gwen op andere mensen was geprezen. De oude priester herhaalde het laatste half uur voornamelijk zijn preek met Pasen, degene die ik al had gehoord. Gwens ouders leken er niet van overtuigd dat de dood het voorportaal was van de wedergeboorte. Hij zei de gebruikelijke dingen over dat het verlies van een dierbaar persoon onderdeel was van een groot, onbegrijpelijk goddelijk plan. Hij keek Gwens ouders aan en ik kon zien dat hij echt met ze te doen had. De blik in zijn droge ogen dwaalde zoekend over onze hoofden heen. 'Zo worden we allemaal, mettertijd,' zei hij. 'Een grote opeenhoping van alles wat we hebben verloren. Dat is alles wat ons rest.'

Aan het eind zegende hij Gwens urn en ging toen naar de ouders om ze een hand te geven. Hank gaf hij een schouderklopje. Voordat hij wegging, kwam hij naar me toe. Glimlachend, met een gezicht vol groeven en lijnen. Hij nam mijn hand in de zijne. Hij had enorm grote duimen.

Ik keek naar zijn lichtelijk gebogen rug toen hij de kerk uitliep. Dit keer had hij zijn keurige zwarte regenjas opgevouwen op de allerlaatste bank gelegd. Toen hij zich bukte om zijn jas te pakken, sprong een familielid van Gwen overeind om de deuren open te houden. In de gewelfde deuropening, omringd door het felle tl-licht van de gang, stond Maeve. Ze droeg een kort, wit uniform, dat jaren geleden uit de mode was geraakt. Ik kon zien dat ze wallen onder haar ogen had. Ze zag er moe uit. Ze haalde een potje lipgloss uit de diepe zak van haar uniform dat een maat te klein was. De priester trok zijn donkere jas over de albe en stola aan en verliet de kapel. Toen hij wegliep, blokkeerde hij mijn uitzicht en in dat ene moment was Maeve verdwenen.

Vlak daarna liepen de kerkgangers de banken uit, trokken

hun jas aan, schudden elkaar de hand en bespraken waar ze zouden gaan eten. Ik was bang dat Maeve echt verdwenen zou zijn tegen de tijd dat ik me door de mensenmassa heen had gewrongen; dat ze niet alleen verscholen was achter de deur van de kapel, maar door de automatische glazen deur naar het parkeerterrein was gegaan, naar de auto of pick-up die haar stond op te wachten met zijn gescheurde bekleding en deprimerende sfeer omdat hij al zoveel jaar onveranderd was. Ik was bang dat als ik eenmaal bij de ingang van de kapel kwam, Maeve zou zijn verdwenen naar een wereld waarin de dingen die mis waren gegaan altijd zo bleven.

Toch probeerde ik het. Zonder het looprek sleepte ik me voort, me met magere vingers vasthoudend aan banken, schouders, mouwen, en meer dan eens mensen aanstotend. Verschillende mensen van Zeezicht probeerden iets tegen me te zeggen. De kleine Amy kwam naar me toe en ging zelfs vlak voor me staan om gedag te zeggen, maar ik liep om haar heen. Precies zoals Mary Beth had gezegd, concentreerde ik me op de spieren die nodig waren voor een zo ingewikkelde beweging. Ik keek naar beneden om de blikken van goedbedoelende mensen te vermijden. Ik had Maeve gezien! Ik was woedend en opgewonden tegelijk. Ik dwong mijn uitgemergelde lichaam naar de kapeldeuren toe.

Voor de tweede keer speelde mijn anorexia me parten. Ik kwam idioot langzaam vooruit. De helft van de kerkgangers – Gwens familie en vrienden – was vóór mij bij de ingang, hun onopmerkzaamheid sterker, omvangrijker dan mijn meest intense verlangen kon zijn. Ik kon alleen naar de deuren kruipen. Toen ik daar eindelijk aankwam, was Maeve weg. Ik was ervan overtuigd dat ik haar nooit meer zou terugzien. Na dit alles, na alle verlangen en niet-verlangen en pogingen om niet te verlangen, voelde begeerte als een teleurstelling. Het doelwit ontbrak. Ik was er zo lang bang voor geweest zonder te beseffen hoe vruchteloos het kon zijn. Het was gewoon een gegeven, zoals de kleur van Gwens haar, de omvang van Louises middel, en de vorm van Maeves hangende borsten. Begeerte was iets waarvoor ik kon kiezen of niet. Meer niet. Wat ik in al die weken sinds Gwens dood en Maeves vertrek uit Zeezicht niet had beseft, was dat ik die keus al had gemaakt. Weken geleden al. Misschien niet precies op de dag dat Maeve en ik elkaar voor het eerst hadden ontmoet, maar niet lang daarna. De eerste keer dat ik had geprobeerd indruk op haar te maken; het moment dat ik erkende, al was het maar tegen mezelf, dat ik haar absolute, onverdeelde aandacht wilde – nee, nodig had.

Maar als ik er goed over nadacht was het meest opmerkelijke uiteindelijk niet dat ik van vrouwen hield, maar dat ik verliefd was geworden op een zo onvolmaakte vrouw. Op de chaotische Maeve. Dat zou ik tegen haar hebben gezegd als ze bij de ingang van de kapel had gestaan toen ik daar aankwam. Dat ik van haar onvolmaaktheid hield. Maar ze was er niet. Ik ging terug naar de paar achterblijvers binnen – wat had ik anders kunnen doen?

# Dankwoord

EEN HEEL GOEDE vriend zei eens tegen me dat de beste kunst niet in samenwerkingsverband ontstaat, niet het produkt van eensgezindheid is, maar van de visie van een enkele persoon. En hoewel ik het theoretisch niet met hem eens ben – de visie is van mij, de keuzes zijn van mij en uiteindelijk ben ik voor het geheel verantwoordelijk – is het schrijven van dit boek eerder een vorm van samenwerking geweest dan een solitaire onderneming. *De passie van Alice* had niet geschreven kunnen worden zonder de geduldige literaire begeleiding van Patricia Chao, Karin Cook, Allan Hoffman en Kenneth King.

In het bijzonder wil ik mijn docente en mentor, Mona Simpson bedanken, die me heeft geleerd mezelf als schrijfster serieus te nemen en die ik nooit genoeg voor haar edelmoedigheid zal kunnen belonen.

Ik wil Sloan Harris, Amanda Urban en Dawn Seferian bedanken dat ze in mijn boek hebben geloofd en hebben gezorgd dat het werd uitgegeven.

Voor hun hulp bij de research dank ik de artsen Mary Conway-Spiegel, Katie Doran en Anne Kessler, de tandartsen Karen Langan en John Siegel, en verpleegkundige Paul Rodgers.

Voor de geboden mogelijkheid om er te schrijven dank ik Cottages at Hedgebrook, de MacDowell-kolonie en het Revson Fellows Program aan de Universiteit van Columbia.

Voor hun steun op de moeilijke weg naar een eerste roman dank ik Linsey Abrams, Denise Lewis, Joseph Olshan, Sarah Schulman, Pamela Rosenblum en Jacqueline Woodson.

Dank ook aan al mijn lieve vrienden en vriendinnen die voor me hebben gekookt, me op etentjes hebben getrakteerd en me hebben meegenomen naar de bioscoop en het theater, en al die dingen voor me hebben gedaan die ik me niet kon veroorloven tijdens het schrijven van dit boek.

Graag wil ik alle fantastische mensen van het Lesbian and Gay Community Services Center bedanken, mijn spirituele thuisbasis in New York, in het bijzonder Richard Bruns, Donald Huppert en Barbara Warren.

Voor alle jaren dat ze me in zowel lichamelijk als geestelijk opzicht hebben ondersteund en voor hun schijnbaar grenzeloze vertrouwen in mij dank ik mijn familie: Jim en Edna Grant, Bill en Cindy Grant, en Jaime Grant en Tracey Conaty. En ook mijn grootmoeders, Josephine Ahern Grant en Edna Reilly MacNeill, die zo graag dit moment zouden hebben beleefd.

En als laatste maar beslist niet minste, wil ik Janet Leon bedanken, mijn partner, die me de tijd geeft om te schrijven, fouten te maken en het opnieuw te proberen.